논술로 通하는

현대소설多보기
염상섭 만세전

C&A에듀

만세전

초판 1쇄 발행 | 2012년 11월 7일
　　7쇄 발행 | 2020년 11월 20일

엮은이 | C&A논술 연구팀
펴낸이 | 이재종
펴낸곳 | (주)C&A에듀
주소 | 서울시 강남구 도곡로 63길 23, 302호
전화 | 02-501-1681
팩스 | 02-569-0660
홈페이지 | www.cnaedu.co.kr
e_mail | rainbownonsul@hanmail.net

ISBN 978-89-6703-459-7

* 정답 해설은 출판사 홈페이지에서 확인할 수 있습니다.

* 책값은 뒤표지에 표시되어 있습니다.

* 잘못된 책은 구입하신 서점에서 바꾸어 드립니다.

논술로 通하는

현대소설多보기

염상섭 **만세전**

C&A에듀

차례

펴내는글

문학작품은 작가의 사상과 감정이 언어로 구축된, 또 하나의 세계입니다. 우리는 이런 문학작품을 읽으면서 스스로 경험하지 못한 다양한 세계를 경험하고 이를 통해 새로운 깨달음을 얻습니다. 그렇기 때문에 청소년기의 독서는 꼭 필요합니다.

지금까지 '중·고등 필독 소설선'이라는 이름으로 다양한 도서가 발간되었지만, 이 책들은 학생들이 텍스트를 읽고 깊이 이해할 수 있는 다양한 방법을 제시하지 못했습니다. 그래서 C&A에듀에서는 토의·토론·논술 문제를 수록하여, 소설 작품을 읽은 학생들이 자기주도형 독서는 물론, 소설 작품에 대한 심층적인 토론이 가능한 《논술로 통하는 현대소설다보기》를 기획해 펴내게 되었습니다.

《논술로 통하는 현대소설다보기》는 '작품읽기', '내용확인', '토의문제', '논술문제', '작품해설'로 구성되어 있습니다.

'작품읽기'에서는 소설 전문(全文)을 실어 학생들이 소설의 전체를 읽고 이해할 수 있도록 했습니다. '작품읽기' 뒤에 오는 '내용확인'에서는 소설의 내용과 관련한 선택·서술형 문제가 제시되어 있습니다. 학생들이 소설 전문을 읽은 뒤 문제를 풀면서 스스로 소설 내용의 이해 정도를 확인해 볼 수 있습니다. '토의문제'에서는 소설 내용과 관련된 주제어를 뽑아 토의·토론할 수 있는 문제를 실었습니다. 내용 이해 후 소설과 관련한 여러 주제로 토의를 해 봄으로써 사고를 확장시킬 수 있습니다. '논술문제'에서는 작품이 실렸던 대학별 기출문제를 활용하여 논제를 제시해 놓았습니다. 소설을 읽고, 토의·토론을 통해 확장된 사고를 글을 쓰면서 논리적으로 정리해 볼 수 있으며, 자연스럽게 서술형 내신과 나아가 입시논술도 대비할 수 있을 것입니다.

마지막으로 '작품해설'에서는 작품에 대한 폭넓은 이해를 돕고자 작품에 대한 배경지식을 학생들이 쉽게 이해할 수 있게 구성해 실어 놓았습니다.

저희 C&A에듀는 오랜 수업 경험에서 검증된 논제를 중심으로 토의·토론 수업을 할 수 있는 문제들을 만들었습니다. 학생들은 이 토의·토론을 통해 문학적 상상력과 통합적 사고력을 길러낼 수 있을 것입니다. 앞으로도 중·고등학생들의 문학에 대한 깊은 이해를 도우며, 논술 길라잡이가 되어 줄 《논술로 통하는 현대소설다보기》 시리즈를 지속적으로 발간하겠습니다.

만세전
(萬歲前)

1

    조선에 만세가 일어나던 전해의 겨울이었다. 그때에 나는 반쯤이나 보던 **연종시험**을 중도에 내던지고 급작스레 귀국하지 않으면 안 될 일이 있었다. 그것은 다른 때문이 아니었다. 그해 가을부터 **해산 후더침**으로 시름시름 앓던 나의 처가 위독하다는 급전(急電)을 받은 까닭이었다.

    그때의 일은 지금도 눈에 선히 보이는 듯하지만, 내가 동경에서 떠나오던 날은 마침 시험을 시작한 지 제2일 되던 날이었다. 그날 나는 네 시간 동안이나 시험장에서 추운 데 **휘달리다가** 새로 1시가 지나서 겨우 하숙으로 **허덕지덕** 돌아오려니까, 시퍼렇게 언 찬밥덩이(생기기도 그렇게 생겼지만, 밤낮 찬밥덩이만 갖다가 주는 하녀이기에 내가 지어 준 별명이다.)가 두 손을 겨드랑이에다 찌르고 뛰어나오는 것하고, 동구 모퉁이에서 딱 마주쳤다.

    "앗! 이상, 지금 오세요? 막 금방 댁에서 전보가 왔는데요. 한턱 내셔야
    합니다, 하하하."

하고 지나쳤다.

연종시험(年終試驗) 연종은 한 해가 끝날 무렵이란 뜻으로, 연종시험은 기말시험을 이름.
해산(解産) 아이를 낳음.
후더침(後-) 산후더침. 아이를 낳은 뒤에 조리를 제대로 하지 못하여 생기는 여러 가지 병.
휘달리다 정신을 차릴 수 없을 정도로 몹시 시달리다.
허덕지덕 정신을 못 차릴 정도로 힘에 부쳐 쩔쩔매거나 괴로워하며 애쓰는 모양.

그러지 않아도 사오 일 전에 김천 형님의 편지가 생각나서, 오늘쯤 전보나 오지 않을까 하는, 근심인지 기대인지 자기도 알 수 없는 막연한 생각을 하며 오던 차에 그런 소리를 듣고 보니, 가슴이 뜨끔하면서도 잘잘못간에 일이 **탁방**이 난 것 같아서 실없이 안심이 되지 않을 수 없었다.

　　'흥, 찬밥뎅이를 만났으니 무에 되겠니. 그예 나오라는 게로구나!'

　　나는 속으로 이렇게 생각을 하며, 그래도 총총걸음으로 들어갔다. 채 문지방에 발을 들여놓기도 전에, 주인 여편네가 문간 곁방에서, 앉은 채 미닫이를 열고 생글생글 웃으며,

　　"지금 막 여기 댁에서 전보가 왔는데요……."

하고 위체 봉투와 함께 하얀 종잇조각을 내민다.

　　일전에 김천의 큰형님이 서울서 편지를 부치시며, 집에서 시급하다는 **통기**가 왔기로, 그 동리의 **명의**(名醫)라는 자를 데리고, 어제 올라왔는데, 수일간 차도를 보아서, 정 급한 경우면 전보를 놓으마고 한 세세한 사연을 볼 때에는, 전보는 쳐서 무얼 하누? 하던 나도, 전보를 받고 보니 그예 죽지나 않았나 하는 생각이 나서 구두를 끄를 새도 없이, 황황히 펴보았다. 그러나 일전에 온 편지의 말대로 위독하다는 말은 없이, 다만 어서 나오라는 명령과, **전보환**을 보낸다는 통지뿐인 것을 보면, 언제라고 걱정을 해본 일이 있었던 것은 아니지만,

　　'아직 죽지는 않은 게로군!'

하는 생각이 나서 마음이 풀어지는 동시에, 도리어 좀 의아한 생각까지 없지 않았다.

탁방(坼榜)　어떤 일 따위의 결말을 비유적으로 이르는 말.
통기(通寄)　통지(通知). 기별을 보내어 알게 함.
명의(名醫)　병을 잘 고쳐 이름난 의원이나 의사.
전보환(電報換)　전신에 의한 우편환의 하나. 고객이 우체국에 송금을 요청하면 우체국은 수취인에게 전신환 증서를 보내고 수취인은 그 증서를 우체국에서 현금으로 바꿀 수 있다.

▲ 와세다 대학
개교식 당일에는 학생들의 대대적인 제등행렬이 거행되었는데 니주바시를 향한 행렬은 4km에 달했다. 문부성 인가 대학이 되는 조건은 문부대신의 인가를 받은 상당수의 교원 채용과 도서관 및 교육설비의 정비 등이었다.

'그리 **턱을 까불지는** 않아 대면이나 시킬 작정으로 이 야단인가?'

나는 구두를 벗으면서 이런 생각을 할 때에, 공연히 일종의 반감까지 잠깐 일어나는 것을 깨달았다.

돈은 그 달 학비까지 병(倂)하여 백 원이나 보내 왔었다. 병인은 죽었든 살았든, 하여간, 돈 백 원은 반갑지 않은 게 아니었다. 시험 때는 당하여 오고 **미구**에 **과세**(過歲)를 하려면, 돈 쓸 일은 한두 가지가 아닌데, 우환이 잦은 집안에다가 대고 철없는 아해 모양으로 덮어놓고 돈 재촉만 할 수도 없는 터에, 마침 **생광스러웠다.** 사실 이런 생각을 할 때에는, 시험 본다는

턱을 까불다 사람이 죽을 때 숨을 모으느라고 턱을 떨다.
미구(未久) 얼마 오래지 아니함.
과세(過歲) 설을 쇰.
생광스럽다(生光-) 아쉬운 때에 요긴하게 쓰게 되어 보람이 있다.

핑계를 하고 귀국도 그만두어 버릴까 하는 생각이 없지 않았다. 그러나 아버님 꾸지람이나 가정의 시비도 시비려니와, 실상 돈 한 푼이라도 쓰려면, 나가느니밖에 별책(別策)이 없었다.

"아주 일어나실 가망이 없으신 게로군요. 얼마나 걱정이 되시고 그립겠습니까."

내 처자가 앓는 것을, 전부터 아는 주부는, 방 안에서 농인지 인사인지 알 수 없는 소리를 하며 해해 웃고 있다.

"걱정이다마다. 요새 밥맛이 다 없는데!"

나는 이같이 **코대답**을 하고, 자기 방으로 들어가서 책보퉁이를 내던지고, 서랍 속의 도장을 꺼내 가지고 다시 나왔다.

문간으로 나오는 나를 본 주부는, 또다시 농 반 진담 반으로, 내 얼굴을 살피듯이 쳐다보며,

"아, 점심도 아니 잡수시고, 왜 이리 급하세요. 돌아가시기도 전에 진지를 못 잡숫도록 그렇게도 설우세요?"

하며 혼자 깔깔댄다.

"암, 그저 눈물이 안 날 뿐이지, 허허허."

"뭘 그러세요. 사내답지도 못하게. **다다미**[疊]하고 계집은, 새로 갈아 대는 것만 좋다고 하는 소리도 못 들으셨습니까? 으응, 속으로 벌써 장가 가실 예산으로 치시면서…… 내흉스럽게…… 헤헤헤."

나는 속으로,

'요 계집이 돈푼 생긴 것을 보더니, 더럽게 요러나?'

하며, 주부의 바스러진 분상(粉相)을 돌려다 보고 앉았다가,

"글쎄, 그럴까? 당해 보아야 알지."

코대답(-對答) 탐탁하지 아니하거나 대수롭지 아니하게 여겨 건성으로 하는 대답.
다다미[疊] 마루방에 까는 일본식 돗자리.

이같이 한마디 대꾸를 하고 나온 나는 큰길로 **빠져나와서** 우편국으로 향하였다.

10원짜리 지폐 열 장을 양복 주머니에 든든히 집어넣고, 우편국에서 나온 나는 우선 W대학 정문을 향하여 총총걸음을 걸었다.

교수실에는 마침 H주임교수가, 서류 가방을 만작거리면서 나오려고, 머뭇거리며 있었다. 나는 H교수가 모자까지 쓰고 나오기를 기다려서, 좁은 마루 한구석으로 청하여 가지고 나직나직하게, 내의(來意)를 말하였다.

"……."

H교수는 가끔가끔,

"응, 응, 옳지! 옳지?"

하며 듣고 나서 고개를 한참 기울이고 섰더니,

"사정이 정 그렇다면 하는 수 없겠지요. 그러나 추후 시험은 좀 귀찮을 걸! 삼사 일간쯤 어떻게 연기할 수 없을까?"

"글쎄요. 그러나 사정도 딱하고, **기위** 이렇게 되고 보니 좀처럼 **착심**이 될 것 같지도 않고……."

"응! 그도 그래! 그러면 정식으로……."

H교수는 이같이 허가를 하여 준 후에 몇 가지 주의와 인사를 남겨 놓고, 교무실로 들어가 버렸다. 나도 뒤따라 섰다.

의외에 얼른 승낙을 하여 주기 때문에, 나는 할인권까지 얻어 가지고 나오기는 나왔으나 시험 치르기가 귀찮아서 하는 공연한 구실이라고, 오해나 하지 않을까 하는 **자곡지심**이 처음부터 앞을 서서, 좀 쭈뼛쭈뼛한 것이 암만해도 불유쾌했다. 종점으로 나와서 K정으로 향하는 전차에 올라앉아

기위(旣爲) 이미.
착심(着心) 어떤 일에 마음을 붙임. 또는 그 마음.
자곡지심(自曲之心) 허물이 있는 사람이 스스로 고깝게 여기는 마음.

서도, 아까 H선생더러, 얼김에 한다는 소리가,

'어머님 병환이……' 라고 한 것을, 다시 생각해 보고, 혼자 더욱이 찌뿌드드한 생각을 이기지 못했다.

'왜 하필 왈, 어머님의 병환이라 했누? 내 계집이, 죽게 되어서 가겠다면, 어디가 어때서, 어머니를 팔았더람?'

이같이 뇌고 뇌었으나 소용은 없었다.

그럭저럭 시간은, 벌써 3시가 넘어섰다. 어차피 4시 차로는 떠날 꿈도 꾸지 않았지만, 이젠 11시의 야행으로나 출발할 수밖에 없다고 결심을 하고, 나는 K정에서 전차를 내리는 길로 쓰카타니야[塚谷屋]로 들어갔다.

반 시간 남짓하게나 이것저것 뒤적거리다가, 위선 급한 재킷 한 개를 사 가지고, 그 자리에서 양복저고리 밑에, 두둑이 입고 나서, 몇 가지 여행 용구를 사들고 거리로 나왔다. 그러나 그 외에는 또 별로 갈 데는 없었다. 인제는 그 카페로 가서 점심이나 먹을까 하다가, 돈푼 가진 바람에 그랬던지, 아직 그리 급하지도 않은 듯하고, 머리치장이 하고 싶은 생각이 나서 근처의 이발소로 찾아 들어갔다.

"다 깎으세요? 아직 괜찮은데요. 면도나 하시지요."

한 손에 가위를 든 이발장이는 왼손으로 머리 뒤를 살금살금 빗기면서, 이렇게 물었다.

"그럼 면도나 할까!"

나는 이같이 대답을 하고 나서 깎지 않아도 좋을 머리까지 깎으려는 지금의 자기가, 별안간 야비하게 생각되는 것을 깨닫고, 앞에 세운 체경 속을 멀거니 들여다보다가, 혼자 픽 웃어 버렸다. ……가만히 눈을 감고 자빠져서도, 이처럼 여유 있게 늘어진 자기의 심리를 의심스러운 눈으로 들여다보지 않을 수 없었다.

'싫든 좋든 하여간, 근 육칠 년간이나, 소위 부부란 이름을 띠고 지내 왔는데……. 당장 숨을 몬다는 급전을 받고 나서도, 아무 생각도 머리에 돌지 않는 것은, 마음이 악독해 그러하단 말인가. 속담의 상말로, 기가 너무 막혀서 막힌 둥 만 둥해서 그런가……? 아니, 그러면 누구에게 반해서나 그런다 할까? 그럼 누구에게……?'

그러나 면상으로 미끄러져 나가는 면도칼 소리, 아니 그보다도 그 이발장이의 맥박 소리만도 못 되는, 뱃속에서 묻고 뱃속에서 대답하는 혼잣소리건만, '누구에게?' 냐고 물을 제, 나는 감히 대답할 수가 없었다. 그럴 용기가 없었다고 하는 것이 가할지도 몰랐다. 그러나 뱃속 저 뒤에서는 정자! 정자! 하는 것 같았다. 그러나 죽을 힘을 다 들여서 '정자다' 라고 대답을 해본 뒤에는, 또다시 질색을 하며 머리를 내둘렀다. 실상 말하면 정자가 아니라는 것도, 정자라고 대답하니만치 본심에서 나온 대답이었었다. 그러면서도 자기가 지금 머리를 깎으려고 들어온 동기가 애초에 어디 있었더냐는 것은, 분명히 의식도 하고 부인하지도 않았다.

'과연 지금 나는 정자를, 내 처에게 대하는 것처럼 **냉연히** 내버려 둘 수는 없으나, 내 아내를 사랑하지 않으니만치, 또 다른 의미로 정자를 사랑할 수는 없다. 결국 나는, 한 여자도 사랑하지 못할 위인이다.'

이 같은 생각을 할 제, 나는 급작스레 고독을 느끼지 않을 수 없었다. 생활의 목표가 스러져 버리는 것 같았다.

'그러나저러나 지금 이다지 시급히 떠나려는 것은 무슨 이유인가. 내가 가기로, 죽을 사람이 살아날 리도 없고, 기위 죽었다 할 지경이면, 내가 안 간다고 **감장할** 사람이야 없을까. 육칠 년이나 같이 살아온 정으로? 참 정말 정이 들었다 할까? 입에 붙은 말이다. 그러면 의리로나 인사치레로? 그렇지 않으면 일가들에게 대한 체면에 그럴 수가 없다거나, 남편

냉연히(冷然-)　태도 따위가 쌀쌀하게.
감장하다(監葬-)　장사(葬事) 지내는 일을 돌보다.

▲ 신바시 개선문

러일전쟁 후 처음으로 건립되어 조명을 설치한 개선문으로, 1905년(메이지 38년) 10월에 완성되었다. 도쿄시 참사회가 신바시 역전 광장에 세웠다. 높이는 약 1.8m, 목조에 옻칠을 입힌 것으로 공사 기간은 10일이었다. 그 후에 만들어진 개선문의 본보기가 되었다고 한다.

된 책임상, 피할 수 없어서 나간다는 말인가. 흥! 그런 생각은 애당초 염두에도 없거니와 그런 허위의 짓을 하지 않으면 안 될 이유는 어디 있는가. 그럼 왜 가려 하나?'

여기까지 와서는 더 생각을 이어 갈 용기가 없었다. 만일에 어디까지든지 캐물을 것 같으면 자기 자신의 명답을 얻었을지도 모르나, 그것은 잇몸이 근질근질하는 것 같아서 다시 건드리지도 않고 자기 마음을 살짝 덮어 두었다.

세수를 하고 치장을 차린 뒤에, 어디로 가리라는 결심도 채 정하지 못하고, 이발소에서 뛰어나왔다.

'바로 하숙으로 돌아갈까?'

혼자 이렇게 생각을 하면서도, 머릿속으로는 **떼치지** 못할 어떠한 그림자를 쫓으면서 길 밖에서 머뭇거리다가, 잡지 권이나 살까 하고 동경당(東京堂)을 들여다보았다. 공연히 이 책 저 책을 한참 뒤적거리다가, 손에 잡히는 대로 잡지 한 권을 들고 나와서도, 우두커니 길거리를 내다보며 섰다가 아래로 향하고 발길을 떼어 놓았다. 어느덧 ×정 삼거리로 나와 발끝은 M헌(軒) 문전에 뚝 섰다.

아직 손님이 들어오지 않은 홀 속은, 길거리보다도 **음산하게** 우중충하고, 한가운데 놓인 난로에도 불기가 스러져 가는 모양이었다.

"에그, 잊어버리게 되었습니다그려! 왜 그리 한 번도 안 오세요."

밖에서 들어온 사람의 눈에는 그림자만 **얼쑹얼쑹하는** 컴컴스레한 주방 문 곁에 서서, 탁자를 훔치던 손을 쉬고, 하얀 둥근 상(相)만 이리로 돌리며, 인사를 하는 것은 P자였다.

나는 난로 앞으로 교의를 끌어당겨 놓고 앉으면서,

"그럼 시험 안 보고 술 먹으러 다닐까. 그러나 오늘은 정자가 어디 갔나?"

하며 물었다.

"그저 오매불망 정자올시다그려. 시험 문제를 내건 칠판 뒤에도 정자상의 얼굴이 왔다 갔다 하지요? 하하하."

"그리구 그 뒤에서는 P자상의 이런 눈이 반짝이구……."

하며 나는 눈을 흘기는 흉내를 내어 보였다.

"그런 애매한 소린 마세요. 두 분이 보따리를 싸시거나, **정사**(情死)를 하시거나 내게 무슨 상관이나 있나요? 정자상! 정자상!"

P자는 반쯤 웃으면서도 호젓한 표정으로 정자를 불렀다.

떼치다 어떤 생각이나 정(情) 따위를 딱 끊어 버리다.
음산하다(陰散─) 분위기 따위가 몹시 스산하고 쓸쓸하며 썰렁하다.
얼쑹얼쑹하다 그런 것 같기도 하고 그렇지 아니한 것 같기도 하여 분간하기 몹시 어렵다.
정사(情死) 서로 사랑하는 남녀가 그 뜻을 이루지 못하여 함께 자살하는 일.

여우(女優) 머리를 **어푸수수하게** 쪽찌고, 새로 빨아 다린 에이프런을 뒤로 매며, 살금살금 나오는 정자는 위선 시선을 P자에다가 보내며,

"이거 웬 야단야?"

이렇게 한마디 하고 나서, 그 신경질적인 똥그란 눈을 이리로 향하고, 공손히 인사를 하였다. 나는 고개만 끄덕하고 잠자코 말았다.

"정자상! 이번에 이상이 성적이 좋지 못하신다면 그 죄는 정자상에 있습니다."

둘의 거동을 한참 건너다보던 P자는, 이같이 한마디를 내던지듯이 하고 돌아서서, 탁자를 정돈하고 있었다. 정자는 거기에는 대꾸도 안 하고,

"참 요새 시험 중예요?"

하며 나에게 물었다.

"그럼, 시험 중에 찾아왔길래, 정성이 놀랍다고 P자상이 놀리는 게 아닌가. 그러나 P자상을 찾아왔는지 정자상을 보러 왔는지, 술이 그리워서 왔는지, 그것은 내 염통이나 쪼개 보기 전에야 알 수 없는 일이지. P자상! 일이 끝나건 올라와요."

나는 P자를 청해 놓고 정자를 따라서 2층으로 올라갔다.

난로 앞에 자리를 만들어 나를 앉혀 놓고, 정자는 저편에 가 서서, **영채**가 도는 똥그란 눈으로, 무엇을 탐색하는 것같이 내 얼굴을 똑바로 쳐다보다가 생긋 웃었다. 이 계집의 정기가 모두 그 눈에 모였다고도 할 만하지만 항상 모든 것을 경계하는 눈치가 역력하다. 혹간은 무심코 고개를 돌릴 만치 차다차고 매정스러울 때도 있다. 그러나 어느 때든지 생긋 웃는 그 입술에는, 젊은 생명이 욕구하는 모든 것을 아무리 해도 감출 수가

여우(女優) 여자 배우.
어푸수수하다 머리 모양이 어지간하게 어수선하고 엉성하다.
영채(映彩) 환하게 빛나는 고운 빛깔.

없었다. 하면서도 결코 소리를 내지 않고 웃는 호젓한 미소는, **침정**(沈靜)
과 애수의 그림자를 어느 때든지 볼 수 있었다. 남성이란 남성을 저주하
면서도, 그래도 내버리고 단념할 수 없는 인간다운 애착이며 성적 요구에
서 일어나는 **울도**(鬱陶)**한** 내적 고투를, 그대로 상징한 것이 이 계집애의
시선과 미소였다.

　"왜 그리 풀이 죽으셨어요. 너무 공부를 하시느라고, 얼이 빠지셨습니다
　그려?"

　정자는 좀 어색한 듯이, 체경 있는 쪽으로 잠깐 고개를 돌리고 머리를
만작거리며 입을 벌렸다. 이 계집애의 나직나직한 목소리에도 좀더 크게
했으면 좋겠다 하는 생각이 날 만치, 제약되고 압축된 탄성이 있었다. 이
계집은 자기의 목소리에서까지, 자기를 억제하고 은휘하려 한다.

　"왜, 누가 얼이 빠져? 어서 가서 술이나 갖다 주구려. 벌써 거진 6시나
　되었을걸?"

　나는 시계를 꺼내 보며 재촉을 하였다. 정자는 나가려다가 **돌쳐서며**,

　"왜 어딜 가세요?"

하고 물었다.

　"가긴 어딜 가!"

　"뭘, 인제 시험을 마쳐 놓고, 어디든지 조용한 데루, 여행을 하시는 게
　지! 어디 좀 보면 알겠지!"

하며 저쪽 체경 탁자 위에 놓인, 내가 들고 들어온 봉지를 두 손으로 만작
거리며 건너다보고 서 있다. 그 속에는 내가 아까 쓰카타니야에서 사가지
고 온, **풍침**과 여행용 물잔과, 비단 여편네 목도리를 넣은 종이갑이 들어

침정(沈靜)　마음이 차분히 가라앉을 수 있을 만큼 조용함. 또는 그런 상태.
울도하다(鬱陶-)　마음이 근심스러워 답답하고 울적하다.
돌쳐서다　돌아서다.
풍침(風枕)　공기를 불어 넣어서 베는 베개.

있었다.

한참 만작만작하던 정자는,

"그러면 그렇지, 요건 풍침! 요건 무언구?"

하며 석경을 바라보며 눈을 깜작거리다가,

"어디 펴볼까? 펴보아도 괜찮겠지?"

하고 풀기 시작하였다. 나는 웃으며, 하는 대로 내버려 두었다.

풍침, 컵, **왜비누**…… 등을 탁자 위에다가, 진열대처럼 벌여 놓더니 맨 밑에 있는 갑을 펴들고, 생글생글 웃다가, 난로 앞으로 와서 서며,

"어디를 가시기에, 이건 누굴 줄 거야?"

하며 내밀었다. 그때의 그의 눈과 그 입술에는 시기에 가까운 막연한 감정을 감추려고 애를 써 웃는 빛이 살짝 지나갔다.

"잘못했습니다. 누가 줄 사람을 주지 말라고 했습니까, 하하하."

하고 정자는 좀 어색한 듯이 웃고 섰다.

나는 너무 심하게 했다고 후회를 하였다. 그러나 기회가 마침 좋다고 생각한 나는 벌떡 일어나는 길로, 진회색 바탕에 흰 안을 받친 목도리를, 갑에서 꺼내서, 갑에 달린 종이를 쭉 찢어서 둘둘 말아 가지고, 정자 앞으로 덤벼들며, 목을 껴안으면서 허리춤에 꾹 끼워 준 후에…… 이삼 분이나 지난 뒤에, 정자는 나의 팔을 뿌리치고 얼굴이 발개서 나갔다. 뒷모양을 가만히 노려보고 섰던 나는, 두세 걸음 쫓아 나가며,

"노하지 말아요. 그리고 어서 가져와!"

하고 곱게 일렀다.

나의 한 일은 점잖치는 못했으나, 물건을 주었느니 받았느니 하는 것을 알리기 싫은 나는, 그리하는 수밖에 없었다.

왜비누(倭-) 예전에, 개량된 비누를 재래식 비누에 상대하여 이르던 말.

나는 멀거니 섰다가, 여기저기 흐트러진 물건을, 빈 갑까지 싸서 놓고, 자기 자리로 와서 앉았다.

위스키 병을 들고 올라온 정자는 술잔을 따라 놓고, 뾰로통하여 섰다가, 체경 앞으로 가서 머리를 고치고, 다시 와서도 멈칫멈칫하며 바로 앉지를 않았다. 나의 눈에는 수색이 있어 하는 것이 도리어 기뻤다. 더구나 노기가 있는 것은 인격적 자각의 반영이라고 생각할 때, 미안하기도 하고 위로하여 주고 싶었었다.

"왜 그래? 오늘 밤에 어딜 갈 텐데 섭섭하기에 되지 않은 것이나마 사가지고 온 것이야. 조금이라도 어떻게 생각지는 않겠지? 남의 눈에 띄는 것이 피차에 재미없어서 그런 거야."

"천만에! 되레 미안합니다. 그러나 어딜 가세요? 지금 떠나실 테여요?"

정자는 될 수 있는 대로 냉연히 물었으나, 흥분한 마음을 무리히 억제하는 양이 역력히 보였다.

"글쎄, 집엘 좀 가야 할 일이 있는데…… 밤에 떠날지, 아직 시험이 끝이 안 나서……"

나는 어느 틈에 정숙한 말씨로 변했다.

"무슨 볼일이 계시기에 시험을 보시다가 말고 가세요?"

하며, 계집은 고개를 들고 쳐다보았다. 그때에 마침 요리가 승강기로 올라오기 때문에 정자는 일어섰다. 나는 그 길에 P자를 부르라고 일렀다. 정자는,

"예에?"

하고 한참 나를 돌아다보고 섰다가, 다시 돌쳐서서 P자를 소리쳐 부른 뒤에 요리 접시를 들어다 놓았다. P자도 뒤따라 들어왔다.

"재미있게 노시는데, 쓸데없이 폐올시다그려, 하하하."

하며, P자는 내가 내놓은 교의에 털썩 앉으며 식탁에 놓였던 잡지를 들어

서 뒤적거리기 시작했다. P자의 푸근푸근한 얼굴은 언제 보아도 반가웠다.

명상적이요 신경질일 뿐 아니라, 아직 순결한 맛이 남아 있는 정자에 비하면, P자는 이러한 생애에 닳고 닳아서, 되지 않게 약은 체를 하면서도 상스럽고 천한 구석이 있지만, 그래도 나는 이러한 여자에게 흥미를 느낀다.

"올라오라니까 왜 그리 **우좌해**? 꼭 모시러 가야만 하나?"

나는 잡지를 **뺏어서** 손을 내미는 정자에게 넘겨주고, P자의 포동포동한 손을 잡아서 만작거리며 시비를 걸어 보았다.

"우좌하긴 누가 우좌해요? 이런 문학가 양반네들만 노시는 데에는 감히 올 수가 없으니까 그렇지요."

하며 P자는 손을 슬며시 **빼고** 정자를 살짝 건너다보고는 나를 다시 향하여 방긋 웃었다.

P자에게 대한 정자는, 어떠한 때든지 눈엣가시였다. 비단 나뿐 아니라 어떠한 손님이든지, P자와 친숙한 사람도 나중에는 정자에게로 **빼앗기는** 모양이었다. 그러나 정자가 고등여학교를 3년이나 수업하였다는 것, 소설이나 잡지 권을 탐독한다는 것이, P자로서는 **경앙**(景仰)**하는** 동시에 **한손 접히는** 것이다. 그러나저러나 나는 어느 때든지, 두 계집애를 다 데리고 이야기하지 않는 때가 없었다. P자나 정자가 다른 손님을 맡은 때에라도 밤이 늦도록 기다려서 만나 보고야 나왔다. 더욱이 P자가 없을 때에 그리하였다. 이것이 정자에게는 눈치를 채이면서도 의문인 모양이었다.

"참 그런데 언제 떠나세요?"

정자는 보던 책을 식탁 위에다가 놓으며, 나를 쳐다보고 물었다.

"글쎄……."

우좌하다 보기에 어리석은 데가 있다. '우자스럽다'의 잘못으로 보인다.
경앙하다(景仰-) 덕망이나 인품을 사모하여 우러러보다.
한손 접히다 실력이 나은 편이 상대에 맞추어 실력을 낮추어 준다.

나는 이렇게 대답을 하며 정자를 건너다보고 앉았었다.

"왜, 어딜 가세요?"

P자는 일어나서 정자가 앉은 교의 뒤로 가며 물었다.

"오늘 밤에 떠나세요?"

또다시 잼처 정자가 묻는다. 나는 지금 막 들어온 전등불을 쳐다보며 앉았다가,

"실상은 내 마누라가 앓는 모양인데, 턱을 까부니 어서 오라고 야단은 야단이지만 아직도 갈까말까."

"그럼 어서 가보셔야죠. 그동안에 돌아가셨으면 어떡하나!"

P자는 나를 책망하듯이, 눈을 똑바로 뜨고 쳐다보았다.

"죽으면 죽었지, 어떡하긴 무얼 어떡해."

나는 잠자코 앉은 정자를 건너다보며 웃었다.

"사내는 다 저래! 저런 남편을 믿고 어떻게 사누?"

P자는 기가 막힌다는 듯이 혼자 탄식을 하며, 정자의 교의 뒤에 매달려서, 정자의 얼굴을 들여다보며 동의를 구하였다.

"누가 믿고 살라는 것을 사나. 부부간에 서로 믿는다는 것은, 결국 사랑한다는 말이지만, 사랑한다는 것도 극단에 가서는, 남이 나를 사랑하거나 말거나 저 혼자의 일이다. 저 사람이 받지 않더라도 자기가 사랑하고 싶으면, 자기가 만족할 데까지 사랑할 것이다. 외기러기 짝사랑이라고 흉을 보지만, 결단코 흉을 볼 게 아니야. 그와 반대로 사랑치 않는 것도 자유다. 절대 자유다. 사람에게는 사랑할 자유도 있거니와 사랑을 하지 않을 권리도 있다. 부부간이라고 반드시 사랑해야 한다는 법이 어디 있을까."

정자와 P자는 나의 입을 똑바로 노려보고 앉아서 들으며, 정자는 무엇을 생각하는 것처럼 가끔가끔 고개를 끄떡거리고 있었다. 나는 따라 놓았던 술 한 잔을 들어 마시고 나서 또다시 말을 꺼냈다.

"그러나 문제는 선도 아니요, 악도 아닌 그 어름에다가 발을 걸치고 있는 것이다. 죽거나 살거나 눈 하나 깜짝거리지도 않으면서 하는 공부를 내던지고 보러 간다는 것이 위선이다. 더구나 여기 술 먹으러 오는 것을 무슨 큰 죄나 짓는 것같이, 망설이는 것부터 큰 모순이다. 목숨 하나가 없어진다는 것과, 내가 술 먹는다는 것과는 별개 문제다. 그 사이에 아무 연락이 있을 리가 없다. 그러면서도 '내 처'가 죽어 가는데 술을 먹다니? 하는 소위 양심이 머리를 들지만, 그것이 진정한 양심이 아니라, 관념이란 악마가 목을 매서 끄는 것이다. 사람은 그릇된 관념의 노예다. 그릇된 도덕적 관념에서 해방되는 거기에서 참된 생명을 찾는 것이다. 사랑치 않으면 눈도 떠보지 않을 것이요, 사랑하고 싶으면 이렇게 해도 상관이 없는 것이란!"

하며 나는 벌떡 일어나서, 정자의 어깨를 짚고 꾸부리고 서 있는 P자를 껴안으며 키스를 하려 하였다. 무심코 섰던 P자는,

"에구머니, 사람을 죽이네!"

하고 깔깔대며 뛰어 달아나서, 자기의 자리에 앉았다. 그 **사품**에, 나는 웃으면서 일어나는 정자와 딱 부딪쳤다…….

술이 얼큰하게 취하여, 문간으로 나오는 나를, 앞서 따라 나오던 정자는, 거진 입이 닿도록 내 귀에다 대고,

"정말 밤차로 가세요?"

하며 소곤거렸다.

"왜? 생각나는 대로 하지…….

"글쎄요…….

하고 나서 정자는 무슨 말을 할 듯 할 듯하다가, P자가 쫓아 나오는 것을

사품 어떤 동작이나 일이 진행되는 바람이나 겨를.

보고 한걸음 물러섰다.

"하여간 갈 길이니까 어서 가야지. 그럼 한 달쯤 있다가 올 테니까, 그때 또 만납시다."

나는 이같이 한마디 남겨놓고 길거리로 나섰다.

거리는 아직 초저녁이지만, 첫추위인 데다가, 낮부터 음산했던 일기는 마치 눈이나 오려는 듯이, 밤이 들어갈수록 쌀쌀해졌다. 사람 자취도 점점 성기어 가고, 길바닥에 부딪히는 나막신 소리는 한층 더 요란히 들린다. 여기저기 점두에 매달린 전등 불빛까지 졸린 듯 살얼음이 잡히어 가는 듯 보유스름하게 비치는 것이, 더욱 쓸쓸해 보였다.

나는 곧 차에 뛰어오르려다가, 사람이 붐비는 갑갑한 차 속으로 기어들어 갈 생각을 하니까 얼근한 김에 차마 올라설 용기가 나지를 않아서 그대로 돌쳐서서, O교 방면으로 **꼽들었다.**

화끈화끈 다는 **뺨**을, 살금살금 핥고 달아나는 저녁 바람에, 정신이 반짝 날 듯하면서도, 마음은 어찌하여 그렇다고, 꼭 집어 말할 수 없이, **조비비 듯** 조바심이 나서 못 견딜 지경이다. 자기 자신에게 대한 반항인지, 자기 이외의 무엇에 대한 반항인지, 그것조차 명료히 깨닫지 못하면서, 덮어놓고 앞에 닥치는 대로 무엇이든지 해내려는 듯한 터무니없는 울분이, 가슴 속에서 **용심지**같이 치밀어 올라왔다. 컴컴한 속에서 열병에나 띄운 놈 모양으로, 포켓에 찔렀던 두 손을 꺼내 가지고, 뿌리쳐 보기도 하고, 입었던 외투나 윗저고리를 벗어서, O교 다리 밑으로 보기 좋게 던져 버렸으면, 하는 공상도 머릿속에 그려 보면서, 발은 기계적으로 움직여 O교 정거장을 지나 S교를 향하고 돌쳐서서 여전히 컴컴한 천변가로 헤매며 내

꼽들다 가까이 접어들다.
조비비다 조가 마음대로 비벼지지 아니하여 조급하고 초조해진다는 데에서 나온 말로, 어떤 일이 마음대로 되지 않거나 급한 일이 있어 마음을 몹시 졸이거나 조바심을 냄을 이름.
용심지 실·종이·헝겊을 꼬아 기름이나 밀을 묻혀 초 대신으로 불을 켜는 물건.

려갔다.

이러한 공상이 한참 계속된 뒤에는, 별안간에 눈물이 비집어 나올 만치, 지향할 수 없이 애처로운 생각이 물밀듯하여, 참을 수 없는 공허와 고독을 감하면서, 눈물이나 마음껏 흘려 보았으면 하는 생각이 일어났다. 그러나 그다음 순간에는,

'무슨 때문에 눈물이 필요하단 말이냐. 공허와 고독에 대한 **캠퍼 주사**가 새큼한 눈물 맛인가! 흠 정말 자유는 공허와 고독에 있지 않은가?'

나는 속으로 이같이 변명해 보았다.

그것은 마치 종로에서 **뺨** 맞은 놈이, **행랑 뒷골**에서 눈을 흘기다가, 자기의 약한 것을 분개하여 보기도 하고, 혼자 변명하기도 해보는 셈이었다. 그러나 이렇게 겁겁증이 나서, 몸부림을 하는 일종의 발작적 상태는, 자기의 내면에 깊게 파고들어 앉은 '결박된 자기'를 해방하려는 욕구가, 맹렬하면 맹렬할수록, 그 발작의 정도가 한층 더하였다. 말하자면, 유형무형한 모든 기반, 모든 모순, 모든 **계루**에서, 자기를 구원해 내지 않으면 질식하겠다는 자각이 분명하면서도, 그것을 실행할 수 없는 자기의 약점에 대한 **분만**(憤懣)과 연민과 변명이었다.

나는 참을 수 없어서 포병**공창** 앞으로 달아나는 전차에 뛰어올랐다. 이러한 때에 미인의 얼굴이라도 쳐다보면, 캠퍼 주사만 한 효과가 있으리라 생각하기 때문이었으나, 나의 이지(理智)는 그것조차 조소한다.

그러나저러나, 노역과 **기한**에, 오그라진 피부가 뒤틀린 얼굴밖에, 내 눈에는 비치지 않았다. 그들은 시든 얼굴을 서로 쳐들고 물끄럼말끄럼 마주

캠퍼 주사(camphor 注射) 심부전에 걸렸을 때 쓰는 강심제 주사.
행랑뒷골(行廊−) 예전에, 서울의 종로를 중심으로 양쪽에 벌여 있던 가게 뒤쪽의 좁은 골목.
계루(係累) 다른 일이나 사물에 얽매임. 다른 일이나 사물에 얽매어 당하는 괴로움.
분만(憤懣) 억울하고 원통한 마음이 가득함.
공창(工廠) 육해공군의 병기나 함선 따위를 만들거나 수리하는 공장.
기한(飢寒) 굶주리고 헐벗어 배고프고 추움.

건너다보기도 하고, 곁의 사람을 기웃이 들여다보기도 하고 앉았다. 나도, 그들의 얼굴을 이 사람 저 사람 쳐다보다가,

'여러분, 장히 점잖구 무섭소이다그려!'

이렇게 한마디 하고, 일부러 허허허 하며 웃어 보면, 어떨까 하는 생각을 하고 나서, 나 혼자 제풀에 빙긋해 버렸다.

이렇게 안 나오는 거드름을 빼고, 될 수 있는 대로 우자한 태도로 좌우를 주시하는 것은, 비단 일본 사람이 조선 사람에게만 한한 무의식한 관습이 아니라, 사람의 공통한 성질인 동시에 사람이란 동물이, 얼마나 약한가를 유감없이 반영한 것이다. 약하기 때문에 조그만 승리와 조그만 자랑을 갈구하고, 약하기 때문에 **성세**(聲勢)를 **허장**(虛張)하며, 약하기 때문에 자기의 주위에 경계망을 쳐놓고 다른 사람을 주시할 필요가 있는 것이다. 상대자의 용모나 의복 행동 언사를 면밀히 응시하고 음미함으로써, 자기의 비열한 호기심을, 만족시키려는 본능적 요구가 있는 것도 물론이겠지만, 상대자에게 대한 일체를 탐구하는 데에는, 여러 가지 의미로 필요한 조건이 있다. 우선 자기 방어상, 상대자의 강약과 빈부의 정도와 계급의 고하를 감정할 필요가 있고, 그다음에는 의복 언어 거조 등이 시속적 유행에 낙오가 됨은 현대 생활상, 그중에도 도회 생활을 하는 자에게 대하여 일대 수치요 고통이기 때문에 또한 필요한 것이다. 만일에 일보를 진하여 비교적 협소한 범위의 사교나 상업상 거래가 있는, 소위 신사 계급이라든지 상인 간에는 한층 더한 것을 볼 수 있다. 왜 그러냐 하면, 그들은, 자기의 생명인 애(愛)를, 얻으려는 또 한 가지의 욕구가 있기 때문이다. 이런 점으로 보면, 제일 진순하고 아리따운 것은, 전차나 집회나 가로 상에서, 청년 남녀가 정열에 타는 아미로 서로 도적질을 해보는 것과, 소위 하층 사회의 부

성세(聲勢) 명성과 위세를 아울러 이르는 말.
허장(虛張) 허세를 부림.

박한 기풍이다. 이성을 동경하는 청년 남녀에게는 불결한 욕심이 없다. 적어도 물질적 욕심이 없다. 아첨할 필요도 없고 경계할 이유도 없고 우월하거나 농락하려는 야심도 없고 방어하고 반발하려는 적대심이란 손톱만큼도 없다. 다만 미를 동경하고 모색하며 이에 감격한다. 더구나 그러한 심리가, 영원히 흐르는 물결에 뿌려지는, 월광의 은박같이, 아무 더러운 집착 없이 순간순간에 반짝이며, 스러져 버리는 것이, 더욱이, 방순하고 정결하다 할 수 있다. 그러나 위선 없이 살지 못하리라는 것이 오늘날 우리의 운명이다. 그리하여 인생의 **움**[芽]같은 그들도 미인의 얼굴을 결코 정시하는 일은 없다. 절도질을 한다. 그것이 무엇보다도 고약한 버릇이다.

그다음에 노동자에 이르러서는, 자랑할 것도 없고 숨길 것도 없고 부끄러울 것도 없는 대신에 적나라한 자기와, 동정과, 방위적 단결이 있을 따름이다. 생활의 양식으로는 제일 진실되고 아름답다. 하므로 그들은 사람과 사람끼리 만날 때에, 결코 응시하거나 음미하거나 탐색하지는 않는다. 그러나 그들의 병은, 무지한 것이다.

하고 보면 결국 사람은, 소위 영리하고 교양이 있으면 있을수록(정도의 차는 있을지 모르나), 허위를 반복하면서 자기 이외의 일체에 대해, 동의와 타협 없이는, 손 하나도 움직이지 못하는 이기적 동물이다. 물적 자기라는 좌안(左岸)과 물적 타인이라는 우안(右岸)에, 한 발씩 걸쳐 놓고, 빙글빙글 뛰며 도는 것이, 소위 근대인의 생활이요, 그렇게 하는 어릿광대가 사람이라는 동물이다. 만일에 아무 편에든지 두 발을 모으고 선다면, 위선 어떠한 표준하에, 선인이나 악인이 될 것이요, 한층 더 철저히 그 양안의 사이로 흐르는 진정한 생활이라는 청류에, 용감히 뛰어 들어가서 전아적(全我的)으로 몰입한다면, 거기에는 세속적으로는 낙오자에 **자적**(自適)**하겠**

움 풀이나 나무에 새로 돋아 나오는 싹.
자적하다(自適-) 아무런 속박을 받지 않고 마음껏 즐기다.

다는 각오를 필요조건으로 한다…….

나는 이러한 생각을 하며 역시 이 사람 저 사람 쳐다보고 앉았다가, 정자의 지금의 생활을 생각해 보았다. 그 애가 반역자라는 점은 찬성이다. 그러나 자기의 생활을, 자율하여 나갈 힘이 있을까. 자기 생활의 **중류**에 뛰어 들어갈 용기가 있을까? 다소의 자각도 있고 영리는 하지만. ……그러나 허영심이 앞을 서기 때문에 물질적으로나 정신적으로나 믿을 수 없는 것이다…….

전차는 종일 노역에 기진하여, 허덕허덕 다리를 끌면서, 잠이 들어가는 집집의 적막을 깨뜨리려는 듯이, **빽빽** 기쓰는 듯한 외마디 소리를 치며, E가도의 암흑 속을 겨우 기어 나와서, 대낮같이 전등이 달린 차고 앞에 와서, 한숨을 휘 쉬며 우뚝 섰다. 졸음 졸듯이 고요하던 찻간 안은, 급작스레 왁자해지면서 **우중우중** 내려왔다.

나도, 검은 양복바지에 푸른 저고리를 입고, 벤또갑을 든 사오인의 직공 뒤를 따라 내려왔다. 쌀쌀한 바람이 확 끼쳤다.

"아, 요새도 밤일을 하슈? 오늘은 제법 춥지요."

"예, 인제 참 겨울인데요."

"이리 들어와, 좀 녹여 가시구려."

차고 문간에 섰던 차장과 이같이 수작을 하며, 따뜻해 보이는 차장 휴게실로 끌려 들어가는 직공들의 뒤를, 부러운 듯이 건너다보며, 나는 그 사이 골짜기로 들어섰다.

하숙으로 휘돌아 들어오는 길에 뒷집에 있는 ×군을 들여다볼까 하며 한참 망설이다가, 결심하고 들어가 보았다. ×군은, 내가 이 밤으로 귀국하게 되었다는 말을 듣고, 당자인 나보다도 놀라며, 진정으로 가엾어하는

중류(中流)　어떤 일이 진행되는 추세의 중간쯤.
우중우중　몸을 일으켜 서거나 걷는 모양.

▲ 동경역

동경역의 4층까지 뚫린 돔 아래쪽에 위치한 광장. 천장에는 거대한 독수리 조각이 설치되어 있어 당시의 신문
은 "마치 궁전과도 같다."고 보도했다. 맨 처음에는 모모야마[桃山]시대의 일본 건축 양식으로 계획되었다.

모양이었다. 나는 사람 좋은 ×군을, 도리어 웃으면서 하숙으로 돌아왔다.

뒤미처 따라온 ×군과 같이, 짐을 **수습하여** 주인에게 맡긴 후에, 인사 받을 새도 없이 총총히 가방을 들고, 우리 둘이서 동경역으로 향한 것은, 그럭저럭 10시가 넘은 뒤였다. ×군이 재촉을 하는 대로 나는,

"늦으면 내일 떠났지, 하는 수 있나!"

하면서도 허둥허둥 동경역에 도착해 보니까, 내 시계가 틀렸던지, 그래도 10분 가량이나 여유가 있었다.

가방을 뒤에 서 있는 ×군에게 맡겨 놓고 차표를 사려고 출찰구 앞에 들

수습하다(收拾-) 흩어진 재산이나 물건을 거두어 정돈하다.

어가 서 있으려니까 곁에서 누가 살짝 건드리며,

"이상!"

하는 귀에 익은 소리가 들린다.

나는 깜짝 놀라서 돌아다보았다. 역시 정자다. 자줏빛 보자에다가 네모진 것을 싸서 들고 옆에 선 ×군의 시선을 꺼리는 듯이, 옆을 흘겨보고 섰다.

"웬일이야? 이 추운 밤에."

나는 의외인 데에 놀라며, **위무하는** 듯이 한마디 했다.

"난, 안 가시는 줄 알았지!"

"한참 기다렸어?"

"아뇨, 난 늦을까 봐 허둥지둥 나왔더니……."

"미안하구려. 어서 들어가지, 그럼……."

정자는 거기에는 대답도 안 하고, 맞은편 출찰구로 총총걸음을 걸어갔다.

×군이 자리를 잡으려고 앞서 들어간 뒤에, 정자는 입장권을 사가지고 와서, 맨 끝으로 둘이 나란히 서서 걸으며 입을 벌렸다.

"오래 되실 모양이에요?"

"뭘, 고작해야 2주일쯤이지."

"오래 되시건 편지라도 해주세요. 그동안에 나도 어떻게 될지 모르니까."

"왜, 어딜 가게?"

"글쎄요, 밤낮 이 모양으로만 하고 있을 수도 없으니까……."

정자는 말을 끊고, 잠깐 고개를 기울이고 걷다가, 가까이 와서 매달리듯이 몸을 살짝 실리며,

"이렇게 급하지만 않았다면, 나도 같이 경도(京都)까지라도 가는 것을……."

위무하다(慰撫−) 위로하고 어루만져 달래다.

하며 나를 쳐다보며 웃었다. 나는 잼처 무엇을 물으려다가, ×군이 황망히 손짓을 하며 부르는 바람에, 정자와는 총총히 인사를 하고 차에 올라서, ×군과 바꾸어 앉았다.

친구에게 전송을 받거나, 물건을 받는 일은 별로 없었기도 하려니와, 도리어 귀찮은 일이지만, 정자가 무엇인지 보자에 싼 채 창으로 디밀며, 지금 펴볼 것 없다 하기에, 나는 그대로 받아서 선반에 얹을 새도 없이, 차는 움직이기 시작하였다.

반 **간통**쯤 떨어져서, 오도카니 섰던 정자의 똑바로 뜬 방울 같은 두 눈이, 힐끗하더니 몰려 나가는 전송인 틈에 사라져 버렸다.

2

반찬 찬합같이 **각다구니**를 여기저기 함부로 벌여 놓고 꼭꼭 끼어 앉은 틈에서, 겨우 잠이랍시고 눈을 붙였다가 깨니까, 아직 동이 트려면 한두 시간이나 있어야 할 모양. 찻간은 **야기**에 선선하면서도, 입김과 **궐련** 연기에 혼탁했다. 다시 눈을 감아 보았으나 좀처럼 잠이 들 것 같지도 않고, 외투 자락을 걸친 어깨가 으스스하여, 일어나 앉으며 담배 한 개를 피워 물고 나서, 선반에 얹은 정자가 준 보자를 끌어내렸다. 아까 받아 얹을 때에 잠깐 보니까 과자 상자 위에 술병 같은 것이, **두두룩이** 얹혀 있는 것 같아서 그리한 것이다. 네 귀를 살짝 접어서 싼 자주 모사 보자의 귀를 들치고

간통 넓이의 단위. 한 간통은 집의 몇 칸쯤 되는 넓이.
각다구니 각이 진 짐이나 꾸러미.
야기(夜氣) 밤공기의 차고 눅눅한 기운.
궐련 얇은 종이로 가늘고 길게 말아 놓은 담배.
두두룩이 가운데가 솟아서 수북한 상태로.

보니까, 과연 갑에 넣은 위스키 중병이 얹혀 있다. **어한** 겸 한잔 할 작정으로 병을 쑥 빼려니까, 갸름한 연보랏빛 양봉투가 끌려 나왔다.

'별안간에 편지는 무슨 편지인구. 응 그래서 아까 풀지 말라구 한 게로군……'

나는 혼자 속으로 이렇게 생각을 하며, 꺼내서 옆에 놓은 모자 밑에 찔러 넣어 놓은 뒤에, 한잔 위선 따라서 한숨에 켰다.

영리한 계집애다. 동정할 만한 카페의 웨이트리스로는 아까운 계집애다라고 생각은 했어도 이때껏 내 차지로 해보겠다는 정열을 경험한 때는 없다고 해도 거짓말이 아니다. 원래가 이지적, 타산적으로 생긴 나는, 일시 손을 댔다가, **옴칠** 수도 없고 내칠 수도 없게 되는 때에는, 그 머릿살 아픈 것을 어떻게 조처를 하나, 하는 생각이 앞을 서는 동시에, 무슨 민족적 **거구**(渠溝)가 앞을 가리는 것은 아니라도, 이왕 외국 계집애를 얻어 가지고, 아깝게 스러져 가려는 청춘을 향락하려면, 자기에게 맞는 타입을 구하겠다는 몽롱한 생각도 없지 않아서 그리하였다. 그러나 숄 한 개가 인연이 되어, 편지까지 받게 되고 보니, 불쾌할 것은 없으나 다소 예상외인 감이 없지 않았다. 물론 어떠한 정도의 애착이 없는 것은 아니지만, 그렇다고 그것이 곧 생명의 내용인 연애도 아니려니와, 설혹 연애에 끌려 들어간다 할지라도 그것으로 인하여, 공연히 자기의 생활에 파란을 일으키고, 공연한 고생을 벌어 가며, 안가(安價)한 눈물과 환멸의 비애를 사고 싶은 생각은 없었다. 내가 많지 않은 학비나 여비 속에서, 특별히 생각하고 숄을 사다가 준 것도, 그 애에게 폐를 많이 끼친 사례도 되고 또는 기뻐하는 양을 보고 향락하겠다는 의미에 지나지 않았다. 만일 정자의 사랑을 바란다 할

어한(禦寒) 추위에 언 몸을 녹임. 또는 추위를 막음.
옴치다 '옴키다'의 잘못. 힘 있게 잡다.
거구(渠溝) 도랑. 매우 좁고 작은 개울.

지경이면 나는 구차히 물질에게 중매 들기를 원치 않았을 것이다.

　나는 이런 생각을 하며, 두어 잔 더 마시고 나서, 편지를 꺼내서 **피봉**을 들여다보았다. 침착하고도 생생하고 정돈된 필적은, 그 애의 용모와 같이 재기가 **발려** 보였다. 나는, 앞사람은 졸고 앉았지만, 누가 보지나 않을까 하고, 그대로 포켓에다가 집어넣으려다가 그래도 궁금증이 나서 쭉 뜯어 보았다.

　지금은 이런 편지를 올릴 기회가 아닌지도 모릅니다. 왜 그러냐 하면, 나는 물질로써 좌우되는 **천열한** 계집이라고 생각하실 것이, 너무도 창피하고 원통하기 때문이외다. 그러나 그러할수록에……

　이렇게 **허두**를 낸 나의 위선적 태도에 대한 예리한 비판과 공격, 자기의 절망적 술회, 자기의 장래에 대한 희망 등을 간단간단히 **요령**(要領)만 쓴 뒤에, 형편 따라서는 **세말**쯤, 혹은 경도의 고모 집으로 갈지 모르겠다고 했다.

　나는 한번 쭉 보고 나서, 혼자 웃었다. 그러나 그것은 조소거나, 나에게 대한 신뢰에 대하여 만족한 미소는 아니었다. 애를 써 설명하자면, 그 계집애의 조리가 정연한 이론과, 이지적이요 **명민한** 그 애의 두뇌에 만족이었다.

　나는 곧 답장을 써볼까 하다가, 하나 둘씩 일어나 앉는 사람들의 시선이 귀찮아서 그만두어 버리고, 또다시 잔을 들었다.

피봉(皮封)　겉봉. 봉투의 겉면.
발리다　생각이나 태도 따위가 겉으로 드러나다.
천열하다(賤劣-)　인품이 낮고 용렬하다.
허두(虛頭)　글이나 말의 첫머리.
요령(要領)　가장 긴요하고 으뜸이 되는 골자나 줄거리. 핵심.
세말(歲末)　세밑. 한 해가 끝날 무렵. 설을 앞둔 섣달 그믐께를 이른다.
명민하다(明敏-)　총명하고 민첩하다.

……왜 우롱을 하세요? 무슨 까닭에 농락을 하세요? P자와 저를 놓고 희롱하시는 것은 유쾌하시겠지요. 그러나 너무 참혹하지 않습니까. 물론 당신도, 애(愛)는 유희가 아니라는 것은 아시겠지요.

……누가 당신께서 손톱만큼이라도, 나를 사랑하신다는 것은 아니지만, 나에게는 견딜 수 없는 고통입니다. 혹시는 모욕입니다. 당신의 태도가, 그외에는 어떻게 할 수 없으시다면 우리는 이 이상 교섭을 끊는 것이 정당한 일이겠지요……

이것이 정자의 최대 불평이었다. 나는 술병을 싸서 놓고, 가만히 드러누워서 편지 사연을 곰곰이 생각해 보았다.

정자가 과거의 쓴 경험—글로 말미암은 현재의 경우에서도, 어떻게 해서든지 헤어나려는 자각과 진실되어 자기의 생활을 인도하려는 노력 그것을 생각할 제, 나는 감상적으로 그 애를 위하여 울고 싶었다. 옆에 앉았을 지경이면, 그대로 답삭 껴안고, 네 눈에서 흘러나오는 쓴 눈물을 같이 맛보고 싶었다. 그러나 그런 생각도 그 순간뿐이었다.

'계집애하고 키스를 하면서도 침맛을 분석하는 놈에게, 애(愛)가 있다는 것부터 틀린 수작이다.'

이렇게 생각을 하며, 아까 M헌 2층의 광경을 머리에 그려 보았다. 그때 정자는 어떠했을까? 모욕이란 의식부터 머리에 떠올랐을까? ……그러나 자기 말마따나, 이때껏 한 남자의 입밖에는 몰랐었다면, 그리고 나에게 대한 애욕이 있다 하면 확실히 몽중(夢中)이었을 것이다. 그리고 보면, 정자도 아직 행복하다.

이런 생각을 할 제, 사람의 행복은—적어도 사람다운 정열은, 정조로부터 나오는 것이 아닌가 하는 생각도 해보았다.

'그러나 자기는, 이때껏 연애다운 연애를 해본 일도 없으면서, 청춘의 자랑이요 색채라 할 만한 정열이 고갈한 것은 웬 까닭인가. 하여간 성격이 기형적으로 성장했다는 것은 사실이다. 이것은, 정열을 소각시킨 제일 원인이지만, 동시에 인간성의 타락이다. 하지만 자기를 살리기 위하여, 어떠한 경우에는 이 정열을 억제해야 할 필요도 있으니까, 반드시 성격이 뒤틀렸다거나 인간성이 타락하여 그렇다고만도 할 수 없지…….'

그러나 자기를 살린다는 것이, 자기의 비열한 쾌락을 만족시킨다는 것이 아닌 이상, 사람을 우롱한다는 것은 죄악이다. 정열이 없으면 없을 뿐이지, 그렇다고 사람을 우롱하라는 것은 아니다. 사람에게는 사람을 우롱할 권리도 없거니와, 극단으로 말하자면, 사람을 우롱하는 것은, 인생을 유희함이라는 의미로서 결국에 자기 자신을 우롱하고 유희함이다.

무슨 까닭에, 자기는 굳세고 높게 살리겠다면서, 가련한 일개 여성을 농락하려는가? 사실 말하자면 오늘까지 나의 정자에 대한 태도는 그런 공박을 받을 만도 하다. 정자 앞에서도 P자를 귀여워하는 체하고, P자의 손을 잡은 뒤에는, P자가 보는 데서 정자의 비위를 맞추려 하는 체하는 그런 더러운 심리는, 창부보다 낫다 하면 얼마나 나을까. 자기에게 창부적 근성이 있기 때문에 사람을 창부시하는 것이 아닌가. 정신적 창부! 그것이 타락이 아니고 무엇일까. 일 여성을 사랑할 수 없을 만치 타락하였다. 그리고 정신적 타락은 육체적 타락보다도 한층 더 무서운 것이다. 타락이라는 것이 어폐가 있다 하면, 그만큼 사람 냄새가 없어졌다고 하는 것이 옳을까. ……하지만, 사랑이니 무어니 머릿살 아프다.

나는 이런 생각을 하며 누웠다가, 숨이 괴로워서 벌떡 일어나 **데크**로 나왔다.

차 안의 전등은 아직 안 나갔으나, 젖빛 같은 하늘이 하얘져 가며, 인기척 없이 꼭꼭 닫은 촌가가 가끔가끔 눈앞으로 날아가는 것을 보면, 동은

데크 객차 출입구의 발판.

벌써 튼 모양이었다. 아침 바람이 너무도 세어서, 나는 무심코 외투 깃을 올리며 이삼 분 섰다가, 그래도 견딜 수가 없어서 다시 들어와 자기 자리에 드러누웠다.

한 두어 시간이나 잤을지, 사람이 너무 붐비는 바람에 잠이 깨어서 눈을 뜨고 내다보니, 기차는 플랫폼에서 어슬렁어슬렁 기어 나가는 모양. 나는 일어나기가 싫기에, 지금 바꾸어 들어와 앉은 앞자리의 사람더러 예가 어디냐고 물어보았다.

"나고야예요."

"에? 인제야 나고야?"

나는 이같이 놀란 듯이 반문을 하고, 암만해도 중도에서 하루 묵어가야 하겠군 하는 생각을 채 결심도 못하고 또 잠이 들어 버렸다.

한잠 늘어지게 자고 나서 보니까, 기차는 아직도 **기내지방**(畿內地方) 어귀에서 헤매는 모양. 시간표를 들추어 보니 경도에서 내리려면 아직도 세 시간, 신호(神戶)에서 묵어간다면 다섯 시간 가량이나 있어야 할 터이다.

'을라(乙羅)나 가서 볼까?'

내년 신학기에는 동경 음악학교로 전학을 하겠다고, 규칙서를 얻어 보내라고 한 을라의 부탁을 이때껏 **월여**(月餘)나 되도록 답장도 안 한 것을 생각해 보았다. 그것은 나의 태만도 태만이거니와, 만 1년간이나 **음신**(音信)이 격절한 오늘날에, 불쑥 편지를 하는 것도 이상하고, 또다시 서신을 왕복하는 것은 피차에 머릿살 아픈 일이기 때문이었다.

'지금 만나면 어떤 얼굴로 볼꾸?'

창턱에 기대어 앉아서, 방울방울 방울을 지어 올라가는 담배 연기를 물

기내지방(畿內地方) 교토와 가까운 다섯 지방의 총칭. 야마시로, 야마토, 가와치, 이즈미, 셋츠를 가리킨다.
월여(月餘) 달포. 한 달이 조금 넘는 기간.
음신(音信) 먼 곳에서 전하는 소식이나 편지.

끄러미 쳐다보며, 가장 정숙한 듯이 가장 부끄러운 듯이 꾸미는 을라의 **팔초한** 하얀 얼굴을, 머릿속에 그려 보았다.

'요샌 히스테리가 좀 나았나? 병화하고는 여전한가? 그러나 내게 또 불쑥 규칙서를 얻어 보내란 핑계로 편지를 한 것을 보면, 그동안 또 무슨 풍파가 있었는지도 모를 일이다.'

이런 생각을 할 제, 별안간에, 이왕이면 신호에서 내려서 을라를 찾아보려는 호기심이 와락 일어나서, 또다시 시간표를 뒤적거리며 누웠다.

도지개를 틀면서, 그럭저럭 네 시간 동안을 멀미를 내고, 겨우 감방 속 같은 삼등 찻간에서 해방이 되어 신호역두에 내려선 것은, 은빛같이 비치는 저녁해가 육갑산(六甲山) 산등성이에 걸렸을 때였다. 큰 가방은 역에다가 맡겨 두고, 오글오글 끓는 정거장에서 빠져나와 한숨을 돌리니 사람이 살 것 같았다.

전차에 올라탈까 하다가, 저녁이나 먹고 나서 을라에게 찾아가리라 하고, 원정통으로 향했다. 작년 초여름 일을 생각하고, A카페의 아래층으로 들어가서, 여기저기 옹기옹기 앉아 있는 다른 손들을 피하여 한구석에 자리를 잡았다. 두세 접시나 다 먹도록 작년에 보던, 두 팔을 옴켜쥐고 **아기족아기족** 돌아다니던 그때의 그 계집애는 흔적도 보이지 않았다. 차를 가지고 온 계집애더러 물어보니까,

"왜요?"

하고 의미있는 듯이 웃을 뿐이다.

"왜, 어딜 갔나? 그저 여기 있긴 있겠지?"

"흥! 언제 만나 보셨어요? 아세요?"

팔초하다 얼굴이 좁고 아래턱이 뾰족하다.
도지개를 틀다 얌전히 앉아 있지 못하고 몸을 이리저리 꼬며 움직이다.
아기족아기족 팔다리를 마음대로 잘 놀리지 못하고 천천히 부자연스럽게 조금씩 겨우 걷는 모양.

▲ 신여성
당시 신식 공부를 하던 여학생의 모습이다.

"글쎄 말이야!"

"벌써 천당 갔답니다!"

"응? 무슨 병으로?"

"**폭발탄 정사(情死)**라는 **파천황**의 죽음을 하였답니다."

하며 깔깔 웃다가, 다른 손님이 들어오는 것을 보고, 뛰어 달아난다.

폭발탄 정사라는 말에 귀가 번쩍 뜨여서, 그 계집애가 다시 오기만 어느 때까지 기다려도 돌아본 체도 안 하고 분주히 돌아다닌다. 기다리다 못하여 불러 가지고 셈을 하면서,

"누구하고 그랬어?"

하며 물어보았으나, 내 얼굴만 말끄러미 쳐다보다가,

"누가 압니까. 요다음 오세요. 이야기를 할게요."

하고 바쁜 듯이 팔딱팔딱 신소리를 내며 뛰어 들어가 버렸다.

'사실, 그것은 알아 무얼 하나!'

나는 이렇게 생각하고 일어나 나오면서도 어떤 놈하고 어떻게 하였누? 하는 호기심이 없지 않았다.

카페에서 나온 나는, 영정사정목(榮町四丁目)에서 산수(山手) 방면으로 꼽들어, 잊어버린 길을 이리저리 헤매면서, C음악학교로 찾아갔다.

시간은 아직 늦지 않았으나 밤은 들어가는 것 같았다. 저녁 뒤의 연습인지 아래층 저 구석에서 은근하고도 화려하게 울려 나오는 피아노 소리에 귀를 기울이며 기숙사 문간에 서 있으려니까, 을라는 기별하러 들어간 하녀의 앞을 서서, 발을 벗은 채 통통거리며 2층에서 내려왔다.

"이게 웬일예요, 참 오래간만이올시다그려! 어서 올라오세요."

폭발탄 정사(情死) 연애로 번민하여 동반 자살을 선택한 일을 두고, 마치 끓어오르는 정열이 폭탄처럼 터져서 사랑하는 남녀가 동반 자살을 했다는 식으로 약간 비아냥거리는 어조로 한 말이다.
파천황(破天荒) 이전에 아무도 하지 못한 일을 처음으로 해냄을 이르는 말.

인사할 말을 미리 생각하였던 사람처럼 이렇게 한마디 한 을라는 미소가 어린 그 옴폭한 눈으로 힐끗 나를 쳐다본 후에, 부끄럽다는 듯이 눈을 내리깔며, 태연히 **문설주**에 기대어 섰다. 나는 빨간 끈이 달린 발 째진 짚신 위에 가벼이 얹어 놓은 하얀 조그만 발을 들여다보며, 구두끈을 풀고 올라서서 을라의 뒤로 따라섰다.

"응접실은 추우니까, 내 방으로 가시지요."

을라는 이렇게 한마디 하고 아까 내려오던 층계를 지나서 끌고 들어가다가, 잠깐 서 있으라고 하고 누구의 방인지 뛰어 들어갔다. 방문을 열어 놓은 채 꿇어앉아서 무어라고 한참 **재깔재깔하더니**, 생글생글 웃으며 나와서 2층으로 나를 데리고 올라갔다.

"사내를 함부루 끌어들여도 상관없나요?"

나는, 자리를 한구석으로 똘똘 말아서 밀어 놓은 것을 돌려다 보며 이렇게 물었다.

"아무 염려 없에요. ……그렇지만, 혹시 이따가 사감이 들어오더라도, 서울서 오는 오빠라고 하세요."

"그런 꿔다 박은 오빠 노릇은 어려운데……."

이런 실없는 소리를 정색으로 하며, 을라가 권하는 대로 책상 앞에 앉았다.

"옳지, 오빠 행세를 하려면, 싫어도 이렇게 상좌에 앉아야 하겠군……."

농도 아니요 빈정대는 것도 아닌, 이런 소리를 또 한마디 하며, 펴놓았던 책이며 버선짝 옷가지를 부산히 치우는, 을라를 건너다보았다.

을라는, 치우던 것을 한편으로 몰아 놓고, 책상 모퉁이에 비스듬히 꿇어앉아서, 윤광 있는 쌍거풀진 눈귀를 처뜨리며, 약간 힐책하는 어조로,

"그 왜 그러세요. 1년 만에 퍽도 변하셨습니다그려."

문설주(門─柱) 문짝을 끼워 달기 위하여 문의 양쪽에 세운 기둥.
재깔재깔하다 나직한 소리로 조금 떠들썩하게 이야기하다.

하며, 수기(羞氣)가 있는 듯이 고개를 숙여 버렸다.

"글쎄요, 내가 그렇게 변했을까. 그러나 을라씨의 얼굴이야말로 참 변하셨소그려! 그래도 그 눈만은 여전하지만! 하하하."

나는 일부러 이런 소리를 기탄없이 해보았다. 어찌한 까닭인지, 아까 올때에는 퍽 망설이기도 하고, 만나면 어떠한 태도로 대해야 할지 어금니에 무엇이 끼인 것같이 이상하게 근질근질하더니, 지금 여기 들어와서 이렇게 마주 앉고 보니, 어디까지든지 조롱을 해주겠다는 생각이, 반성할 여유도 없이 머리를 압도했다.

"차차 늙어 가니까, 그렇지요. 그렇게 내 얼굴이 변했을까요?"

의외에 내가, 파탈한 태도로 수작을 하는 데에 안심한 을라는, 책상 위에 버려 놓았던 큼직한 석경을 들어서 들여다보며, 또다시 말을 계속했다.

"그런데 벌써 방학이에요? 나두, 이번에는 나갔다가 들어올 텐데, 동행하실까요?"

"작히나 좋겠소. 그러나 이 밤으로 준비하시겠소?"

"이 밤으루?"

"난, 내일 아침차로 떠날 텐데요."

"이틀만 연기하시면 되지, 내일이 토요일이지요. 적어도 내일까지만 묵으세요."

"무어 할 일이 있나요. 모처럼 만나러 왔던 사람은 정사를 해버렸고!…… 나도 정사나 하겠다는 사람이나 있으면 묵을지 모르겠지만……."

"참 변한다 변한다 하니 이선생같이 변하신 양반이 어디 계세요. 아아, 참……."

을라는 급작스레 무엇에 감격한 듯이, 얕은 한숨을 쉬며 고개를 숙였다. 그것이 무엇을 의미하느냐는 것을 직각한 나는, 얄밉기도 하고, 일종의 모욕 같은 생각이 나서,

"그래, 그 변한 원인이 어디 있단 말씀이오? 아마 을라씨에게 있겠지? 그렇다면 책임을 져야 하지 않소?"

나는, 말끝에 '되지 않게!'라는 한마디가 혀끝까지 나오는 것을, 입술로 비벼 버렸기 때문에, 애를 써 한 말이 내 얼굴의 표정도 쳐다보지 않는 을라에게는, 농담인지 진담인지 알 수 없었던 모양이었다. 혹 알고도 모르는 체하는 버릇도, 이 계집애에게는 항용 수단이지만, 하여간 을라는 내 말에 잠깐 얼굴을 붉히는 듯하더니, 다시 눈살을 찌푸리며,

"그런 소린, 해 무엇하세요. 그러나 참 정말 모레쯤, 나하고 같이 가세요. 같이 못 가시더라도, 내일 오후부터는 자유니까 이야기할 것도 있고, 구경도 시켜 드릴게……. 하여간 그리 급한 볼일은 없지요?"

단조와 적막과 이성에 대한 기갈에 고민하던 그때의 을라에게는, 나의 방문은 의외일 뿐 아니라, 진심으로 반가웠던 모양이었다.

"글쎄 그래도 좋지만, 신호는, 멀미가 나도록 구경을 했는데, 또 무슨 구경을 해요?"

"아 참, ……그러면 어차피 **대판**공회당의 음악회에 갈까 하는데요, 거기에라도 가시지. 토요일하구 일요일하군, 이 근방 학생들은 죄다 제 집에 나가서 자기두 하구……."

'말도 잘하지만 수완도 할 만하다.' —나는 이런 생각을 하며, 작년 가을에 기숙사로 들어가기 전에, 여염집 하숙 주인인지 어떤 절간의 중인지 하는 일본놈하고 관계가 있었다는 소문을 생각하며, 또다시 을라의 희고 동글납대대한 얼굴을 쳐다보았다.

"아무려나 되어 가는 대로 합시다. 그러나 요새 병화군은 어데 있나요?"

"그걸 왜 날더러 물어보세요? 아시면 당신이 더 잘 아시겠지요."

대판(大阪) 일본의 도시 '오사카'.

을라는 병화의 말을 듣더니, 별안간에 얼굴을 붉히고, 독기 있는 소리로 톡 쏘았다.

'나도 퍽 대담하게 되었지만, 너도 참 대담하구나.' 하며 나는 천연히,

"아뇨. 요샌 서울 있는지 몰라서 물어본 것이에요. 그러나 그다지 놀라실 게 무엇이에요?"

하고 대답하였다.

을라도 지금 자기의 말이, 오히려 우스웠다고 후회하는 듯이, 소리를 낮추며,

"글쎄, 병화씨하고 무슨 깊은 관계가 있는 듯이, 늘 오해를 하시지만……."

"누가 오해는 무슨 오해를 해요. 사람에게 러브를 할 자유조차 없다면, 죽어야 마땅하지……. 오해를 하거나 육해를 하거나 아주 육회(肉膾)를 하거나, 그까짓 게 다 무어예요. 하하하. 참 너무 늦어서 미안하외다. 인젠 차차 가봐야지……."

하고 나는 모자를 들어서 만적만적하다가,

"에잇 실미적지근해 못 살겠다."

이같이 토하듯이 혼잣말처럼, 한마디 하고 와락 일어났다.

"왜 그러세요. 그렇게 달음박질 가시려면, 왜 내리셨어요……. 그런데 무엇이 실미적지근하시단 말씀이에요?"

을라는 실미적지근하다는 말에, 무슨 활로나 얻은 듯이 반기는 낯빛으로, 그대로 앉아서 나를 만류한다.

"누가 을라씨 보려구 내린 줄 아슈? 다 만날 사람이 있어서, 불원천리하고 온 것이라서 마음에두 없는 놈하고, 폭발탄을 지고, 불구덩이루 들어갔더니, 세상은 고르지도 않아. 대체 날더러 어쩌란 말인구!"

"참 정말이에요? …… 누구에요? …… 일본 여자 조선 여자?"

어리광하듯이 생글생글 웃으며 쳐다보는 을라의 얼굴은, 아무리 보아도 이십오륙 세로는 보이지 않았다.

"그건 알아 뭘 하시려우. 그러나 참 어서 가야지! 또 뵙시다."

하고 나는 어쩌나 보려고, 손을 내밀었다.

그래도 손을 내어 줄 용기는 없었던지, 을라는 물끄러미 내 얼굴만 쳐다보다가,

"지금 가시면 어데로 가실 작정이에요? 내일 떠나시진 않을 테지요?"

"되어 가는 대로 하지요. 여관에 가서 생각을 해봐서 마음 내키는 대로 하지요."

"내일 음악회는, 참 좋아요. 동경서 일류들만 와서 한다는데……."

"일류인지 이류인지, 송장을 뻐듯드려 놓고, 음악회란 다 뭐예요. 에이 가겠습니다. 사감이나 나오면 누님 소리까지 하면서 예 있을 필요가 있나!"

하고, 나는 방문을 열고 훌쩍 나섰다. 을라도 하는 수 없이 쫓아 나오며,

"왜, 날더러 누이라구 못하실 게 뭐야. 그런데 송장이란 무슨 소리세요? 왜 그리 이상스럽게만 구세요. 수수께끼 같은 소리만 하시고, 난 무엇에 홀린 것 같습니다그려."

나는 나란히 서서 층계로 내려오며, 지금 나가는 이유를 이야기해 들려주었다. 을라는 깜짝 놀라는 듯한 표정으로,

"그거 안되었습니다그려! 그러면서 여긴 왜 들르셨에요? 남자란 참 무정도 하지, 어쩌면 부인이 돌아가셨는데……."

하며, 책망을 하는 듯한 을라의 얼굴에는, 그럴듯하게 보아서 그런지, 이때껏 멋모르고 만류한 것이 부끄럽기도 하고 일편으로는 분하기도 하다는 낯빛이 돌며, 눈가 입이 샐룩해졌다. 그러나 내가 불쑥 온 것이 무슨 의미가 없지는 않은가 하는 일종의 기대가 있는 듯도 하다.

"그러기에 남자하고는, 잇새도 어우르질 마슈. 더구나 나 같은 놈하군.

자, 그러면……."

나는 이같이 한마디 던져 두고, 인사하는 소리도 채 다 듣기 전에, 캄캄한 문밖으로 휙휙 나와 버렸다.

깔깔 웃고 싶으니만치 인사 사나운 유쾌를 감하면, 을라와 작별하고 나온 나는, 그날 밤은 신호역전의 조고만 여관 뒷방에서 고요히 새우고, 그 이튿날 저녁에야 **연락선**을 타게 되었다.

방축이 터져 나오듯 별안간에 꾸역꾸역 토해 나오는 시꺼먼 사람 떼에 섞여서 나는 연락선 대합실 앞까지 왔다.

하관에 도착하면 그 머릿살 아픈 으레 하는 승강이를 받기가 싫기에, 배로 바로 들어갈까 했으나, 배에는 아직 들이지 않는 모양. 나는 하는 수 없이 대합실로 들어갔다. 벤또나 살까 하고 매점 앞에 가서 서 있으려니까, 어느 틈에 벌써 눈치를 챘던지, **인버네스**를 입은 낯선 친구가 와서, 모자를 벗으며 국적이 어디냐고 묻는다. 나는 암말 안 하고 한참 쳐다보다가, 명함을 꺼내서 내밀고 훌쩍 가게로 돌아서 버렸다.

"본적은?"

내 명함을 받아 들고, 내가 흥정을 다 하기까지, 기다리고 있던 인버네스는 또 괴롭게 군다. 나는 그래도 역시 잠자코, 그 명함을 도로 **빼앗아**서 주소를 기입해서 주고 나서, 사놓았던 물건을 들고 짐 놓은 자리로 와서 앉았다. **궐자**는 또 쫓아와서,

"연세는? 학교는? 무슨 일로? 어디까지……."

연락선(連絡船) 비교적 가까운 거리의 해협이나 해안, 큰 호수 따위의 수로를 횡단하면서 양쪽 육상 교통을 이어 주기 위하여 다니는 배.
방축 물이 밀려 들어오는 것을 막기 위하여 쌓은 둑.
인버네스(Inverness) 소매 대신에 망토가 달린 남자용 외투.
궐자(厥者) '그'를 낮잡아 이르는 말.

하며, 짓궂게 승강이를 부린다. 나는 실없이 화가 나서, 그까짓 건 물어 무엇에 쓰려느냐고 소리를 지르려다가, 외마디소리로 간단간단히 대답을 해주고, 부리나케 짐을 들고 대합실 밖으로 나와 버렸다.

"미안합니다그려."

하며 좀 비웃는 듯이 인사를 하는 궐자의 흘겨뜨는 눈에는 뱃속에서 **바지랑대**가 치밀어 올라온다는 것이 역력히 보였으나, 내 뱃속도 제게 지지 않을 만큼 썩 불편했다.

승객들은 우글우글하며 배에 걸어 놓은 층층다리 앞에 일렬로 늘어섰다. 나도 틈을 비집고 그 속에 끼었다.

아스팔트 칠(漆)한 통에 **석탄산수**를 담고 썩은 생선을 절이는 듯한 형언할 수 없는 악취에, 구역질이 날 듯한 것을 참으며, 제가끔 앞을 서려고 우당퉁탕대는 틈을 **빠져서**, 겨우 삼등실로 들어갔다. 참외 원두막으로서는, 너무도 몰취미하고 더러운 2층 침대 위에다가 짐을 얹어 놓고 옷을 갈아입은 후에, 나는 우선 목욕탕으로 뛰어 들어갔다.

내가 제일착이려니 하였더니, 벌써 삼사 인의 욕객이 욕탕 속에 들어앉아서 떠들어 댄다.

"오늘은 제법 **까불릴걸**!"

"뭘, 이게 해변가니까 그렇지, 그리 세찬 바람은 아니야."

시골서 갓 잡아 올라오는 농군인 듯한 자가, 온유해 보이는 커다란 눈이 쉴새없이 디굴디굴하는 검고 **우악한** 상을, 이 사람 저 사람에게로 돌리면서 말을 꺼내니까, 상인인 듯한 동행자가 이렇게 대꾸를 하였다.

"조선은 지금쯤 꽤 추울걸?"

바지랑대 빨랫줄을 받치는 긴 막대기.
석탄산수(石炭酸水) 페놀과 물을 혼합한 액체. 방부제, 소독제 따위로 쓴다.
까불리다 위아래로 흔들리다.
우악하다(愚惡-) 미련하고 험상궂다.

"그렇지만 온돌이 있으니까, 방 안에만 들어엎디었으면 십상이지."

조선 사정에 익은 듯한 상인 비슷한 사람이 설명을 했다.

"응, 참 온돌이란 게 있다지."

촌뜨기가 이렇게 말을 하니까, 나하고 마주 앉아 있는 자가, **암상스러운** 눈으로 그자를 말끔히 쳐다보더니,

"노형 처음이슈?"

하며 **말참례**를 하기 시작했다. 남을 멸시하고 위압하려는 듯한 어투며, 뾰족한 조동아리가, 물어보지 않아도 빚놀이쟁이의 거간이거나 그따위 종류라고 나는 생각하였다.

"이 추위에, 어째 나섰소? 어딜 가기에?"

"대구에 형님이 계신데, 어머님이 편치 않으셔서……."

"마침 잘되었소그려. 나도 대구까지 가는 길인데. ……**백씨**께선 무얼 하슈?"

"헌병대에 계시죠."

"네? 바로 대구 분대에 계셔요? 네……. 그러면 실례입니다만, 백씨께서는 누구세요? 뭘로 계셔요?"

시골자의 형이 헌병대에 있다는 말에, 나하고 마주 앉은 자는 반색을 하면서, 금시로 말씨가 달라진다. 나는 그자의 대추씨 같은 얼굴을 또 한 번 쳐다보지 않을 수 없었다.

"네, ×라고 하지요……. 아직 **군조**(軍曹)예요. 혹 **형공**도 아십니까? 그런데 노형은 조선엔 오래 계신가요?"

암상스럽다 보기에 남을 시기하고 샘을 잘내는 데가 있다.
말참례(-參禮) 말참견. 다른 사람이 말하는 데 끼어 들어 말하는 것.
백씨(伯氏) 남의 맏형을 높여 이르는 말.
군조(軍曹) 일제강점기의 일본군 하사관 계급의 하나. 오장의 위, 조장의 아래로, 지금의 '중사'에 해당한다.
형공(兄公) 상대방을 가리키는 '형씨'의 높임말.

"네."

궐자는 시골자를 한참 멀뚱멀뚱 쳐다보다가,

"암, 알구말구요. 그 양반은 나를 모르실지 모르지만……. 아, 참 나요? 그럭저럭 오륙 년이나 '**요보**' 틈에서 지냈습니다."

"에구, 그럼 한밑천 잡으셨겠쇠다그려."

이번에는 상인 비슷한 자가 입을 벌렸다.

"웬걸요, 이젠 조선도 밝아져서, 좀처럼 한밑천 잡기는……."

"그러나 조선 사람들은 어때요?"

"요보 말씀이에요? 젊은 놈들은 그래도 제법들이지마는, 촌에 들어가면 대만(臺灣)의 **생번**(生蕃)보다는 낫다면 나을까. 인제 가서 보슈……. 하하하."

'대만의 생번'이란 말에, 그 욕탕에 들어앉았던 사람들이, 나만 빼놓고는 모두 킥킥 웃었다. 나는 가만히 앉았다가, 무심코 입술을 악물고 쳐다보았으나, 더운 김에 가려서, 궐자들에게는 자세히 보이지 않은 모양이었다.

사실 말이지, 나는 그 소위 우국지사는 아니다. 자기가 망국 민족의 일 분자라는 사실은 자기도 간혹은 명료히 의식하는 바요, 따라서 고통을 감하는 때가 없는 것은 아니나, 이때껏 망국 민족의 일 분자가 된 지 벌써 7년 동안이나 되는 오늘날까지는, 사실 무관심으로 지냈고, 또 사위가 그러하게, 나에게는 관대하게 내버려 두었었다. 도리어 소학교 시대에는, 일본 교사와 충돌을 하여 퇴학을 하고, 사립학교로 전학을 한다는 둥, 순결한 어린 마음에 애국심이 비교적 열렬하였지만, 차차 지각이 나자마자 동경으로 건너간 뒤에는, 간혹 심사 틀리는 일을 당하거나, 1년에 한 번씩 귀국하는 길에, 하관에서나 부산·경성에서 조사를 당할 때에는 귀찮기도 하고

요보 일제강점기 때 일본인이 조선인을 낮추어 부르던 말.
생번(生蕃) 대만의 원주민 가운데 대륙 문화에 동화되지 않고 야생적인 생활을 하는 번족을 일본인이 부르던 이름.

분하기도 하지만 그때뿐이요, 그리 적개심이나 반항심을 일으킬 기회가 적었었다. 적개심이나 반항심이란 것은 압박과 학대에 정비례하는 것이요, 또한 활로를 얻는 유일한 수단이다. 그러나 7년이나 가까이 동경에 있는 동안에, 경찰관 이외에는 나에게 그다지 민족 관념을 굳게 의식하게 하지 않았을 뿐 아니라, 원래 정치 문제에 대해 무취미한 나는, 이때껏 별로 그런 문제로 머리를 썩여 본 일이 전연히 없었다 해도 가할 만했다. 그러나 1년 2년 세월이 갈수록, 나의 신경은 점점 흥분해 가지 않을 수가 없었다. 이것을 보면 적개심이라든지 반항심이라는 것은, 보통 경우에 자동적 이지적이라는 것보다는 피동적, 감정적으로 유발되는 것이다. 다시 말하면 일본 사람은, 소소한 언사와 행동으로 말미암아, 조선 사람의 억제할 수 없는 반감을 비등케 한다. 그러나 그것은 결국 조선 사람으로 하여금 민족적 타락에서 스스로 구해야겠다는 자각을 주는 가장 긴요한 동인이 될 뿐이다.

지금도 목욕탕 속에서 듣는 말마다 귀에 거슬리지 않는 것이 없지만, 그것은 독약이 고구(苦口)나 이어병(利於病)이라는 격으로, 될 수 있으면 많은 조선 사람이 듣고, 오랜 몽유병에서 깨어날 기회를 주었으면 하는 생각이 없지 않다.

그들은 여전히 이야기를 계속하고 있다.

"그래 촌에 들어가면 위험하진 않은가요?"

처음 간다는 시골자가 또다시 입을 벌렸다.

"뭘요, 어딜 가든지 조금도 염려 없쇠다. 생번이라 해도, 요보는 온순한 데다가, 도처에 순사요 헌병인데, 손 하나 꼼짝할 수 있나요. 그걸 보면 **데라우치**[寺內]상이 참 손아귀 힘도 세지만 인물은 인물이야!"

데라우치[寺內]　데라우치 마사타케(1852~1919). 일본의 군인·정치가. 육군의 요직을 역임하고 한국 통감으로서 한일 합병을 추진했다. 1916년부터 1918년까지 초대 조선 총독으로 재임했다.

매우 감격한 모양이다.

"그래 촌에 들어가서 할 게 뭐예요?"

"할 것이야 많지요. 어딜 가기로 굶어 죽을 염려는 없지만, 요새 돈 모을 것이 똑 하나 있지요. 자본 없이 힘 안 들고……. 하하하."

"그런 벌이가 어디 있어요?"

촌뜨기 선생은 그 큰 눈을 더 둥그렇게 뜨고, 일종의 기대와 호기심을 가지고 마주 쳐다보는 모양이다.

"왜요, 한번 해보시려우?"

그는 이렇게 한마디 충동이며, 무슨 의미나 있는 듯이 그 악독해 보이는 얼굴에 교활한 웃음을 띠고 한참 마주 보다가,

"시골서 죽도록 땅이나 파먹다가 거꾸러지는 것보다는 편하고 재미있습니다. ……게다가 돈은 쓰고 싶은 대로 쓸 수 있고……."

여전히 뱅글뱅글 웃으면서, 이 **순실한**, 어머니 뱃속에서 나온 그대로 있는 듯한 촌뜨기를 꾄다.

"그런 선반의 떡 같은 장사가 있으면 하다뿐이겠소."

촌뜨기는 차차 침이 말라 온다.

"그러나 밑천이 아주 안 드는 것은 아니지요. ……우선 얼마 안 되지만 보증금을 들여놓아야 하고, 양복이나 한 벌 장만하여야 할 터이니까……. 그러나 노형이야, 형님이 헌병대에 계시다니까 신분은 염려 없을 터인 고로 보증금은 없어도 좋겠지."

제딴은 누구나 그 직업을 얻으려면, 보증금을 내놓는 법인데, 특별히 그것만은 면제해 주겠다는 듯이, 오만한 태도로 어깨를 뒤틀며, 지나가는 말처럼 또 한마디 했다. 그러나 정작 그 직업의 종류가 무엇인가는 용이히

순실하다(淳實-) 순박하고 참되다.

가르쳐 주지 않는다. 실상 곁에서 엿듣고 앉아 있은 나 역시 궁금하지만, 이러한 소리를 듣는 시골 궐자는, 더한층 호기의 눈을 번쩍이며 앉아 있는 모양이다. 그러나 그것을 토설치 않는 것은, 나와 그외의 두세 사람이 들을까 꺼려서 그러는 것 같기도 하고, 또는 그 시골뜨기가, 더욱더욱 열(熱)해진 뒤에 자기의 부하가 되겠다는 다짐까지 받고서 이야기하려는 수단 같기도 하였다.

"그래 그런 훌륭한 직업이 무엇인데, 어디 있어요?"

이번에는 그 시골자의 동행인 듯한 사람이 가만히 듣고 있다가 욕탕에서 시뻘겋게 단 몸뚱어리를 무거운 듯이 끌어내며 물었다. 그자도 물 속에서 불쑥 일어서서 수건을 등 뒤로 넘겨서, 가로잡고 문지르며, 한번 목욕탕 속을 휘 돌아다보고, 다른 사람들이 자들네의 대화에는 무심히 한구석에 앉아 있는 것을 살펴본 뒤에, 안심한 듯이 비로소 목소리를 낮추며 입을 벌렸다.

"실상은 쉬운 일이에요. 나도 이번에 가서 해오면 세 번째나 되오마는, 내지의 각 회사와 연락해 가지고, 요보들을 붙들어 오는 것인데…….즉 조선 **쿠리**[苦力] 말씀요. 노동자요. 그런데 그것은 대개 경상남북도나, 그렇지 않으면 함경, 강원, 그다음에는 평안도에서 모집을 해야 하지만, 그중에도 경상남도가 제일 쉽습니다. 하하하."

그자는 여기 와서 말을 끊고 교활한 듯이 웃어 버렸다.

나는 여기까지 듣고 깜짝 놀랐다. 그 가련한 조선 노동자들이 속아서, 지상의 지옥 같은 일본 각지의 공장으로 몸이 팔려 가는 것이, 모두 이런 도적놈 같은 **협잡** 부랑배의 **술중**(術中)에 빠져서 그러는구나 하는 생각을

쿠리[苦力] 육체노동에 종사하는 하층의 중국인·인도인 노동자. 19세기에 아프리카·인도·아시아의 식민지에서 혹사당하였다. 여기에서는 '중노동에 종사하는 하층 노동자'의 의미로 쓰임.
협잡(挾雜) 옳지 않은 방법으로 남을 속임.
술중(術中) 남의 꾀 속.

할 제, 나는 다시 한 번 그자의 상판때기를 쳐다보지 않을 수 없었다.

'옳지! 그래서 이자의 형이 헌병 군조라는 것을 듣고 이용할 작정으로 이러는 게로군!'

나는 이런 생각도 하여 보며 가만히 귀를 기울이고 앉았었다.

궐자는 **벙벙히** 듣고 앉아 있는 그 두 사람의 얼굴을 등분(等分)해 보고 빙긋 웃고 나서, 또다시 말을 계속한다.

"왜 남선 지방에 응모자가 많고 북으로 갈수록 적은고 하니, 이 남쪽은 내지인이 제일 많이 들어가서 모든 세력을 잡기 때문에, 북으로 쫓겨서 남만주로 기어들어 가거나, 남으로 현해탄을 건너서거나 두 가지 중에 한 가지 길밖에 없는데, 누구나 그늘보다는 양지가 좋으니까, '제미 붙을, 일 년 열두 달 죽도록 농사를 지어야 주린 배를 불리긴 고사하고 반년짝은 강냉이나 시래기로 부증이 나서 뒈질 지경이면, 번화한 대판, 동경에 가서 흥청망청 살아 보겠다.' 수작으로, 나두 나두 하고 청을 하다시피 해오는 터인데, 그러나 북선 지방은 인구도 적거니와 아직 우리 내지인의 세력이 여기같이는 미치지를 못했으니까, 비교적 그놈들은 편안히 살지만, 그것도 미구에는 동냥 쪽박을 차고 나서게 되리다. 하하하."

자기 강설에 열복하는 듯이, 연해 '옳지! 옳지!' 하며 들어 주는 것이, 유쾌하기도 하고 자기의 견문에 자기도 만족하다는 듯이, 또 한 번 깔깔깔 웃었다.

"그래 그렇게 모집을 해가면, 얼마나 생기나요?"

촌뜨기는 구수하다는 듯이 침을 흘리며 묻는다.

"얼마가 뭐요. 여비가 있지, 일당이 또 있지, 게다가 한 사람 모집하는 데에 1원 내지 2원이니까―그건, 회사와 일의 종류에 따라서 다르지만,

---

벙벙히 어리둥절하여 얼빠진 사람처럼 멍하게.

▲ 부산항에서 배를 기다리는 조선인들
일반 여객의 이용은 거의 통제된 상태에서 배 안에는 조선과 대륙으로 진출하는 일본군 그리고 일본으로 끌려
가는 징용자·징병자들로 가득 채워졌다. 피해자들 입장에서는 전시 노예선이었다.

가령 방적회사의 여공 같은 것은 임금도 싼 데다가 모집원의 수수료도
제일 헐하고, 광부 같은 것은 지금 시세로도 1원 50전으로 2원 50전까
지라우. 가령 지금 천 명만 맡아 가지고 와서 보구려. 이삼 **삭** 동안에 여
비나 일당에서 남는 것은, 그까짓 건 다 제하고라도, 일천삼사백 원, 잘
만 되면 근 2천 원은 간데없는 것일 게니, ……하하하, 나도 맨 처음에
—그건 제주도에서 모집해 갔지만—그때에 5백 명 모아다 주고 **실살고**
로 남긴 것이 팔구백 근 천 원이었고, 둘째 번에는 올 가을에 팔백 명이
나 북해도 탄광에 보내고, 근 2천 원 돈이 들어왔다우.”

삭(朔) 개월(個月). 달을 세는 단위.
실살고 겉으로 드러나지 않는 실제의 이익.

노동자 모집원이라는 자는 입의 침이 마르게 천 원, 2천 원을 신이 나서 뇌며 목욕탕 속에서 나왔다.

"예에, 예에."

하며, 일평생에 들어 보지도 못하던 천 원 이천 원 소리에 눈을 휘둥그렇게 뜨고 귀를 기울이고 앉았던 시골자는, 때를 다 밀었는지, 그 장대한 동색(銅色) 거구를 벌떡 일으켜 다시 욕탕 속에 출렁 집어넣으면서, 만족한 듯이 또다시 말을 붙였다.

"그래 조선 농군들이 가서, 그런 공사일을 잘들 하나요?"

"잘하구 못하는 것은 내가 상관할 것 무엇 있소마는, 하여간 요보는 말을 잘 듣고 힘드는 일을 잘 하는 데다가, 임은(賃銀)이 헐하니까 안성맞춤이지. ……그야 처음 데려갈 때에는 품삯도 많고, 일은 드러누워서 떡 먹기라고 푹 삶아야 하긴 하지만, 그래도 갈 노자며, 처자까지 데리고 가게 하고, 게다가 빚까지 갚아 주는 데야 제아무런 놈이기로 안 따라나설 놈이 있겠소. 한번 따라나서기만 하면야, **전차**(前借)가 있는데 그야말로 독 안에 든 쥐지. 일이 고되거나 품이 헐하긴 고사하고 굶어 뒈진다 기루 하는 수 있나, 하하하."

벌써 부하가 되었다는 듯이, **득의만면**하여 모집 방법의 비술까지 도도히 설명을 해주고 앉았다.

나는 좀 더 들으려고 일부러 머뭇머뭇하며 앉아 있으려니까, 승객이 다 올라탔는지, 별안간에 욕객의 한 떼가 디밀어 들어오기에, 금시초문의 그 무서운 이야기를, 곰곰 생각하며 몸을 훔치기 시작하였다.

스물두셋쯤 된 책상도련님인 그때의 나로서는, 이러한 이야기를 듣고 놀라지 않을 수 없었다. 인생이 어떠하니 인간성이 어떠하니 사회가 어떠

전차(前借) 어떤 조건 아래 갚기로 하고 빚으로 쓰는 돈.
득의만면(得意滿面) 일이 뜻대로 이루어져 기쁜 표정이 얼굴에 가득함.

하니 해야, 다만 **심심파적**으로 하는 탁상의 공론에 불과한 것은 물론이다. 아버지나, 그렇지 않으면, 코빼기도 보지 못한 조상의 덕택으로, 글자나 얻어 배웠거나 소설 권이나 들춰 보았다고, 인생이니 자연이니 시니 소설이니 한대야 결국은 배가 불러서, 포만의 비애를 호소함일 따름이요, 실인생, 실사회의 이면의 이면, 진상의 진상과는 아무 계관도 연락도 없을 것이다. 그러고 보면 내가 지금 하는 것, 이로부터 하려는 일이 결국 무엇인가 하는 의문과 불안을 느끼지 않을 수가 없었다. '일 년 열두 달 죽도록 애를 쓰고도, 반년짝은 시래기로 목숨을 이어 나가지 않으면 안 되겠으니까……' 하는 말을 들을 제, 그것이 과연 사실일까 하는 의심이 날 만치, 나는 귀가 번쩍하였다. 나도 팔구 세 전까지는 부모의 고향인 충청도 촌속에서 자라났고, 그후에 1년에 한두 번씩은 촌락에 발을 들여놓아 보았지만, 설마 그렇게까지, 소작인의 생활이 참혹하리라고는, 꿈에도 생각해 본 일이 없었다.

'시를 짓는 것보다는 밭을 갈라고 한다. 그러나 밭을 가는 그것이 벌써 시가 아니냐. 사람은 흙에서 나와서 흙에 돌아간다. 흙의 방순한 냄새에 취할 수 있는 자의 행복이여! 흙의 북돋아 오르는 생기야말로, 너 인간의 끊임없는 새 생명이니라……'

이러한 의미로 올 봄에 산문시를 쓰던, 자기의 공상과 **천려**(淺慮)가 도리어 부끄러웠다. 흙의 냄새가 방순치 않다는 것도 아니다. 그 향기에 취할 수 있는 자가 행복스럽지 않다는 것도 아니다. '조반 후의 낮잠은 **위약**(胃弱)'이라는 **고등 유민**의 유행병에나 걸릴까 보아서 **대팻밥 모자**에 연경이

심심파적(-破寂) 심심풀이.
천려(淺慮) 생각이 얕음. 또는 얕은 생각.
위약(胃弱) 소화력이 약해지는 여러 가지 위장병.
고등유민(高等遊民) 고등실업자. 고등 교육을 받고도 일정한 직업이 없이 놀며 지내는 사람.
대팻밥모자(-帽子) 나무를 대팻밥처럼 얇게 깎아 꿰매어 만든 여름 모자.

나 쓰고, 아침저녁으로 호미 자루를 잡는 것이 행복스럽지 않고 시적(詩的)이 아니라는 것이 아니다. 그러나저러나, 일 년 열두 달, 우마(牛馬) 이상의 죽을 고역을 다 하고도, 시래기죽에 얼굴이 붓는 것도 시일까? 그들이 삼복의 끓는 햇빛에, 손등을 데면서 호미 자루를 놀릴 때, 그들은 행복을 느끼는가? 그들은 흙의 노예다. 자기 자신의 생명의 노예다. 그리고 그들에게 있는 것은 다만 땀과 피뿐이다. 그리고 주림뿐이다. 그들이 어머니의 뱃속에서 뛰어나오기 전에, 벌써 확정된 유일한 사실은, 그들의 모공이 막히고 혈청이 마르기까지, 흙에 그 땀과 피를 쏟으라는 것이다. 그리하여 열 방울의 땀과 백 방울의 피는 한 톨의 나락을 기른다. 그러나 그 한 톨의 나락은 누구의 입으로 들어가는가? 그에게 지불되는 보수는 무엇인가—주림만이 무엇보다도 확실한 그의 받을 품삯이다.

나는 몸을 다 훔치고 옷 입는 터전으로 나왔다.

나는 사람, 드는 사람, 한참 복작대는 틈에서, 부리나케 양복바지를 꿰며 서 있으려니까, 어떤 보지 못하던 친구가, 문을 반쯤 열고 중절모자를 쓴 대가리를 불쑥 디밀며, 황당한 안색으로 방 안을 휘휘 둘러보더니,

"실례올시다만, 여기 이인화란 이가 계십니까?"

하고 묻는다.

"네에, 나요. 왜 그러우?"

나는 궐자의 앞으로 두어 발짝 나서며 이렇게 대답을 하였다. 궐자는 한참 찾아다니다가 겨우 만난 것이 반갑다는 듯이 빙글빙글 웃으며, 문을 활짝 열어젖히고 서서 이리 좀 나오라고 명령하듯이 소리를 친다. 학생복에 망토를 두른 체격이며, 제딴은 유창하게 한답시는 일어의 어조가, 묻지 않아도 조선 사람이 분명하다. 그래도 짓궂게 일어를 사용하고 도리어 자기의 본색이 탄로될까 봐 염려하는 듯한 침착지 못한 행색이, 나의 눈에는 더욱 수상쩍기도 하고, 근질근질해 보이기도 하였다. 나의 성명과

그 사람의 어조를 듣고, 우리가 조선 사람인 것을 짐작한 여러 일인의 시선은, 나에게서 그자에게, 그자에게서 나에게로 올지 갈지 하는 모양이었다. 말하자면 우리 두 사람은, 일본 사람 앞에서 희극을 **연작**(演作)**하는** 앵무새의 격이었다.

"무슨 이야긴지, 할 말 있건 예서 하구려."

나는 **기연가미연가하며**, 역시 일어로 대답하였다.

"하여간 이리 좀 나오슈."

말씨가 벌써 그러한 종류의 위인인 것을 의심할 여지가 없다고 생각한 나는, 그 언사의 오만한 것이 첫째 귀에 거슬려서, 다소 불쾌한 어조로,

"그럼 문을 닫고 나가서 기다리우."

하며 소리를 지르고, 다시 내 자리로 와서 주섬주섬 옷을 마저 입기 시작하였다. 여러 사람의 경멸하는 듯한 시선은, 여전히 내 얼굴에 거미줄 늘이듯이 어리는 것을 깨달았다. 더구나 아까 이야기하던 세 사람은, 힐끔힐끔 곁눈질을 하는 것이 분명했으나, 나는 도리어 그 시선을 피했다. 불쾌한 생각이 목구멍 밑까지 치밀어 오르는 것 같을 뿐 아니라, 어쩐지 기운이 줄고 어깨가 처지는 것 같았다.

옷을 다 입고 문 밖으로 나오니까, 궐자는 맞은편에 기대어 웅숭그리고 서서 기다리는 모양이다.

"미안합니다만, 나하고 짐을 가지고 저리 좀 나가십시다."

뒤를 쫓아오면서 애원하듯이 말을 붙이는 양이, 아까와는 태도가 **일변하였다.**

"댁이 누구길래, 어딜 가잔 말요?"

연작하다(演作−) 문맥상 '연기하다'의 의미로 쓰임.
기연가미연가하다(其然−未然−) '긴가민가하다'의 본말. 그런지 그렇지 않은지 분명하지 않다.
일변하다(一變−) 아주 달라지다.

"에에, 참, 나는 ××서(署)에서 왔는데, 잠깐 파출소로 가십시다."

자기의 직무도 **명언하지** 않고 덮어놓고 가자고 한 것이 잘못되었다는 듯도 하고, 한편으로는 자기가 일인 행세를 하는 것이 내심으로 부끄럽고, 또한 나에게 '노형이 조선 양반이 아니오?' 하고, 탄로나 되지 않을까 하는 염려가 있어서 **앞이 굽는다**는 듯이, 언사와 태도는 점점 풀이 죽고 공손해졌다. 이것을 본 나는 도리어 불쌍하고 가엾은 생각이 나서, 층계를 **느런히** 서서 내려가다가 궐자의 얼굴을 쳐다보았다. 아무 의미 없이 빙글빙글 웃는 그 얼굴에는, 어색해하는 빛이 역력히 보였다. 나는 잠자코 자기 자리로 가서 순탄한 말로,

"나는 나갈 새도 없고, 짐이라곤 이것밖에 없으니, 혼자 가지고 가서 조사할 게 있건 조사하고, 갖다 주슈."

하고 가방 두 개를 들어내서 주었다.

"안 돼요, 그건. 입회를 해줘야 이걸 열죠. 그러지 마시고 잠깐만 나가 주세요. 이건 내가 들고 갈 테니."

선실 내의 수백의 눈은, 모두 나에게로 모여들었다. 여기저기서 수군거리는 소리도 들렸다. 나는 얼굴이 화끈화끈해 더 서 있을 수가 없었다.

"내가 도적질이나 한 혐의가 있단 말이오? 가지고 가서 마음대로 하라는 데야, 또 어쩌란 말이오. 정 그럴 테면 이리로 들어와서 조사를 하라고 하구려. 배는 떠나게 되었는데 나가자는 사람도 염치가 있지."

나는 분이 치밀어 올라와서 이렇게 볼멘소리를 질렀다.

"그러지 마시고 오늘 이 배로 꼭 떠나시게 할 테니, 제발 잠깐만 나가 주세요. 자꾸 시간만 갑니다. ……여기선 창피하실까 봐 그러는 것입니다."

명언하다(明言−) 분명히 말하다.
앞이 굽는다 (떳떳하지 못하여) 움츠러든다.
느런히 죽 벌여 있는 상태로.

"창피하다? 흥, 창피? 얼마나 창피하면 예서 더 창피할까. 그런 사폐 볼
것 없이 마음대로 하슈!"

홧김에 이렇게 소리는 질렀으나, 그 애걸하는 양이 밉살스런 중에도 가
엾어 보이지 않는 것도 아니요, 어느 때까지 승강이만 하다가는 궐자 말마
따나, 이로울 것도 없고 시간만 바락바락 가겠기에, 나가기로 결심하고 윗
저고리를 집어 입고 나서, 어떻게 될지 사람의 일을 몰라서, 아까 사가지
고 들어온 벤또 그릇까지 가지고, 가방을 들고 앞서 나가는 형사의 뒤를
따라섰다.

형사가 큰 성공이나 한 듯이 득의만면하여,

"진작 그러시지요……."

하며 웃는 그 얼굴에는, 달래는 듯하기도 하고 빈정대는 듯한 빛이 보였
다. 나는 무심중에 주먹이 부르르 떨리는 것을 깨달았다.

갑판으로 나와서, 승강구까지 불러다가 조사를 하라 해보았으나, 그것
도 들어주지 않아서 화가 나는 것을 참고, 결국 **잔교**(棧橋)로 내려섰다.

대합실 앞까지 오니까, 아까 내 명함을 빼앗아 간 인버네스가 양복에 외
투를 입은 또 한 사람과 무시무시하게 경계를 하고 섰다가, 우리를 보더니
아무 말 안 하고 기선 화물을 집채같이 쌓아 놓은 뒤로 앞서 들어갔다. 가
방을 가진 자도 아무 말 안 하고 따라섰다. 나는 가슴이 선뜩하는 것을 참
고, 아무 반항할 힘도 없이, 관에 들어가는 소같이 뒤를 대어 섰다. 네 사
람이 예정한 행동을 취하는 것처럼, 묵묵하고 **침중한** 가운데에 모든 행동
을 경쾌하게 하는 것이, 마치 활동사진에서 보는 강도단이나, 그것을 추격
하는 탐정 같았다. 네 사람은 하물에 가려 행인에게 보이지 않을 만한 곳

잔교(棧橋)　부두에서 선박이 닿을 수 있도록 해놓은 다리 모양의 구조물. 이것을 통하여 화물을 싣거나 부리고 선객
이 오르내린다.
침중하다(沈重−)　성격, 마음, 목소리 등이 가라앉고 무게가 있다.

에 와서 우뚝우뚝 섰다. 대합실의 유리창에서 흘러나오는 전광만은, 양복쟁이의 안경테에 소리 없이 반짝 비쳤다.

"오늘 하루 예서 묵지 못하겠소."

양복쟁이가 우선 입을 벌리며 가방을 빼앗아 들었다. 좁은 골짜기에서 나직하게 내는 거세고도 굵은 목소리는, 이 세상에서 들어 본 목소리 같지 않았다. 나는 얼빠진 놈 모양으로, 아무 생각 없이 안경알이 하얗게 어룽어룽하는 그자의 통통하고 둥근 상을 쳐다보며 섰었다. 그자도 나의 표정을 하나라도 놓치지 않으려는 듯이 입술을 악물고, 위협하는 태도로 노려보다가 별안간에 은근한 어조로,

"하루 쉬어서 가시구려."

하는 양이, 마치 정다운 **진객**을 만류하는 것 같았다. 무슨 죄가 있는 것은 아니나, 이같이 으슥한 골짜기에서, 을러 보았다 달래 보았다 하는 것을 당하는 것은 나의 수명이 줄어들어 가는 것 같았다. 만일 내가 부호로서 이런 꼴을 당했다면, 여부없이 강도나 맞았다고 생각했을 것이다. 나는 정신을 바짝 차리고 대답을 하려 하였으나, 참 정말 기구멍이 막혀서 입을 벌릴 기운이 없었다.

"묵긴 어디서 묵으란 말이오? 유치장에나 가잔 말씀요? 이 배에 떠나게 한다는 약조를 하였기 때문에 나왔으니까 약조대로 합시다."

이렇게 강경히 주장은 하면서도, 마음은 평형을 잃고, 신경은 극도로 긴장했다. 대체 나 같은 위인은 경찰서의 신세를 지기에는 너무도 평범하지만, 그래도 이 배만 놓치면 참 정말 유치장에서 욕을 볼 것은 뻔한 일, 하늘이 두 쪽이 되는 한이 있더라도, 이 배를 놓쳐서는 큰일이라고 결심을 단단히 하고서도 웬일인지 가슴은 여전히 두근두근하지 않을 수가 없었다.

진객(珍客) 귀한 손님.

"그럼 예서 잠깐 할까?"

양복쟁이가 나와 인버네스를 등분해 보며, 저희끼리 의논을 한다. 나는 우선 마음을 놓았다.

"네, 그러지요."

인버네스가 찬성을 하니까 양복쟁이는 나에게로 향하여,

"이것 좀 열어 보아도 상관없겠지요?"

하고 열쇠를 내라고 청한다. 나는 곧 승낙을 했다. ……가방은 양복쟁이의 손에서 용이히 열렸다.

어린아이 관(棺) 같은 긴 모양의 트렁크를, 유리창 그림자가 환히 비치는 하물 쌓인 밑에다가 열어 놓고 들쑤시는 동안에, 그 옆에서 인버네스는 조그만 손가방을 조사하고 앉았다. 나는 이편에 느런히 서 있는 학생복 입은 자와 함께, 두 사람의 네 손길만 내려다보고 섰었다. 큰 트렁크를 맡은 자는 잠깐 쑤석쑤석하여 보더니, 그 위에 얹어 놓은 양복이며 **화복**들을 손에 잡히는 대로 획획 집어서, 내 옆에 선 형사에게 주섬주섬 던져 주고 나서, 그 밑에 깔렸던 서류 뭉텅이와 서적 몇 권을 분주히 들척거리고 앉았다. 조그만 트렁크 속에서 소득이 없었던지 그대로 뚜껑을 닫아서 옆에 놓고 인버네스도 다시 큰 가방으로 달려들어서 들여다보고 앉았다가, 양복쟁이의 분부대로 서적을 한 권씩 들어 보아 가며, 일일이 책명을 수첩에 기입하며 앉았다. 가방 속에서 갈팡질팡하는 형사의 네 손은, 1분 2분 시간이 갈수록 가속도로 움직인다. 나는 또 무슨 망령이나 부리지 않을까 하는 불안과 의혹을 가지고, 전광에 벌겋게 번쩍이는 양복쟁이의 **곁뺨**을 노려보고 섰었다.

여덟 눈과 네 개의 손은 앞에 뉘어 놓은 트렁크 한 개에 모든 정력을 집

화복(和服) 일본 옷.
곁뺨 얼굴의 양쪽 관자놀이에서 턱 위까지의 살이 많은 부분.

중하고, 1초간의 빈틈없이 극도로 긴장했으면서도 여덟 입술은 풀로 붙인 듯이, 아무도 입을 벌리려는 사람이 없었다. 절대 침묵이 한 간통쯤 되는 컴컴한 골짜기에 밀운(密雲)같이 가득히 찼다. 비릿한 **해기**(海氣)를 품은 차디찬 저녁 바람이 귓가로 솔솔 지날 때마다, 바삭바삭하는 종잇장 구기는 소리밖에 나에게는 들리지 않았다. 그보다 큰 배에 짐 싣는 인부의 소리도, 잔교 밑에 와서 부딪는 출렁출렁하는 파도 소리도, 아마 이 네 사람의 귀에는 들리지 않았을 것이다. 무겁고 찌뿌드드한 침묵 속에 흐릿한 불빛에 싸여서 서고 앉고 하여 꾸물꾸물하는 양이, 마치 바다에 빠진 시체를 건져 놓고 검시(檢屍)나 하는 것같이 처량하고 비장하며 엄숙히 보였다. 그러나 1분, 2분, 3분, 5분, 10분…… 시간이 갈수록 나의 머릿속은 귀와 반비례로 욱신욱신해졌다. 그 세 사람들이 일부러 느럭느럭하는 것은 아니건만, 뺏어 가지고 내 손으로 하고 싶을 만치 초초했다. 나는 참다 못해 시계를 꺼내 들고,

"이제 2분밖에 안 남았소. 난 갈 테요."

하고 재촉했다. 그제야 양복쟁이는 눈에 불이 나게 놀리던 손을 쉬고 서류 뭉치를 들어 뵈면서,

"이것만은 잠깐 내가 갖다가 보고, 댁으로 보내 드려도 관계없겠지요?"

하고 일어선다.

나는 언하(言下)에 **쾌락하였다.** 사실 그 속에는, 집에서 온 최근의 편지 몇 장과 소설 초고와 몇 가지 원고 외에는 아무것도 없었다. 애를 써서 기록한 서적이라야, 원래 나에게는 사회주의라는 '사' 자나 **레닌**이라는 '레' 자는 물론이려니와, 독립이라는 '독' 자도 없을 것은, 나의 전공하는 학과

해기(海氣) 바다 위에 어린 기운.
쾌락하다(快諾-) 남의 부탁이나 요청 따위를 기꺼이 들어주다.
레닌(Lenin) 소련의 혁명가·정치가(1870~1924).

만 보아도 알 것이었다. 아니, 설령 내가 **볼셰비키**에 관한 서적을 몇백 권 가졌거나 사회주의를 연구하거나, 그것은 학문의 연구라 물론 자유일 것이요, 비록 독립 사상을 가진 나의 뇌 속을 X광선 같은 것으로나 **심사법**(心寫法)으로 알았다 할지라도, 실행이 없는 다음에야 조사하기로 소용이 무엇인가—이러한 생각은 나중에 한 것이지만, 그 당장에는 하여간 무사히 방면되어 배에 오르게 된 것만 다행히 여겨, 궐자들과 같이 허둥지둥 행구를 수습하여 가지고 나섰다.

짐을 가볍게 해준 트렁크를 두 손에 들고, 어서 올라오라는 선원의 꾸지람을 들어 가며 겨우 갑판 위에 올라서자, 기를 쓰는 듯한 경적과 말 울음소리 같은 기적 소리가 나며, 신경이 자릿자릿한 징소리가 교향적으로, 호젓이 암흑에 싸인 부두 일판에 처량하고도 요란하게 울렸다. 배는 소리 없이 미끄러져 벌써 두어 간통이나 잔교에서 떨어졌다. 전송하러 온 여관 하인들이며 인부들의 그림자가 쓸쓸한 벌판에 성기성기 차차 조그맣게 눈에 띄고, 잔교 위에서 휘두르며 가는 등불이 쓸쓸한 바람에 불리어 길어졌다 짧아졌다 한다.

나는 선실로 들어갈 생각도 없이 으스름한 갑판 위에, 찬바람을 쐬어 가며 웅숭그리고 섰었다. 격심한 노역과 추위에 피곤하여 깊은 잠에 들어가는 항구는, 소리 없이 암흑 속에 누웠을 뿐이요, 전시(全市)의 안식을 지키는 야광주는, 벌써부터 졸린 듯이 점점 불빛이 적어 가고 수효가 줄어 가면서 깜박깜박 졸고 있다. 나는 인간계를 떠나서 방랑의 몸이 된 자와 같이, 그 불빛의 낱낱이 어떠한 평화로운 가정의 대문을 지키고 있으려니 하는 생각을 할 제, 선뜩선뜩하게 별보다도 점점 멀리 흐려 가는 불빛이 따

볼셰비키(Bol'sheviki) 다수파(多數波)라는 뜻으로, 1903년에 제2회 러시아 사회 민주 노동당 대회에서 레닌을 지지한 급진파를 이르던 말.
심사법(心寫法) 마음의 생각을 그대로 사진을 찍듯 알아내는 법.

뜻이 보였다. 나의 머릿속은 단지 혼돈하였을 뿐이요, 눈은 화끈화끈할 뿐이다.

외투 포켓에다가 두 손을 찌르고 어느 때까지 우두커니 섰는 내 눈에는, 어느덧 뜨끈뜨끈한 눈물이 비어져 나와서, 상기가 된 좌우 뺨으로 흘러내렸다. 찬바람에 산뜩산뜩 스며들어 가는 것을, 나는 씻으려고도 안 하고 여전히 섰었다.

3

사람이란 자기보다 우월하거나 열등한 사람에게 대할 때같이, 자기의 지위나 처지라는 것을 명료히 의식할 때가 없다. **동위동격자**끼리는 경우가 같기 때문에 서로 **공명**(共鳴)**하는** 점도 많고 서로 동정할 수도 있을 뿐 아니라, 누가 잘난 체를 하고 누가 굽힐 여지가 없다. 그렇지만 우열이 상격(相隔)하면 공명이나 동정이라는 것보다는 먼저 자기의 지위나 처지에 대한 의식이 앞을 서서, 한편에서는 거드름을 빼면 한편에서는 고개가 수그러지고, 저편이 등을 두드리는 수작을 하면 이편은 마음이 여린 사람일 지경 같으면, **황송무지해서** 긴한 체를 해 보이기도 하고, 자존심이 굳센 자면 굴욕을 느껴서 반감을 품을 것이요, 또 저편이 위압을 하려는 태도로 나오면 이편은 꿈틀하여 **납청장**이 되거나, 그러지 않으면 반항적 태도로 나오는 것이다. 사회 조직이라든지 교육이라든지, 한층 더 들어가서 사람의 심리가 근본적으로 잘되어 그렇든지 못 되어 그렇든지 하여간 사람이

동위동격자(同位同格者) 지위나 자격이 동등한 사람.
공명하다(共鳴-) 남의 사상이나 감정, 행동 따위에 공감하여 자기도 그와 같이 따르려 하다.
황송무지하다(惶悚無地-) 위엄이나 지위 따위에 눌리어 두려워서 몸둘 데가 없다.
납청장(納淸場) 되게 얻어맞거나 눌려서 납작해진 사람이나 물건을 비유적으로 이르는 말.

▼ 관부연락선

BEWARE OF
PROPELLERS
東亞丸航客

란 그리 해보고 싶은 것이다.

그러나 자기가 저편보다는 낫다, 한손 접는다고 생각할 때에 느끼는 자랑과 기쁨이, 자기를 행복하게 하고 향상케 함보다는 저편보다 못하다, **감잡힌다**고 생각할 때에 일어나는 굴욕과 분개가 주는 불행과 고통과 **저상**(沮喪)이 곱이나 큰 것이다. 더구나 자존심이 강한 사람에게 대하여는, 보통 사람보다도 열 곱, 스무 곱, 백 곱이나 큰 것이다. 그뿐 아니라 그 우열감이 단순한 개인과 개인과의 관계를 벗어나서 집단적 배경이 있을 때에는, 순전한 적대심으로 변하는 동시에, 좁고 깊게 사람의 마음속에 파고들어 앉아서, 혹은 노골적으로 폭발되기도 하고 혹은 은근히 일종의 세력을 기르게 되는 것이다.

그러나 그중에도 다행한 일은 자존심이 많고 의지가 강한 사람일수록 그 굴욕과 비분으로 말미암아 받는 바 불행과 고통과 저상이, 도리어 반동적으로 새로운 광명의 길로 향하여 **용약하게** 하는 활력소가 된다는 것이다. 그러나 사람이란 얼마나 강한지 의문이다. 약하기 때문에 잘난 체도 해보고, 약한 죄로 남을 미워도 해보고, 웃지 않을 때에 웃어도 보며, 울지 않아도 좋을 것을 울고야 마는 것이라고 생각하는 나는, 나 자신까지를 믿을 수가 없다.

되지 않게 감상적으로 생긴 나는 점점 바람이 세차 가는 갑판 위에서, 나오는 눈물을 억제하여 가며 가만히 섰다가, 목욕한 뒤의 몸이 발끝부터 차차 얼어 올라오는 것을 견디다 못해, 가방을 좌우쪽에 들고 다시 선실로 기어들어 갔다. 아까 잡아 놓았던 자리는 물론 남에게 빼앗기고 들어가서 낄 자리가 없었다. 나는 실없이 화가 나서 선원을 붙들어 가지고 겨우 한

감잡히다 남과 시비를 다툴 때 약점을 잡히다.
저상(沮喪) 기운을 잃음.
용약하다(勇躍-) 용감하게 뛰어가다.

구석에 끼었으나, 어쩐지 좌우에 늘어앉은 일본 사람이 경멸하는 눈으로 괴이쩍게 바라보는 것 같았다. 사가지고 다니던 벤또를 먹을까 해보았으나, 신산하기도 하고 어쩐지 어깨가 처지는 것 같아서 외투를 뒤집어쓰고 누워 버렸다.

동경서 하관까지 올 동안은 일부러 일본 사람 행세를 하려는 것은 아니라도 또 애를 써서 조선 사람 행세를 할 필요도 없는 고로, 그럭저럭 마음을 놓고 지낼 수가 있지만, 연락선에 들어오기만 하면 웬 셈인지 공기가 험악해지는 것 같고 어떠한 기분이 덜미를 잡는 것 같은 것이 보통이다. 그러나 이번처럼 휴대품까지 수색을 당하고 나니 불쾌한 기분이 한층 더 하지 않을 수 없었다. 눈을 감고 드러누워서도 분한 생각이 목줄띠까지 치밀어 올라와서 무심코 입술을 악물어 보았다. 그러나 사면을 돌아다보아야 분풀이를 할 데라고는 없다. 설혹 처지가 같고 경우가 같은 동행자를 만난다 하더라도 하소연을 할 수는 없다. 왜 그러냐 하면 여기는 배 속이니까 그렇다는 말이다. 나를 한손 접고 내려다보는 나보다 훨씬 나은 양반들이 타신 배이기 때문이다.

그 이튿날이었다. 밝기가 무섭게 하나 둘씩 부스스부스스 일어나 쿵쾅거리며 오르락내리락하는 바람에, 나도 일어나서 세수를 했다. 수백 명이나 되는 식구가 송사리 새끼 끼우듯이 끼여서 자고 난 **판도방** 같은 속이 지저분하기도 하고 고약한 냄새에 머릿골이 아파서 나는 치장을 차리고 갑판으로 나갔다. 훨씬 해가 돋지는 못해서 물은 꺼멓게 보일 뿐이요 훤한 하늘에는 뿌연 구름이 처져 있는 것이 희미하게 보이나, 아직도 컴컴스레 하였다. 춥기는 하지만 그래도 상쾌하다. 선실 속에서는 벌써 아침밥이 시작되었는지 연해 밥통을 날라 들여가고, 갑판에 나왔던 사람들도 허둥지

판도방(判道房) 절에서 불도를 닦는 승려가 모여서 공부하는 방.

둥 뒤쫓아 들어가는 모양이다.

이 삼등실에 모인 인종들은 어디서 잡아온 것들인지 **내남직할 것 없이** 매사에 경쟁이다. 들어가는 것도 경쟁, 나오는 것도 경쟁, 자는 것도 경쟁, 먹는 것에 이르러서는 한층 더한 것이 예사다. 조금만 웬만하면 이등을 탔겠지만, 씀씀이가 과한 나로는 어느 때든지 지갑이 얄팍얄팍하여서도 못 타게 되고, 그 돈으로 차 한 잔이라도 사 먹겠다는 타산도 없지 않아서, 대개는 이 무료 숙박소 같은 데에서 밤을 새우는 것이다. 하여간 차림차림으로 보든지 하는 짓으로 보든지 말씨로 보든지 하층 사회의 **아귀당**들이 **채를 잡았고**, 간혹 하층 관리 부스러기가 끼여 있을 따름이다. 나는 그들을 볼 제 누구에게든지 극단으로 **경원주의**를 표하고 근접을 안 하려고 하지만, 그것은 나 자신보다는 몇 층 우월하다는 일본 사람이라는 의식으로만이 아니다. 단순한 노동자라거나 무산자라고만 생각할 때에도, **잇새를 어우르기가 싫다**. 덕의적(德義的) 이론으로나 서적으로는 소위 무산 계급이라는 것처럼, 우리 친구가 되고 우리 편이 될 사람은 없다고 생각하면서도, 실제에 그들과 마주 딱 대하면 어쩐지 얼굴을 찌푸리지 않을 수 없었다. 혹은 그들에 대한 혐오가 심해지면 심해질수록, 그 원인이 그들 자신에게 있는 것이 아니라는 논법으로, 더욱더욱 그들을 위하여 일을 해야겠다는 결론에 이르게 될지는 모르나, 감정상으로 그들과 융합할 길이 없다는 것은 아마 엄연한 사실일 것 같다.

나는 이런 생각을 하다가 어제 저녁도 **궐하였기** 때문에, 시장한 증이 나서 선실로 기어들어 갔다. 한차례 치르고 난 식탁 앞에 우글우글하는 사람

내남직할 것 없이 내남없이. 나와 다른 사람이나 모두 마찬가지로.
아귀당 염치없이 먹을 것을 탐하는 사람들의 무리를 비유적으로 이르는 말.
채를 잡다 주도적인 역할을 하다.
경원주의(敬遠主義) 겉으로는 공경하는 체하면서 실제로는 꺼리어 멀리하는 방침.
잇새를 어우르기 싫다 말을 주고받기가 싫다.
궐하다(闕-) 마땅히 해야 할 일을 빠뜨리다. 여기에서는 '(저녁을) 먹지 못하다' 정도의 의미로 쓰임.

떼가 꺼멓게 모여 서서 무엇인지 말다툼을 하고 있는 모양이다.

"⋯⋯그래, 갖다 놓기 전에 와서 앉으면 어떻단 말이야?"

신경질로 생긴 바짝 마른 상에 독기를 품고 빽빽 소리를 지르는 것은, 윗수염이 까무잡잡하게 난 키가 조그만 사람이다. 그리 상스럽지 않은 얼굴로 보아서 어쩌면 **외동다리 금테**쯤은 되어 보인다.

"글쎄 그래두 안 돼요. 차례가 있으니까, 지금부터 앉아 있어도 안 드려요."

검정 학생복을 입은 선원은 골을 올리려는 듯이 순탄한 어조로 번죽번죽 대꾸를 하고 섰다.

"우리로 말하면 이 배의 손님이지? 그래 손님을 그따위로 대접하는 법이 어디 있단 말이야⋯⋯? 대관절 우리를 요보루 알고 하는 수작이란 말야?"

애꿎은 요보를 들추어낸다.

"누가 대우를 어떻게 했단 말예요. 밥상은 차려 놓거든 와서 자시라는 게 무에 틀렸단 말씀유?"

"급하니까 얼른 가져오라는 게, 어째서 잘못이란 말이야? 조선에서만 볼 일이지만, 참 그래 무얼루 호기를 부린담?"

까만 수염을 가진 자의 어기가 차차 줄어 가는 것을 보고 서 있던 구경꾼 속에서는, 불길을 돋우려는 듯이,

"두들겨 주어라. 되지 않게 관리 행세를 하려구, 건방지게!"

"참 건방진 놈이다!"

"되지 않은 놈이, 하급 선원쯤 되어 가지고 관리 행세는, 마뜩잖게! 흥!"

이런 소리가 여기저기서 떠들썩한다. 관리면 으레 그렇게 해도 관계없

외동다리 금테 동다리는 병정의 등급에 따라 군복의 소매 끝에 단 가는 줄을 뜻한다. 여기서의 '외동다리 금테'는 등급에 따라 소매 끝에 단 금테가 한 줄밖에 없는 사람, 즉 하위 관직을 가진 사람을 의미한다.

거룩한 부산! 조선을 짊어진 부산!
부산의 팔자가 조선의 팔자요,
조선의 팔자가 곧 부산의 팔자였다.

▲ 부산항 잔교

고 또 자기네들도 불복이 없겠다는 말씨다.

"도시 조선의 철도가 관영(官營)이기 때문에 저런 것까지 제가 젠척을 하는 거야. 사유 같으면야 꿈쩍이나 할 텐가."

누구인지 일리 있는 듯한 이런 소리를 하는 분개가도 있다. 여러 사람이 와짝 떠드는 바람에 선원도 입을 닫고 슬슬 빠져 달아나기 때문에 싸움은 그만 하고 흐지부지했다. 그 자리에 모였던 사람은 그대로 식탁에 부산히들 둘러앉았다. 나는 그 싸우는 양이 더러워 보이기도 하고 마음에 께름하여 다시 바깥으로 나가려다가, 그래도 고픈 배를 참을 수가 없어서 누가 권하는 것은 아니지만, 마지못해 먹는 것처럼 **제출물에** 쭈뼛쭈뼛하여 한 구석에 끼어 앉아 먹기를 시작했다.

'먹는 데 더러우니 구구하니 아귀들이니 하여도 배가 고프면 하는 수 없는 거다.'

젓가락질 짓고 물을 마시며, 나는 이런 생각을 해보고 혼자 뱃속으로 웃었다.

선실 속에서는 쌈 싸우듯 해가며 겨우 아침밥들을 먹고 와서는 이 구석 저 구석에서 짐들을 꾸리는 빛에, 악다구니를 해가며 간신히 얻어먹은 밥을 다시 꽥꽥하며 게우는 빛에, 또 한참 야단이다. 나도 밥을 먹고 나니까 어쩐지 메슥메슥한 증이 나서 자기 자리로 가서 누웠다.

육지가 차차 가까워오는지 배가 그리 흔들리지도 않고 선객의 절반쯤은 벌써부터 갑판으로 나갔다. 나도 짐을 꾸려 가지고 나갔다. 의외로 퍽 가까워진 모양이다. 선원들은 오르락내리락 갈팡질팡하며 상륙할 준비에 분주하고, 경적은 쉴 새 없이 처량하고 우렁찬 소리를 아침 바람에 날린다. 승객들은 일, 이등과 격리를 시키려고 인줄같이 막아 놓은 맨 밑에 우글우

제출물에 저 혼자서 절로.

글 모여 서서 제각기 앞장을 서려고 또 한참 법석이다. 그래야 일, 이등의 귀객들이 다 나간 뒤라야 풀릴 것을.

배는 잔교에 와서 닿았다.

"영치기영차, 영치기영차……."

닻줄을 낚는 인부들 틈에서 누렇게 더러운 흰 바지저고리를 입은 조선 노동자가 눈에 뜔 제, 나는 그래도 반가운 것 같기도 하고, 마음이 턱 놓이는 것 같기도 했다.

배에서 끌어내린 층층다리가 잔교 위에 걸리니까, 앞장을 서서 올라오는 것은 흰 테를 두른 벙거지를 쓰고 외투를 입은 순사보와 **육혈포** 줄을 어깨에 늘인 일본 순사하고, 누런 복장에 역시 육혈포의 검은 줄을 늘인 헌병이다. 그들은 올라오는 길로 배에서 내려서는 어귀에 좌우로 지키고 서고, 그다음에는 이쪽저쪽에서 승객이 통해 나가는 길의 중간에도 지키고 섰다. 이같이 경관과 헌병이 **소정한** 자리에 서니까, 그제서야 일, 이등 승객이 하나둘씩 풀리기 시작하였다. 교통 차단을 당한 우리들 삼등객은 배 속에 갇힌 포로 모양으로 매우 부러운 듯이 모든 광경을 바라만 보고 섰었다.

"3원이로군! 3원만 더 냈다면 한번 호강해 보는군!"

이런 소리가 복작대는 속에서 들렸다. 이번에는 우리들도 내리게 되었다. 나는 한중턱에서 천천히 걸어 나갔다. 층계에서 한 발을 내려디딜 때에는 뒤에서 외투 자락을 잡아당기는 것 같았다. 그러나 열 발자국을 못 떼어 놓아서 층계의 맨 끝에는 골똘히 위만 쳐다보고 서 있는 네 눈이 있다. 그것은 육혈포도 차례에 못 간 순사보와 헌병 보조원의 눈이다. 그 사람들은 물론 조선 사람이다.

육혈포(六穴砲) 탄알을 재는 구멍이 여섯 개 있는 권총.
소정하다(素定-) 본래부터 작정하다.

나는 될 수 있는 대로 태연히 그들에게는 눈을 거들떠보지도 않고 확실한 발자취로 최후의 층계를 내려섰다. 될 수 있으면 일본 사람으로 보아 달라는 요구인지 기원인지를 머릿속에 쉴 새 없이 뇌면서……. 그러나 나의 그 태연한 태도라는 것은 도살장에 들어가는 소의 발자취와 같은 태연이다.

"여보, 여보!"

물론 일본말로다.

나는 나의 귀를 의심하였다. 으레 한번은 시달리려니 하는 생각이 있었기 때문에 공연히 부르는 듯싶었다. 나는 모르는 체하고 두서너 발자국 떼어 놓았다. 하니까 이번에는 좌우편에 쭉 늘어섰던 사람 틈에서, 일복에 인버네스를 입은 친구가 우그려 쓴 방한모 밑에서, 이상하게 번쩍이는 눈을 무섭게 뜨고 앞을 탁 막는다. 나의 등에서는 식은땀이 쭈르륵 흘렀다.

"저리 잠깐 가십시다."

인버네스는 위협하듯이 한마디 하고 파출소가 있는 방향으로 나를 끌었다. 나는 잠자코 따라섰다. 멋도 모르는 지게꾼은 발에 채이도록 성화가 나서, "나리, 나리." 하며 쫓아온다. 그 소리에는 추위에 떠는 듯도 하고, 돈 한 푼 달라고 애걸하는 것같이 스러져 가는 애조가 있었다. 나는 고개만 흔들면서 가다가 파출소로 들어갔다.

파출소에 들어선 나는 하관에서 조사를 당할 때와도 다른 일종의 막연한 공포와 불안에 말이 얼얼해졌다. 더구나 일본서 그런 종류의 사람들에게 대하듯이 다소 산만하게 할 수 없다는 생각이 머리에 떠올라 와서, 제풀에 자기를 위압하는 자기의 비겁을 내심 스스로 웃으면서도, 어쩐지 말씨도 자연 **곱살스러워지고** 저절로 고개가 수그러지는 것을 깨달았다.

형사의 심문은 판에 박은 듯이 의외에 간단하였다. 나중에 가방에는 무

곱살스럽다 얼굴이나 성미가 예쁘장하고 얌전하다.

▲ 1914년 부산 거리의 모습

엇이 들어 있느냐 하기에, 나는 하관에서 **빼앗길** 것은 다 **빼앗겼으니까** 볼 만한 것은 없겠지만, 그래도 미심쩍거든 열어 보라고 열쇠를 꺼내서 주려고 하였다. 아무리 형사라도 사람이란 우스운 것이다. 열쇠까지 내주니까 웃으면서 그만두라고 하며, 생색이나 내는 듯이 어서 나가라고 **쾌쾌히** 내쫓는다. 아마 하관서 온 형사에게 벌써 자세한 이야기를 듣고 있는 모양 같았다. 나는 겨우 안심하였다는 듯이 한숨을 휘 쉬고 나와서, 우선 짐을 지게꾼에게 들려 가지고, 정거장으로 가서 급히 맡겨 놓고 혼자 나섰다.

쾌쾌히(快快-) 씩씩하고 아주 시원스럽게.

4

구차한 놈이 물에 빠지면 먼저 뜰 것은, 물어보지 않아도 주머니뿐이다. 운이 좋아야 한 달 30일에 29일을 젖혀 놓고, 마지막 날 하루만은 삼대 주린 놈이 밥 한 술 뜨니만큼 부푸는 것이 구차한 놈의 주머니다. 그러나 그 것도 겨우 몇 시간 동안이다. 그리고 남는 것은 돈에 날개가 돋쳤다는 원 망뿐이다.

"엥, 돈이란 조화가 붙었어! 그저 한 푼 두 푼 흐지부지 어느 틈에 어떻게 빠져 달아나는지, 일 원짜리를 바꾸어 넣어도 그만이요, 십 원짜리를 바꾸어 넣어도 그만이니 이 노릇이야 해먹을 수가 있담!"

피천 닢도 남지 않은 두 겹이 짝 달라붙은 주머니를 까불면서, 하늘을 쳐다보고 하는 소리가 겨우 이것밖에 안 되지만, 결국에 도달하는 결론이라는 것은,

"그저 굶어 죽으라는 세상이야."

하는 한마디에 지나지 않는다.

그도 그럴 것이, 워낙이 구차한 놈이 가뭄에 콩나기로, 돈 원이나 돈 십 원 얻어걸린대야, 어디에다가 어떻게 별러 써야 할지 모르는 데다가, 뒤주 밑이 긁히면 밥맛이 더 난다는 셈으로 없는 놈이 돈푼 만져 보면 조상 대부터 걸려 보지 못하던 것이나 얻은 듯이, 전후 불각하고 쓸데 안 쓸데 함부로 써버려야지, 한푼이라도 까불리지를 못하고 몸에 지녀 두면 병이 되는 것이 구차한 놈의 상례다. 구차하기 때문에 이러한 얌전한 버릇이 있는 것인지, 이 따위로 버릇이 얌전하여 구차한 것인지는 별문제로 치고라도, 어떻든 자기도 모르는 중에 흐지부지 **까불리고** 나서 안타까워하는 것이

까불리다 재물 따위를 함부로 써 버리다.

구차한 놈의 갸륵한 팔자라는 것이다.

그러나 이러한 팔자가 좋고 그른 것은 제2문제로 하고, 하여간 조선 사람의 팔자를 아무리 비싸게 따져 본대야 이보다 더 나을 것도 없고 더 신기할 것도 없다. 부산이라 하면 조선의 항구로는 제일류요, 조선의 중요한 첫 문호라는 것은 소학교에 한 달만 다녀도 알 것이다. 사실 부산은 조선의 유일한 대표이다. 조선을 **축사**(縮寫)**한** 것, 조선을 상징한 것은 과연 부산이다. 외국의 유람객이 조선을 보고자 하면, 우선 부산에만 끌고 가서 구경을 시켜 주면 그만일 것이다. 거룩한 부산! 조선을 짊어진 부산! 부산의 팔자가 조선의 팔자요, 조선의 팔자가 곧 부산의 팔자였다.

나는 배 속에서 아침을 먹었건만, 출출한 듯하기도 하고 두세 시간 남짓이나 시간이 남았고, 늘 지나다니는 데건만 이때껏 시가에 들어가서 구경해 본 일이 없기에, 우선 조선 음식점을 찾아보기로 하고 나섰다.

부두를 뒤에 두고 서편으로 꼽들어서 전찻길 난 데로만 큰길로 걸어갔으나, 좌우편에 모두 이층집이 쭉 늘어섰을 뿐이요, 조선집 같은 것이라고는 하나도 눈에 띄는 것이 없다. 이, 삼 정도 채 가지 못해서 전찻길은 북으로 꼽들이게 되고, 맞은편에는 색색의 극장인지 활동사진관인지 울그데불그데한 그림 조각이며 깃발이 보일 뿐이다. 삼거리에 서서 한참 사면팔방을 돌아다보다 못하여 지나가는 지게꾼더러 조선 사람의 동리를 물었다. 지게꾼은 한참 머뭇거리며 생각을 하더니 남쪽으로 뚫린 해변으로 나가는 길을 가리키면서 그리 들어가면 몇 집 있다 한다. 나는 가리키는 대로 발길을 돌렸다. 비릿하기도 하고 고릿하기도 한 냄새가 코를 찌르는 해산물 창고가 드문드문 늘어선 샛골짜기를 **빠져서**, 이리저리 휘더듬어 들어가니까, 바닷가로 **빠지는** 지저분하고 좁다란 골목이 나타났다. 함부로

축사하다(縮寫−) 원형보다 작게 줄여 베껴 쓰거나 그리다.

세운 허술한 일본식 이층집이 좌우편에 오륙 채씩 늘어섰는 것이 조선 사람의 집 같지는 않으나 이 문 저 문에서 들락날락하는 사람은 조선 사람이다. 이 집 저 집 기웃기웃하며 빠져나가려니까, 어떤 이층에는 장고를 세워 놓은 것이 유리창으로 비쳐 보였다. 그러나 문간에는 대개 여인숙이라는 패를 붙였다. 잠깐 보기에도 이런 항구에 흔히 있는 그러한 종류의 영업을 하는 데인 것이 분명하다. 그러나 계집이라고는 씨알머리도 볼 수가 없다.

나는 이런 생각을 하며 돌쳐 나오다가, 들어가 보고 싶은 호기심이 불쑥 났으나, 차 시간이 무서워서 걸음을 재쳤다. 다시 큰길로 빠져나와서 정거장으로 향하다가, 그래도 **상밥** 파는 데라도 있으려니 하고 이 골목 저 골목 닥치는 대로 들어가 보았다. 서울 음식같이 간도 맞지 않을 것이요 먹음직할 것도 없겠지만, 무엇보다도 김치가 먹고 싶고 숟가락질이 해보고 싶었다. 그러나 조선 사람 집 같은 것은 그림자도 보이지 않았다. 간혹 납작한 조선 가옥이 눈에 띄나 가까이 가서 보면 **화방**을 헐고 일본식 창틀을 박지 않은 것이 없다. 그러나 우스운 것은 얼마 되지도 않는 시가이지만 큰길이고 좁은 길이고 거리에 나다니는 사람의 수효로 보면 확실히 조선 사람이 반수 이상인 것이다.

'대체 이 사람들이 밤이 되면 어디로 기어들어 가누?'
하는 생각을 할 제, 큰 의문이 생기는 동시에 그 불쌍한 흰옷 입은 백성의 운명을 생각해 보지 않을 수 없다.

몇천 몇백 년 동안 그들의 조상이 **근기** 있는 노력으로 조금씩조금씩 다져 놓은 이 토지를, 다른 사람의 손에 내던지고 시외로 쫓겨 나가거나 촌

상밥(床-) 반찬과 함께 상에 차려서 한 상씩 따로 파는 밥.
화방(火防) 땅에서부터 중방 밑까지 돌을 섞은 흙으로 쌓아 올린 벽.
근기(根氣) 근본이 되는 힘. 참을성 있게 견뎌 내는 힘.

으로 기어들어 갈 제, 자기 혼자만 떠나가는 것 같고, 자기 혼자만 촌으로 기어가는 것 같았을 것이다. 땅마지기나 있던 것을 까불려 버리고, 집 한 채 지녔던 것이나마 문서가 이 사람 저 사람의 손으로 넘어 다니다가, **변리**에 변리가 늘어서 내놓고 나가게 될 때라도, 사람이 살려면 이런 꼴도 보고 저런 꼴도 보는 것이지 하며, 이것도 내 팔자소관이라는 안가한 낙천이나 단념으로 대대로 지켜 내려오던 제 고향을 등지고 문밖으로 나가고 산으로 기어들 뿐이요, 이것이 어떠한 세력에 밀리기 때문이거나 혹은 자기가 견실치 못하거나 자제력과 인내력이 없어서 깝살리고 만 것이라는 생각은 꿈에도 없다. 그리하여 천 가구면 천 가구에서 한 집쯤 줄었어야, 다만 '아무개네는 이번에 아무 데로 이사를 간다네' 하고 그야말로 동릿집 이야기 삼아, 저녁밥 후의 인사 대신으로 주고받을 뿐이요, 어떠한 사정이 어떻게 되어서 한 가구가 주는지 그 내막이야 아무도 모를 것이다. 그뿐 아니라 천 가구에서 한 가구쯤 준대야, 남은 구백구십구 가구에 대해서는 별로 영향이 없을 것이요, 또 한 가구가 줄었는지 늘었는지조차 전연 부지(不知)로 있는 사람이 대부분일 것이다. 이같이 해 한 집 줄고 두 집 줄며 열 집 줄고 백 집 주는 동안에 쓰러져 가는 집은 헐려 어느 틈에 새 집이 서고, 단층집은 이층으로 변하며, 온돌이 다다미[疊]가 되고 석유불이 전등불이 된다.

"아무개 집이 이번에 도로로 들어간다데."

하며 곰방대에 엽초를 다져 넣고 뻑뻑 빨아 가며, 소견 삼아 숙덕거리다가 자고 나면, 벌써 곡괭이질 부삽질에 며칠 어수선하다가 전차가 놓이고, 자동차가 진흙덩어리를 튀기며 뿡뿡거리고 달아 나가고, 딸꾹 나막신 소리가 날마다 늘어 가고, 우편국이 들어와 앉고, 군아가 헐리고 헌병 **주재소**

변리(邊利) 남에게 돈을 빌려 쓴 대가로 치르는 일정한 비율의 돈.
주재소(駐在所) 일제강점기에, 순사가 머무르면서 사무를 맡아보던 경찰의 말단 기관.

가 들어와 앉는다. 주막이니 술집이니 하는 것이 파리채를 날리는 동안에 어느덧 한구석에 유곽이 생겨 **샤미센**[三味線] 소리가 찌링찌링 난다. 매독이니 임질이니 하는 새 손님을 맞아들인 촌서방님네들이, 병원이 없어 불편하다고 짜증을 내면 너무 늦어 미안하였습니다 하는 듯이 체면 차릴 줄 아는 **사기사**가 대령을 한다. 세상이 편리하게 되었다.

"우리 고향엔 전등도 놓이고 전차도 개통되었네. 구경 오게. 얌전한 요릿집도 두서넛 생겼네. 자네 왜갈보 구경했나? 한번 보여 줌세."

몇천 년 몇백 대 동안 가문에 없고 족보에 없던 일이 생겼다. 있는 대로 까불릴 시절이 돌아왔다. 편리해 좋아, 번화해 좋아, 놀기 좋아 편해하며 한 섬지기 팔면, 한편에서는,

"우리겐 인젠 이층집도 꽤 늘고 양옥도 몇 개 생겼다네. 아닌 게 아니라 여름엔 다다미가 편리해, 위생에도 매우 좋은 거야."

하고 두 섬지기 깝살릴 수밖에 없게 된다. 누구의 2층이요 누구를 위한 위생이냐.

양복쟁이가 문전 **야료**를 하고, 요리 장수가 고소를 한다고 위협을 하고, 전등 값에 몰리고, 신문 대금이 두 달 석 달 밀리고, 담배가 있어야 친구 방문을 하지 전찻삯이 있어야 출입을 하지 하며 눈살을 찌푸리는 동안에 집문서는 **식산 은행**의 금고로 돌아 들어가서 새 임자를 만난다. 그리하여 또 백 가구 줄어지고 또 이백 가구 줄었다.

"어디 살 수가 있어야지. 암만해두 촌살림이 좋아, 땅이라두 파먹는 게 안전해."

샤미센[三味線] 일본의 대표적인 현악기.
사기사[詐欺師] 사기꾼. 여기에서는 정식으로 허가된 약을 팔지 않고 허위 광고로 무허가 약을 파는 약장수 정도를 의미하는 것으로 보임.
야료(惹鬧) 까닭 없이 트집을 잡고 함부로 떠들어 댐.
식산 은행(殖産銀行) 일제강점기에, 일본이 조선에서 신용 기구를 통한 착취를 강화하기 위하여 만든 은행.

하며 쫓겨 나가고 새로 들어오며 시가가 나날이 번창해 가는 동안에 천 가구의 최후의 한 가구까지 쓸려 나가고야 말지만, 천번째 집이 쫓겨 나갈 때에는 벌써 첫째로 나간 사람은 오동잎사귀의 무늬를 박은 목배(木杯)를 행리에 넣어 가지고, 압록강을 건너가 앉아서 먼 길의 노독을 배갈 한잔에 풀고 얼쩍하여 화푸념만 하고 앉아 있을 때다.

까불리는 백성, 그들이 부지깽이 하나 남기지 않고 들어내고 집어낼 때에 자기가 이 거리에서 쫓겨 나갈 줄이야 몰랐으렷다. 구차한 놈이 주머니를 털 적에 내일부터 밥을 굶을지 거리에 나앉을지 저도 모르게, 최후의 1전까지를 말리듯이. 그러나 이 시가의 주인인 주민이 하나 둘씩 시름시름 쫓겨 나갈 제, 오늘날 씨알머리도 남지 않고 아주 딴판의 새 주인이 독점을 하리라는 것은 한 사람도 꿈에도 정신을 차리지 못했으렷다. 역시 구차한 놈의 주머니가 털리듯이 부지불식간에 그럭저럭 흐지부지 자취를 감추고 만 것이다.

이런 생각을 해볼 제, 자잘한 세간 나부랭이를 꾸려 가지고 북으로 북으로 기어 나가는 '패자의 떼'의 쓸쓸한 뒷모양이 눈에 보이는 것 같다. 나는, 그리 늦을 것은 없으나 쓸쓸한 찬바람이 도는 큰길을 헤매기가 싫어서 총총걸음을 걷다가, 어떤 일본 국숫집 문간에서 젊은 계집이 아침 소제를 하고 있는 것을 보고 별안간 들어가 보고 싶은 생각이 나서 우뚝 섰다. 이때까지 혼자 분개하고 혼자 저주하던 생각은 감쪽같이 스러지고, 눈에 보이는 것은 걷어 올린 옷차림 밑에 늘어진 빨간 **고시마기**(무지기)하고 그아래로 하얗게 나타난 추울 듯한 토실토실한 종아리다.

"들어오세요."

모가지에만 분때가 허옇게 더께가 앉은 **감숭한** 상을 쳐들며 나를 맞았

고시마기 일본식 속치마. 여자의 하반신에 두르는 천.
감숭하다 잔털 따위가 드물게 나서 가무스름하다.

다. 뒤를 이어서,

"오십쇼, 들어오십쇼."

하고 줄레줄레 나와서 맞아들이는 계집애가 두셋은 되었다.

　이러한 조그마한 집에 젊은 계집이 네다섯씩이나 있는 것은 물어보지 않아도 **알조**다. 나는, 걸려드나 보다 하는 불안이 있으면서도 더러운 호기심을 가지고 2층으로 올라가서, 인도하는 대로 구석방에 들어가서 앉았다. 우선 술을 데우라 하고 간단한 음식을 시키고 앉았으려니까, 다른 하녀가 화롯불을 가지고 바꾸어 들어왔다. 화로에 불을 쏟아 놓고 화젓가락으로 재를 그러모으며 앉았던 계집애는, 젓가락을 든 손을 잠깐 쉬며,

"어디까지 가세요?"

하고 나를 쳐다본다. 넓은 양미간이 얼크러져서 음침하기도 하고 이맛전이 유난히 넓기 때문에 여무져 보이지는 않으나, 그래도 해끄무레한 이쁘장스러운 상이다.

"서울까지…… 너는 어디서 왔니?"

"서울까지예요? 참 서울 구경을 좀 했으면…… 여기보다 좋겠죠?"

묻는 말에는 대답을 안 하고 이런 소리를 한다.

"그리 좋을 것은 없어도 여기보다는 좀 낫지."

　이때에 음식을 날라 몰려왔다. 나는 술에 걸신이 들린 사람처럼, 몇 잔이나 **폭배**를 하고 나서, 계집애들에게도 권하였다. 별로 사양들도 안 하고 돌려 가며 잔을 주고받는다. 이번에는 다른 계집애가 갈아 들어오는 술병을 들고 들어왔다. 이 계집애도 판을 차리고 화로 앞에 앉는다. 이쁘든 밉든 세 계집애를 앞에다가 놓고 앉아서 술을 먹는 것은 그리 싫을 것은 없지만, 너무 염치가 없이 무례하고 **뻔뻔하게** 구는 데에는 밉살맞고 불쾌하

알조　알 만한 일.
폭배(暴杯)　술잔을 돌리지 않고 한 사람에게만 거듭 따라 줌. 또는 그렇게 따라 주는 술잔.

지 않을 수 없었다. 술 한잔이라도 얻어걸린다는 것보다는, 주인에게 한 병이라도 더 팔게 해주는 것이 이 사람들의 공로요, 주인의 따뜻한 웃는 얼굴을 보게 되는 첫째 수단이니까, 그러는 것도 이 사회의 도덕으로는 용서도 할 만한 일이지만, 내가 조선 사람이기 때문에 한층 더 마음을 놓고 더욱이 체면도 안 차리고 저희 마음대로 휘두르며, 서넛씩 몰켜 들어와서 넙적넙적 주는 대로 받아먹고 앉았는가 하는 생각을 할 제, 될 수 있는 대로는 계집애들을 업신여기고 조롱하는 태도를 취하려고, 대가리에 피도 안 마른 것이 어느 틈에 술을 배웠느냐는 둥 코밑이 평해진 지가 며칠도 못 되었으리라는 둥 하며 놀렸다. 그래도 그중에 화롯불을 가져온 계집애는 다른 것들처럼 그렇게 기승스러운 것 같지도 않고, 조용하다는 것보다는 저희들 중에서도 좀 쫄려 지낸다는 듯이 한풀이 죽어서, 실없는 소리를 주거니 받거니 하며 떠드는 꼴만 웃으며 가만히 바라보고 앉았다.

"담바구야, 담바구야, 동래(東萊)나 우루산[蔚山]의 담바구야……."

"잘 하는구먼. 그러나 너희들은 몇 해나 되었니? 여기 온 지가."

한 년이 **담바고타령**의 **입내**를 우습게 내며 콧노래를 부르는 것을 들으며 물었다. 이것이 조선에 와 있는 일본 사람에게는 남녀를 물론하고 누구더러든지 물어보는 나의 첫인사다. 그것은 얼마나 조선 사람에게 대하여 오만한 체를 하며 건방진 체를 하는가 그 정도를 촌탁해 보기 위해 그리하는 것이다. 아무리 불량하게 생긴 노가다패(우리 조선 사람은 일본 노동자를 특히 이렇게 부른다.)라도, 처음에는 온순할 뿐 아니라 도리어 이국 풍정에 어두우니만치 처음에는 공포를 품는 것이 보통이지만, 반년 있어 다르고, 1년 있어 달라진다. 5년, 10년 내지 20년이나 있어서 조선의 이무기가

담바고타령 '담바고'는 담배를 가리킨다. 우리나라에 담배가 들어온 이후의 민요로, 조선 광해군 때 일본에서 들어온 담배에 대한 노래라는 설과, 임진왜란 때 왜군이 동래·울산에 오래 주둔한 데 대한 적의가 깔린 노래라는 설이 있다. 도드리 장단에 의한 단조로운 가락이 반복되는 매우 느린 노래이다.

입내 소리나 말로써 내는 흉내.

된 자에 이르러서는 더 말할 것도 없는 것이다. 그러나 여기서 제군이 생각할 것은 어찌하여 1년, 2년, 5년, 10년…… 해가 갈수록 그들의 **경모**(輕侮)**하는** 생각이 더욱더욱 늘어 가고, 따라서 열 배, 백 배나 오만무례하도록 만들었느냐는 것이다.

여기에는 여러 가지 이유가 있을 것이다. 그러나 이것만은 사실이다— 조선 사람은 외국인에 대하여 아무것도 보여 주지 않았으나, 다만 날만 새면 자릿속에서부터 담배를 피워 문다는 것, 아침부터 술집이 분주하다는 것, 부모를 쳐들어서 내가 네 아비니 네가 내 손자니 하며 농지거리로 세월을 보낸다는 것, 겨우 입을 떼어 놓은 어린애가 **엇먹는** 말부터 배운다는 것, 주먹 없는 입씨름에 밤을 새고 이튿날에는 대낮에야 일어난다는 것……. 그 대신에 과학 지식이라고는 솥뚜껑이 무거워야 밥이 잘 무른다는 것조차 모른다는 것을, 외국 사람에게 실물로 교육을 하였다는 것이다. 하기 때문에 그들이 조선에 오래 있다는 것은 그들이 우리를 경멸할 수 있다는 사실을 이유와 원인을 많이 수집했다는 의미밖에 안 되는 것이다.

"담바구야 담바구야…… 노이구곤 오데기루네……."

입을 이상하게 뾰족이 내밀었다 방긋 벌렸다 하고, 젓가락으로 화롯전을 두들겨 가며 장단을 맞춰서 콧노래를 하다가 뚝 그치더니,

"얘가 제일 잘해요. 우리는 온 지가 삼사 년밖에 안 되었지만……."

하며 벙벙히 앉아 있는 화롯불 가져온 아이를 가리켰다.

"응! 그래? 너는 얼마나 있었길래?"

말땀도 별로 없이 조용히 앉아 있는 것이, 어디로 보아도 건너온 지 얼마 안 되는 **숫보기**로만 생각하였던 것이, 조선 소리를 잘 한다는 것은 정

경모하다(輕侮−) 남을 하찮게 보아 업신여기거나 모욕하다.
엇먹다 사리에 맞지 않는 말과 행동으로 비꼬다.
숫보기 순진하고 어수룩한 사람.

말 의외였다.

"예서 아주 자라났답니다. 제 어머니가 조선 사람인데요."

하며 담바고타령을 하던 계집이, 이때까지 하고 싶던 이야기를 겨우 하게 되었다는 듯이 입이 재게 즉시 대답하고 나서,

"그렇지!"

하며 당자에게 얼굴을 들여다보았다. 그 소리가 너무도 커다랗기 때문에 조소하는 것같이 들렸다. 일인 아비와 조선인 어미를 가졌다는 계집은 히스테리컬하게 얼굴이 주홍빛이 되고 눈초리가 샐룩해졌다. 어쩐지 조선 사람 어머니를 가진 것이 앞이 굽는다는 모양이다.

"정말 그래? 그럼 어머니는 어디 있기에?"

나는 호기심이 생겨서 물었다.

"……대구에 있어요."

고개를 숙이고 앉았다가 간신히 쳐들면서 대답을 한다.

"그런데 왜 여기 와서 있니? 소식은 듣니?"

왜 여기까지 와서 있느냐고 묻는 것은 우스운 수작이지만 나는 정색으로 이렇게 물었다.

그 계집애는 생글생글하며 나를 쳐다보더니,

"글쎄 그러지 않아두 누가 대구 가시는 이나 있으면 좀 부탁을 해서 알아보고 싶어도 그것도 안 되고……. 천생 언문으로 편지를 쓸 줄 알아야죠."

하며 이번에는 어이가 없다는 듯이 커다랗게 웃었다.

"그럼 아버지하군 지금 헤어져서 사는 모양이구나?"

"그야 벌써 헤어졌지요. 내가 열 살 적인가, 아홉 살 적에 장기(長崎)로 갔답니다."

"그래 그후에도 소식은 있니?"

"한참 동안은 있었는데 지금은 어떻게 되었는지……. 하지만 이 설이나

쇠고 나건 찾아가 볼 테여요."

하며 흑흑 느끼듯이 또 한 번 어색하게 웃는다. 그 웃음은 어느 때든지 자기의 기이한 운명을 스스로 조소하면서도 하는 수 없다는 단념에서 나오는, 말하자면 큰일을 저지르고 하도 깃구멍이 막혀서 나오는 웃음 같았다.

"아무리 조선 사람이라두 길러 낸 어머니가 정다울 테지? 너의 아버지란 사람이 어떤 사람인지는 모르겠다마는, 지금 찾아간대야 그리 반가워는 안 할걸?"

조선 사람 어머니에게 길리어 자라면서도 조선말보다는 일본말을 하고, 조선 옷보다는 일본 옷을 입고, 딸자식으로 태어났으면서도 조선 사람인 어머니보다는 일본 사람인 아버지를 찾아가겠다는 것은, 부모에 대한 자식의 정리를 초월한 어떠한 이해관계나 일종의 추세라는 타산이 앞을 서기 때문에 이별한 지가 벌써 칠팔 년이나 된다는 아비를 정처도 없이 찾아나서려는 것이라고 생각할 제, 이 계집애의 팔자가 가엾은 것보다도 그 어미가 한층 더 가엾다고 생각지 않을 수 없었다.

"어머니도 불쌍하지만, 아버지두 나쁜 사람은 아니니까 찾아가면 설마 내쫓기야 할까요?"

하며 아범을 찾아가면 어떻게 맞아 줄까 하는 그 광경이나 그려 보듯이 멀거니 앉았다.

"그래두 어머니가 조선 사람이니까 싫고, 조선이니까 떠나겠다고 하는 게지, 조선이 일본만큼 좋았다면 조선 사람 뱃속에서 나왔다기로서니 불명예 될 것도 없고, 아버지를 찾아가려는 생각도 안 났을 테지?"

나는 물어보지 않아도 좋을 것까지 짓궂게 물었다. 계집애는 잠자코 웃을 뿐이었다. 나는 이야기가 더 하고 싶은 생각이 없지 않았지만 어느 때까지 늑장을 부리고 앉아 있을 수도 없어서 새로 들어온 밥을 먹기 시작하였다.

"얘, 이 양반께 대구에 데려다 달라고 하렴! 너야말로 후레딸년이다. 어미를 내버리고 뛰어나오는 망할 년이 어디 있단 말이냐."

담바고타령 하던 계집이 놀리듯이 반분은 꾸짖듯 찧고 까불기 시작한다.

"참 그러는 게 좋겠지. 여기 있어야 무슨 신기한 꼴이나 볼 줄 아니? 나 같으면 그런 어머니만 있으면 벌써 쫓아갔겠다. 하하하."

이번에는 곁에 앉았던, 커다란 입귀가 처지고 콧등이 얼크러진 제2의 계집애가 역시 놀리는 수작으로 말을 받았다. 저희들끼리도 업신여기면서 한편으로는 얼굴이 반반한 것을 시기를 하는 모양이다. 나는 밥을 먹다 말고,

"그럼 너는 왜 이런 데까지 와서 난봉을 피우니?"

하며 실없는 말처럼 역성을 들어주었다.

"그야 부모도 없고 의지할 데가 없으니까 그렇죠."

하며 좀 분개한 듯이 한마디 하고 나서,

"그런 소린 고만 하고 술이나 좀 더 먹지……. 또 가져올까요?"

하고 그만두라는 것도 듣지 않고 뛰어 내려갔다.

"그러나 너 아버지를 찾아간대야, 얼굴이 저렇게 이쁘니까, 그걸 밑천을 삼아 가지고 무슨 짓을 할지 누가 아니? 그것보다는 여기서 돈푼 있는 조선 사람이나 하나 얻어 가지고 제 맘대로 사는 게 좋지 않으냐. 너 같은 계집애를 데려가지 못해하는 사람이 조선 사람 중에도 그득하단다."

나는 다소 조롱하듯이 이런 소리를 하고, 계집애의 얼굴을 들여다보며 웃었다.

"글쎄요, 하지만 조선 사람은 난 싫어요. 돈 아니라 금을 주어도 싫어요."

계집애는 정색으로 대답을 했다. 조선이라는 두 글자는 자기의 운명에 검은 그림자를 던져 준 무슨 주문이나 듣는 것같이 이에서 신물이 나는 모양이다. 이때에 나는 동경의 정자를 생각하면서,

"그럼 나도 빠질 차례로군?"

하며 웃었다.

계집도 웃으며 잠자코 내 얼굴을 익숙히 쳐다보았다. 입아귀가 처진 밉살맞은 계집이 술병을 들고 올라왔다. 나는 먹고도 싶지 않은 술잔을 받으면서,

"이거 보게, 이 미인을 데려갈까 하고 잔뜩 장을 대고 연해 비위를 맞춰드렸더니, 나중에 한다는 소리가 조선 사람은 싫다는 데야 눈물이 찔끔하는 수밖에, 하하하. 너는 그러지 않겠지?"

"객지에서 매우 궁하신 모양이군요. 글쎄…… 실컷 한턱 내신다면, 히히히."

이 계집애는 나의 한 말을 이상스럽게 지레짐작을 하고 딴청을 한다.

"넌 의외에 값이 싼 모양이로구나!"

하며 나는 인력거를 부르라 명하고 일어서 버렸다. 짓궂이 붙들고 승강이를 하는 것을 간신히 뿌리치고 나섰다.

'이러기 때문에 시골자들이 빠지는 것이다!'

나는 일종의 불쾌를 감하면서 인력거 위에서 이런 생각을 해보았다.

기차는 하마터면 놓칠 뻔했다. 짐을 맡기고 간 것까지 잔뜩 눈독을 들여둔 '그쪽 사람들'은 은근히 찾아보았던지, 내가 허둥지둥 인력거를 몰아오는 것을 아까 만났던 인버네스짜리가 대합실 문 앞에서 힐끗 보고 빙긋웃었다. 나는 본체만체하고 맡겼던 짐을 찾아 가지고 찻간으로 뛰어 올라왔다. 형사도 차창 밖으로 가까이 와서, 고개를 끄덕하며 무어라고 중얼중얼하기에 나는 창을 열어 주었다.

"바루 서울로 가시죠?"

하며 왜 그러는지 커다랗게 소리를 지른다. 나는 웃으면서, 내 처가 죽게되어서 시험도 안 보고 가니까 물론 바로 간다고(나중에 생각하고 혼자 웃었지만), 하지 않아도 좋을 말까지 기다랗게 늘어놓았다. 형사는 또 무엇

이라고 중얼중얼하는 모양이었으나, 바람이 휙 불고 기차가 움직이기 때문에 자세히 들리지 않았다. 그러나 웬 셈인지 나하고 수작을 하면서도 연해 왼편을 바라보는 게 수상스러웠다. 그러나 차가 움직이자 양복쟁이 하나가 저쪽 문으로 들어오는 것은 나 역시 무심코 보았을 뿐이었다.

5

기차가 김천역에 도착하니까, 지금쯤은 으레 서울 집에 있으려니 했던 형님이 금테모자에다 망토를 두르고 나왔다. 그러지 않아도 혹시 아는 사람이나 있을까 하고 유리창 바깥을 내다보며 앉았던 나는 깜짝 놀라 일어나서, 창을 올리고 인사를 하려니까, 형님은 웃으며 창 밑으로 가까이 오더니 어떻든 내리라고 재촉을 한다. 어찌할까 하고 잠깐 망설이다가 형님이 그동안에 내려와서 있는 것을 보든지 웃는 낯을 보든지 병인이 그리 급하지는 않은 모양이기에, 나는 허둥지둥 짐을 수습하여 가방을 창밖으로 내주고 내려왔다. 뒤미처 양복쟁이 하나도 **창황히** 따라 내렸다.

형님은 짐을 들려 가지고 가려고 심부름꾼 아이까지 데리고 나왔었다. 출구 앞에 섰던 아이놈에게 가방을 내주고 우리들이 나가려니까, 그 밑에 바짝 다가섰던 헌병 보조원이 내 뒤로 내린 양복쟁이와 수군수군하다가 형님을 보고,

"**계씨**가 오셨어요? 오늘 저녁에 떠나시나요?"

하며 물었다. 형님은 웃는 낯으로,

"네, 네!"

창황히(愴惶-) 당황히. 놀라거나 다급하여 어찌할 바를 모르게.
계씨(季氏) 남의 남동생을 높여 이르는 말.

하고 거의 기계적으로 오른손이 모자의 챙에 올라가 붙었다. 그 모양이 나에게는 우습게 보이면서도 가엾었다. 어떻든 형님 덕에 나는 별로 승강이를 안 당하고 무사히 빠져나왔다.

형님은 망토 밑으로 들여다보이는 도금을 물린 검정 **환도** 끝이 다리에 터덜거리며 부딪는 것을 왼손으로 꼭 붙들고 땅이 꺼질 듯이 살금살금 걸어 나오다가, 천천히 그동안 경과를 이야기하여 들려준다.

"네게 돈 부치던 날 아침은 아주 시각을 다투는 것 같았으나, 낮부터 조금씩 **돌리기** 시작하여 그저께 내가 내려올 때에는 위험한 고비는 넘어선 모양이지만, 지금도 마음이야 놓겠니. 워낙이 두석 달을 끌었으니까. 그러나 곧 떠나지 않은 모양이로구나? 나는 어제쯤 올 줄 알고 이틀이나 나왔지!"

하고 형님은 차근차근한 목소리로 이렇게 물었다.

"전보 받던 날 밤에 떠났죠만 오다가 신호에서 하룻밤을 묵었지요."

나는 꾸며 댈까 하다가, 입에서 나오는 대로 대답을 하였다.

"무슨 급한 볼일이 있기에 돈을 들여 가며 묵었단 말이냐?"

벌써부터 형님에게는 불평이 있다는 말소리다.

"별로 볼일은 없지만, 몸도 아프고 완행이 되어서 여간 지리하여야지요."

"웬만하면 그대로 내친 길에 올 게지. 너는 그저 그게 병통이야."

하며 형님은 잠깐 눈살을 찌푸리는 듯하였다.

이 형님이라는 사람은 한학으로 다져 만든 촌생원님이나 신학문에도 그리 어둡지는 않을 뿐 아니라, 우리 집에는 없으면 안 될 사람이다. 부친이 합방 전후에, 거의 정치광, 명예광에 달떠서 **경향**으로 동분서주하며 넉넉

환도(環刀) 예전에, 군인이 군복에 갖추어 허리에 차던 칼.
돌리다 병의 위험한 고비나 상황을 면하다.
경향(京鄉) 서울과 시골을 아울러 이르는 말.

지 않은 가산을 흐지부지 축을 내놓은 분수로 보아서는 지금쯤 내가 유학을 하기는 고사하고 밥을 굶은 지가 벌써 오랜 일이었겠지만, 얼마 안 남은 것을 이 형님이 붙들고 앉아서 **바자위게** 꾸려 나가기 때문에 이만큼이라도 부지를 하게 된 것이다. 다른 것은 그만두고라도 보통학교 훈도쯤으로 이천여 원 돈이나 모은 것을 보면 규모가 얼마나 짜인 사람인가를 상상하기에 어렵지 않을 것이다. 그러나 나로서는 존경하면서도 성미에 맞을 수는 없었다. 생각하면 우리 삼부자같이 극단으로 다른 길을 제각기 걸어나가는 사람들은 없다. 세상에는 정치밖에 없다는 부친의 피를 받았으면서 보수적, 전형적 형님과 무이상(無理想)한 감상적, **유탕**적 기분이 농후한 내가 태어났다는 것이 세상도 고르지 못한 아이러니다.

"그래 학교의 시험은 어떻게 되었단 말이냐?"

형님은 한참 있다가 또 물었다.

"보다가, 두고 왔지요."

나는 또 무슨 소리가 나올까 보아서 우물쭈물할까 하다가 역시 이실직고를 하고 말았다.

"그럴 줄 알았더면 전보를 다시 놓을걸 그랬군!"

하며 시험을 중도에 폐하고 온 것을 매우 애석해하는 모양이나, 나는 전보를 안 놓아 준 것이 잘 되었다고 생각하며 잠자코 따라 걸었다.

"그래 추후 시험이라도 봐야 하겠구나? 언제도 추후 시험인가 본다고 일찍이 나와서 돈만 들이고 성적도 좋지 못한 적이 있었지 않니? 어떻든 문학이니 뭐니 하구, 공연히 그까짓 건 하구 난대야 지금 세상에 어디다가 써먹는단 말이냐?"

이런 소리는 1년에 한 번이나 두어 번 귀국할 때마다 꼭 두 번씩은 듣는

바자위다 너무 빈틈이 없어 너그러운 맛이 없다.
유탕(遊蕩) 기분 내키는 대로 마음껏 놂.

▲ 서당에서 공부하는 모습

▲ 보통학교에서 공부하는 모습

다. 형님한테 한 번, 아버님한테 한 번이다. 그러나 어떠한 때에는 아버님에게는 귀에 못이 박히도록 들을 때가 있다. 처음에는 열심으로 반대도 해보았다. 교육이라는 것은 '사람'을 만들자는 것이요 기계를 제조하는 것이 아니니까, 학문을 당장에 월급푼에 써먹자고 하는 것도 아니요, '똥테(나는 어느 때든지 금테를 똥테라고 불렀다.)' 바람에 하는 것도 아니라는 말도 해드리고, 개성은 소중한 것이니까 제각기 개성에 따라서 교육을 해야한다는 문제를 들추어 가지고 늘 변명을 해왔다. 그러나 결국은 단념하는 수밖에 없다는 것을 깨달았다. 그들의 세계와 자기의 세계에는 통로가 전연히 두절된 것을 발견했다. 그것은 마치 무덤 속과 무덤 밖이, 판연히 다른 딴세상인 것과 같은 것이라고 생각하게 되었다. 그래서 그후부터는 부자나 형제로서 할 말 이외에는, 그리고 학비 이야기 이외에는 아무 말도 입을 벌리지 않기로 결심을 하였다. 모친이나 자기 처나 누이동생에게 하듯이만 하면 집안에 큰소리가 없을 줄 알았다. 되지 않은 이해니 설명이니 사상 발표니 하기 때문에 감정이 상하고 충돌이 생기는 것이라고 생각하였다. 그러나 이렇게 생각을 하고 나니까, 자기의 주위가 어쩐지 적막해진 것 같고, 가정이란 것은 밥이나 먹고 잠이나 재워 주는 여관 같았다. 여관 중에도 제일 마음에 맞지 않는 여관 같았다.

지금도 1년 만에 만나는 첫대바기에 형님에게 그러한 소리를 들으니까, 불쾌하지 않을 수 없는 동시에, 작년 여름에 나왔을 때에 학교 문제로 삼부자가 한참 논쟁을 하다가, '집구석이라고 돌아오면 이렇게들 사람을 귀찮게 굴 테면 여관으로라도 나간다.' 하고 이틀 사흘씩 친구의 집으로 공연히 떠돌아다니던 생각을 해보면서 잠자코 말았다. 어쩐지 마음이 호젓하기도 하고 섭섭한 것 같았다.

우리는 한참 동안 잠자코 걷다가, 형님 집으로 들어가는 동구까지 와서 전에 보지 못하던 일본 사람의 상점이 길가로 하나 생기고, 골목 안으로

들어서서도 두 집에나 일본 사람의 문패가 붙은 것을 보고,

"그동안에 꽤 변했군요!"

하며 형님을 쳐다보니까, 형님은 무슨 생각을 하는 사람처럼 웃으며 고개만 끄덕끄덕하였다.

나는 앞장을 선 형님을 따라 들어가며, 작년보다도 한층 더 퇴락한 대문을 쳐다보고,

"거의 쓰러지게 되었는데 문간이나 좀 고치시지?"

하며 혼잣말처럼 물었다.

"얼마나 살라구! 여기두 얼마 있으면, 일본 사람 촌이 될 테니까, 이대로 붙들고만 있다가 내년쯤 상당한 값에 팔아 버리련다. 이래 봬도 지금 시세루 여기가 제일 비싸단다."

형님은 칠팔 년 전에 살 때와 비교하여서 거의 두세 곱이나 시세가 올랐다고 매우 좋아하는 모양이다. 나는 오늘 아침에 부산에서 본 광경을 생각하며,

"그야 다른 물가는 따라서 오르지 않았나요. 전쟁 이후에 어떤 것은 삼 배 사 배나 올랐는데요."

하고 대꾸를 하며 안으로 쫓아 들어갔다.

형수와, 작은아버지 오신다고 깡충깡충 뛰는 일곱 살짜리 딸년이 안방에서 나와서 맞았다. 작년에 보던 것과는 다른 상스럽지 않은 노파도 하나 있었다. 나는 안방으로 들어가서 귀찮은 맞절을 형수와 하고 나서 조카딸의 절도 받았다. 그러나 그제서야 과자 푼어치나 사가지고 왔더면 하는 생각이 났다. 인사가 끝난 뒤에 형님은 벙벙히 앉았다가,

"건넌방에서두 나와 보라지!"

하며 형수를 쳐다본다. 형수는 암말 안 하고 섰더니,

"얘! 너 가서, 건넌방 어머니 오라구 해라."

하며 딸을 시켰다. 나는 어리둥절하여,

"건넌방 어머니가 누구예요?"

하며 형수를 쳐다보았으나 머리에는 즉각적으로 어느 생각이 떠올랐다.
형수는 애를 써서 헛웃음을 입가에 띠고 잠자코 말았다.

"네게는 이야기를 한다면서도 우환두 있구 해서 자연 이때껏 알리지를
못하였다만, 작은형수가 하나 생겼단다."

하며 형님이 웃었다. 단 형제가 사는 집안에 작은형수라는 말도 우습지만,
나는 대개 짐작하면서도,

"작은형수라니요?"

하고 되물으니까, 윗목에 섰던 형수가,

"그동안에 난 죽었답니다."

하며 풀 없는 웃음을 일부러 보였다. 형수는 그동안에 유난히 늙은 것 같
았다. 눈가가 유난히 퍼레지고 이마와 눈귀에 주름이 현연히 보였다. 형수
의 말을 받아서 형님이 무어라고 입을 벌리려 할 제, 건넌방 형수가 들어
오는 바람에 닫아 버렸다. 분홍 저고리에 **왜반물**치마를 입고 분을 하얗게
바른 시골 새아씨가, 아까 눈에 띄던 늙은 부인이 열어 주는 방문으로 살
짝 들어왔다. 고작해야 열아홉 살쯤 되어 보이는 조촐한 새아씨다. 이맛전
이 넓고 코가 펑퍼짐한 듯하나, 이 집에서 **상성**이 난 아들깨나 날 것 같기
도 하다. 그렇게 보아서 그러한지 뻣뻣한 치마가 앞으로 떠들썩한 것이 벌
써 무에 든 것 같고, 얼굴에는 윤광이 돌아 보인다. 큰형수와 나란히 세워
놓고 보면 **고식**(姑息)이라 하는 것이 알맞을 것 같다. 나는 형님의 소원대로
상우례를 하였다. 두 사람의 맞절이 끝나니까, 형수는 앞장을 서서 휙 나

왜반물(倭-) 남빛에 검은빛이 섞인 물감.
상성(喪性) 몹시 보챔.
고식(姑息) 부녀자와 어린아이를 아울러 이르는 말.
상우례(相遇禮) 신랑이나 신부가 처가나 시가의 친척과 정식으로 처음 만나 보는 예식.

가 버렸다. 새형수도 뒤미처 나갔다. 큰형수는 마루에 앉아서 짐을 지고 들어온 하인더러 무엇을 사오라고 분별을 하고, 새형수와 **마누라**는 뜰로 내려가서 나를 위해 점심을 차리는 모양이다. 머리도 안 빗은 조그만 늙은 아씨가 마루 끝에서 왔다 갔다 하는 것이 창에 붙은 유리 밖으로 마주 내다보일 제, 시들어 가는 감국 같다는 생각이 머릿속에 떠올라 왔다. 어쩐지 가엾어 보였다.

'그래도 세 식구가 **구순하게** 사는 것이 희한한 일이다.'

나는 이런 생각을 하며 벙벙히 앉았으려니까, 형님은 무슨 말을 꺼낼 듯 꺼낼 듯하다가,

"넌 지금 1년 만에 나오지?"

하며 딴소리를 물었다.

"올 여름 방학에는 안 나왔지요."

"응, 그래……. 너도 혹 짐작할지는 모르겠다만, 청주 읍내에서 살던 최참봉이라면 알겠니?"

하며 형님은 목소리를 한층 더 낮추었다.

"알지요."

"그 집이 지금 말이 아니게 되었지. 웬만큼 가졌던 것은 노름을 해서 없앴겠니마는, 최씨가 작고하기 전에 벌써 다 까불려 버렸지……. 지금 데려온 저것이 그이의 둘째딸이란다. 어렸을 젠 너두 보았을걸?"

"네에!"

하며 나는 무심코 웃었다. 최참봉이라면 내가 어렸을 때에는 우리 집하고 **격장**에서 살던, 청주 일군은 고사하고 충청도 전판에서도 몇째 안 가는 부

마누라 여기에서는 '아내'가 아닌, 중년이 넘은 여자를 이르는 말로 쓰임.
구순하다 서로 사귀거나 지내는 데 사이가 좋아 화목하다.
격장(隔墻) 담 하나를 사이에 두고 이웃함.

자였다. 술 잘 먹기로도 유명하고 **오입**깨나 하였지만 **보짱** 크기로도 유명하였다. 작은형수라는 것은, 내가 소학교에 들어갈 때에 지금 마루에서 뛰어다니는 형님의 딸년만 했었다. 그렇게 생각을 하여 보니까, 부엌에서 음식을 차리고 있는 노부인이 낯이 익은 법하기도 하고, 일편 반갑기도 해서 혼자 웃으며,

"그럼 저 마님이 최참봉의 부인이 아녜요?"

하고 물어보았다. 형님은 반색을 하면서,

"응, 참 너는 그 집에 늘 드나들며 놀지 않았니?"

하며 나를 쳐다보았다. 나는 어쩐지 가슴이 선뜩하면서 몸이 근질근질한 것 같았다. 최참봉 마누라라는 이는 딸 형제밖에는 낳아 보지 못한 사람이었다. 내가 어려서 놀러 가면, '내 아들 왔니!' 하기도 하고, '내 사위 왔구나!' 하기도 하며 퍽 귀여워했다.

"금순아, 금순아! 넌 어디루 시집가련? 저 경만이(내 **아명**) 집으로 가지?"

하면, 지금의 저 형수는 똥그란 눈으로 나를 말똥말똥 쳐다보다가, 어떤 때에는 '응!' 하기도 하고, 나는 시집 안 간다고 짜증을 내보기도 했던 것이다. 지금 학교에 다니는 내 누이동생과는 한 살이 위인가 하기 때문에, 나보다는 두 살이 아래일 것이다. 나는 우리 남매하고 돌아다니던 십사오 년 전의 어렴풋한 기억을 머릿속에 그려 보면서 제풀에 얼굴이 화끈거리는 것을 깨달았다. 어렸을 적 일이니까 당자도 잊어버렸을 것이요 누이도 모르겠지만, 저 마누라는 나를 알아볼 것이요, 실없는 소리라도 사위니 아들이니 하던 생각을 하렷다 하는 생각을 할 제, 마주 닥치면 피차에 어쩌할까 하고 지금부터 내가 도리어 얼굴이 간지러운 것 같았다. 아무튼지 이

오입(誤入) 남자가 아내가 아닌 여자와 성관계를 가지는 일.
보짱 마음속에 품은 꿋꿋한 생각이나 요량.
아명(兒名) 아이 때의 이름.

상한 연분이다. 물론 그때만 해도 **반상(班常)의 별**을 몹시 차리던 시절이니까, 두 집의 부모끼리는 왕래가 별로 없었고, 더구나 저편에서는 나를 데리고 실없는 소리를 했을 뿐이지 감히 내 딸을 누구의 몫으로 데려가시오라고는 못했다. 하지만, 지금 형님의 장모요 그때의 금순 어머니는 확실히 장래에는, 나에게 둘째딸을 주리라는 생각은 있었을 것이다. 그러면서도 기어코 우리 집으로 들여보내고야 만 그 어머니의 심사는 알 수 없을 것이다. 형님은 잠깐, **동을 떼어서** 다시 입을 벌렸다.

"그래 우리 집이 서울로 이사한 뒤에는 최참봉이 실패하고 울화에 떠서 연전에 죽었다는 것은 알았지만, 그렇게까지 참혹하게 된 줄은 몰랐었더니, 올 여름에 산소 일절로 해서 청주에 들어갔다가 최씨의 큰사위를 만나니까, 장모하고 처제가 자기 집에 들어와 있는데, 저 역시 실패를 하고 지금은 자동차깨나 부리지만, 그것도 인제는 지탱을 해갈 수가 없는 터요, 혼기가 넘은 처제를 처치할 가망조차 없다면서, 어떻게 한밑천을 대어 주었으면 좋을 듯이 말을 비추기에, 집에 올라가서 무슨 말끝에 우연히 그런 이야기를 했더니……."

"최참봉 큰사위라면 그때 우리 살 때에 혼인한 김현묵이 말씀이죠?"

나는 어려서 보던 조그만 초립둥이를 머리에 그려 보며 앉았다가 형님 말의 새치기로 물었다.

"옳지 그래! 그때는 열두어 살밖에 안 되었지만, 지금은 퍽 완장(頑丈)해지기도 하고 위인이 착실해서 조치원에서는 상당한 신용이 있지. 그래 아버지께서두 얼마든지 밑천을 대어 주는 것도 좋겠지만, 그 처제애를 데려오는 것이 어떠냐고 하시기에, 들을 때뿐이요 흐지부지하였지. 그런데, 그후에 아버지께서 또 내려오셔서서 김현묵이를 만나 보시고, 우리

반상(班常)의 별 양반과 평민의 신분적 구별.
동을 떼다 하던 말을 잠시 끊다.

집안이 절손이 될 지경이니 우리 집으로 데려오게, 저편 의향을 들어 보라고 일을 **버르집어** 놓으시니까, 현묵이야 어떻든 인연을 맺어 놓기로만 위주니까 물론 찬성이요, 그 집안에서들도 **유처취처**라는 것을 매우 꺼리는 모양이나 우리 집안 내력도 알고, 형편이 매우 급하니까 결국은 승낙을 한 모양이지."

"그래, 큰어머니나 어머니께서는 어떤 의향이셨에요?"

"아버지께서야 원래 큰형수를 못마땅해하시니까 말씀할 것도 없지만, 어머니께서는 처음에는 반대를 하시다가, 역시 손자를 보겠다고 첩을 얻어 들이는 것보다는 낫다고 하시고, 당자도 인제는 자식이라고는 나볼 가망도 없구 하니까, 내 말대로 하겠다기에, 되어 가는 대로 내버려 두었지."

나는 잠자코 듣기만 하고 앉아 있었다. 그러나 아들자식이란 그렇게도 낳고 싶은 것인지 나에게는 의문이었다. 무후(無後)한 것이 조상에 대한 죄라거나 부모에게 불효가 된다는 말부터 나에게는 이해할 수 없는 것이었다. 우연이든 필연이든 낳은 자식은 죽일 수 없으니까 남과 같이 길러 놓기는 하여야 하겠지만, 그렇게 성화를 하면서 한 생명이 나타날 기회를 인력으로 만들지 못해서 애를 쓸 것이 무엇인지, 사람이란 의외에 **호사객**이라고 생각하였다. 한 생명을 애를 써서 낳아서 공을 들여 길러 놓는다기로 그것이 자기와 무슨 교섭이 있단 말인가. 장수하여서 자기보다 앞서지 않을 지경이면 **삿갓가마**나 타고 상여 뒤에 따르리라는 것만은 분명히 **예기할** 수 있는 일이겠지만 그다음 일이야 누가 알 일인가. 위인이 착실할 지

버르집다 파서 헤치거나 크게 벌려 놓다. 숨겨진 일을 밖으로 들추어내다.
유처취처(有妻娶妻) 아내가 있는 사람이 또 아내를 얻음.
호사객(好事客) 남의 일에 특별히 흥미를 가지고 말하기 좋아하는 사람.
삿갓가마 예전에, 초상(初喪) 중에 상제가 타던 가마.
예기하다(豫期-) 앞으로 닥쳐올 일에 대하여 미리 생각하고 기다리다.

경이면 부모가 남겨 주고 간 땅뙈기나 파서 먹다가 뒤따라 땅속으로 굴러 들어가 버릴 것이요, 그렇지도 못하면 그나마 다 까불리고 제 몸뚱어리 하나도 추스르지 못하는 것은 말할 것도 없지만, 거기에 매달린 처자의 운명까지 잡쳐 놓을 것이다. 기껏 잘났대야 저 혼자 속을 썩이다가 발자취도 없이 스러질 것이며, 자칫하면 자기의 생명을 저주하고 낳아 준 부모를 원망할지도 모를 것이다. 그러나 종족을 연장하려는 것이 생물의 본능이라고 할지도 모른다. 하지만 종족의 **보지**나 연장이라는 의식으로 사람은 결혼을 원하는 것인가. 그보다도 한층 더한 충동이 보다 더 굳세게 사람의 마음속에서 움직이지는 않는 것일까. 당자되는 이 형님은 말 말고라도 우리 아버님부터 큰형수를 자기 딸같이 귀여워하였다 하면, 아무리 아들을 못 낳기로, 제2의 아내를 얻어 맡기려는 생각은 없었을 것이지! 난다는 것이 무엇이람? 자손이란 무엇에 쓰자는 것이람! 나는 이런 생각을 하다가,

"서울집에 있는 것이나 데려다가 기르시지요. 에미두 죽게 되구, 저는 있는 게 도리어 귀찮으니까."

하며 형님의 눈치를 살펴보았다.

나는 자기 소생을 형님에게 떼어 맡겼으면 짐이 덜리어서 시원스럽겠다는 말이나, 듣는 사람에게는 양자라도 할 수 있는데 왜 유처취처라는 남 못할 일을 하였느냐고 힐책하는 것같이 들린 모양이다.

"글쎄 그두 그렇지만 너두 앞일을 생각하면 그럴 수야 있니. 그뿐 아니라 저편 처지가 말 못되었으니까, 사람 하나 구하는 셈치고 어떻든 데려온 것이지."

하며 형님은 변명을 하였다. 나는 그 이상 더 말할 필요가 없다고 생각하면서도, 사람 하나 구한다는 말이 귀에 거슬리기에, 밖에서 듣지 않도록

보지(保持) 온전하게 잘 지켜 지탱해 나감.

일본말로 반대를 하기 시작했다.

"그건 형님, 잘못 생각이시겠지요. 설혹 결혼을 해서 한 사람이 구하여졌다 하더라도, 형님은 그것을 자기의 공으로 아실 것도 못 되거니와, 처음부터 구한다는 생각을 가지고 결혼을 하셨다는 것은, 형님이 자기를 과중히 생각하시는 것이요, 또 사실상 그러한 것은 둘째 셋째로 나오는 문제겠지요. 누구든지 저 사람을 행복스럽게 할 사람은 이 넓은 세상에는 나밖에 없다고 생각하는 것은, 한편으로 보면 좋은 일 같지만, 다른 한편으로 보면 불완전한 '사람' 으로서는 너무 지나치는 자긍이겠지요."

형님이 잠자코 앉았는 것을 보고 나는 또다시 입을 벌렸다.

"진정한 사랑은 그 사람의 행복을 비는 마음에서 나오는 것이요, 그 사람의 생활을 지배하고 운명의 진로까지를 간섭하는 것은 아니겠지요. 그러니까 사람이 사람을 구(救)한다는 것은 잠월(潛越)한 말이요, 외형으로는 아름다우나 사실상으로는 공허한 말이겠지요."

형님은 나의 말을 음미하듯이 정신을 차리고 가만히 듣고 앉았다가,

"구한다는 사실이 이 세상에 없다 하면, 너부터 굶어 죽을라! 그는 고사하고 여기 어린아이가 우물로 기어들어 가면 너두 쫓아가서 붙들겠구나?" 하며 형님은 웃으며 나를 쳐다보았다.

"그건 구제가 아니라 의무지요."

나는 구하지 않으면 너부터 굶어 죽으리라는 말에 불끈해서, 약간 목청을 돋우어서 한마디 한 뒤에 다시 뒤를 이었다.

"의무라 하면 당연히 할 일, 또는 하지 않아서는 안 될 일을 의미하는 것이지요. 그러면 자식을 낳아서 교육을 시키든지, 우물에 빠지려는 아이를 붙들어 낸다는 것은, 당연한 의무를 이행하는 것이요, 자선적 행위는 아니라 할 수 있겠지요. 그는 그만두고 지금 자살하려는 사람을 붙들어 낸다 하더라도 그 행위가 자선도 아니요, 그 사람의 행복을 위한 것도

아니죠. 다시 말하면 생명이라든지 생이라는 공통한 입각지에 서서 자기는 생을 긍정하기 때문에, 생의 부정자를 자기의 주장에 동화시키려고 하는 행위가 즉 자살을 방지하는 노력이외다그려. 하고 보면, 결국은 자기를 중심으로 하고 하는 말이 아니에요? 하여간 소위 구제니 자선이니 하는 것을, 향기 있고 아름다운 말이나 행위로 알지만, 실상은 사회가 병들었다는 반증밖에 안 되는 것이올시다. 근본적 견지에서 사실을 엄정히 본다 하면 구제라는 말처럼 오만한 말도 없고 자선이라는 행위처럼 위선은 없겠지요. 만일 구제한다 하면 무엇보다도 자기를 구제하고, 자기에게나 자선을 베푸는 것이 온당하고 긴급한 일이겠지요."

형님은 어디까지든지 불평이 있는 모양이나 먼 데서 온 아우를 불쾌하게 안 하려는 듯이, 웃으면서,

"너같이 극단으로 나가면 이 세상에 살아갈 수 있겠니? 그래도 **상호부조**의 정신두 있어야 하고 인생의 이상이니 목적이라는 것은 없어 안 될 거요……."

하고 온화한 낯빛으로 입을 다물었다. 아까 문학은 배운대야 써먹을 데가 없다고, 눈살을 찌푸리던 수작과는 딴판이다.

"인생의 이상이란 것은 나는 생각해 본 일도 없습니다. 구태여 말하자면 자기를 위하여 산다 할까요. 하지만 결코 천박한 의미로 하는 말은 아닙니다."

내가 이렇게 대답을 하니까, 형님은 나를 잠깐 쳐다보고 나서, 무엇을 생각하듯이 고개를 숙이고 말았다. 나도 잠자코 말았다.

부산히 차려 들여온 점심을 형제가 겸상을 하여 먹은 뒤에 나는 아랫목에 잠깐 누웠다. 어쩐둥 잠이 들었다. 한잠 늘어지게 자고 나서 눈을 떠보

상호부조(相互扶助) 공동생활에서 개인들끼리 서로 돕는 일.

니까, 흐린 날이 저물어 들어가는지 방 안이 한층 더 우중충해졌다. 아까 식후에 학교에 다시 갔다가 온다던 형님은 벌써 돌아와서 건넌방에 들어가 앉은 모양이다. 내가 일어나서 양칫물을 달라는 소리를 듣고 형님은 안방으로 건너와서,

"눈이 올지 모르는데 술이나 한잔 먹고 떠나련?"

하며 밖에다 대고 술상을 차리라고 일렀다.

형님이 나에게 술을 권하는 것은 여간한 마음으로 하는 것이 아니다. 더구나 학교에서 오다가 자기는 먹을 줄도 모르는 일본 청주를 사들고 온 것이라 한다. 나는 '이것이 혼인상 대신인가!' 하는 실없는 생각을 하여 보며, 혼자 따라 마셔 가며, 속으로 웃어 보았다. 형님도 대작을 하기 위하여 억지로 몇 잔 한다.

"그런데 이번에 올라가거든 좀 집에 붙어 앉아서 약 쓰는 것두 살펴보구, 모든 것을 네가 거두어 줄 도리를 차려라."

형님은 두 잔째 마시고 나서 이런 소리를 들려주었다. 나는 잠자코 말았다. 사실 내가 약 쓰는 법을 알 까닭이 없는 일이다. 형님은 또 화두를 돌렸다.

"나두 며칠 있다가 형편 되는 대루 곧 올라가겠지만, 아버님께 산소 사건은 아직도 사오 일은 더 있어야 낙착이 날 듯하다고 여쭈어라. 역시 공동묘지의 규정대로 하는 수밖에 없을 모양이야."

나의 귀에는 좀 이상하게 들렸다. 내 처가 죽을 것은 기정의 사실이라 치더라도 죽기도 전에 들어갈 구멍부터 염려들을 하고 있는 것은, 아들을 낳지 못해서 성화가 난 것보다도 **구석 없는** 짓이요 일 없는 사람의 헛공사라고 생각 않을 수 없다.

구석 없다 격에 어울리지 않다.

"죽으면 묻을 데가 없을까 봐서 그러세요. 공동묘지는 고사하고 화장을 하든 수장을 하든 상관없는 일이 아닌가요? 아버지께서는 공연히 그런 걱정을 하시지만, 이 바쁜 세상에 그런 걱정까지 하는 것은 생각해 볼 일이지요."

나는 이렇게 핀잔을 주고 눈살을 찌푸렸다.

"공연히가 무에 공연히란 말이냐?"

형님은 눈을 똑바로 뜨고 나를 꾸짖고 나서 말을 이었다.

"너두 지각이 났으면 생각을 해보렴. 총독부에서 공동묘지 제도를 설정한 것은 잘되었든 못 되었든 하는 수 없이 쫓아간다 하더라도, 대대로 내려오는 자기의 선영이 남의 손에 들어가게 되고 게다가 앞길이 멀지 않으신 늙은 부모가 계신데, 불행한 일이 있는 날에는 어떻게 한단 말이냐? 그래 아버님 어머님 산소를 공동묘지에다가 모신단 말이 될 말이냐? 자식 된 도리는 그만두고라도 남이 부끄러워서 어떡한단 말이냐. 계수만 하더라도 만일에 불행한 경우를 당하면 어떻든 작은 산소 아래다가 써야지, 여기저기 뿔뿔이 흐트러져 있으면 그게 무슨 꼬락서니란 말이냐?"

형님은 매우 화가 난 모양이다. 그러나 내게는 도저히 알 수 없는 이야기다.

"그래 어떡하신단 말씀예요?"

나는 속으로 웃으며 다시 물었다.

"어떻든지 간에 충북 도장관과는 아버님께서도 안면이 계시고 나도 아주 모르는 터는 아니니까, 아버님 대만이라도 작은 산소에 모시도록 지금부터 허가를 맡아 두고, 계수도 사람의 일을 모르니까 이번에 아주 자

도장관(道長官) 예전에 '도지사'를 이르던 말. 한 도의 행정 사무를 총괄하는 광역 자치 단체장.

리를 잡아 놓아 주자는 말이야. 그런데 그보다도 더 시급한 것은, 큰 산소하고 가운데 산소의 제절 앞의 **산판**을 물러 가지고 식목이라도 다시 하자는 것인데, 뭐 아주 말이 아니야, **분상**이 벌거벗은 셈이요……."

분상이 벌거벗었다는 말에 나는 속으로 웃었다.

"그 문제가 이때껏 낙착이 안 났어요?"

하며 나는 또 한잔 들었다.

"낙착이 다 무어야. 뼛골은 뼛골대로 빠지고 일은 점점 안 돼가니, 어떻게 해야 좋을지……. 지금 붙들어다가 징역을 시킨달 수도 없고……."

하며 형님은 눈살을 찌푸렸다.

산소 문제라는 것은 셋째 집 종형이 문서를 위조해서 팔아먹은 것이다. 우리 집이 종가는 아니나 실권은 여기서 잡고 있는, 말하자면 우리 집 문중 소유인데, 몇 평이나 되는지 노름에 몰려서 두 군데의 분상만 남겨 놓고 상당히 굵은 송림째 얼러서 불과 백여 원에 팔아먹은 모양이나, 워낙 헐가로 산 것이기 때문에 당자가 좀처럼 물러 주지 않는 터라 한다. 제절 앞에 거름을 하고 논을 **풀든** 밭을 갈든 그는 고사하고 이해관계로라도 무르는 것은 나도 찬성하였다.

"어떻든 무를 수는 있겠죠?"

나는 여전히 혼자 홀쩍홀쩍 마셔 가며 물어보았다.

"글쎄, 셋째아버지께서만 증인으로 서셨으면 아무 말 없이 본전에 찾겠지마는, 번연히 자기가 관계를 하시고 내용까지 자세히 아시면서 모른다고만 하시니까 무사히 될 일두 이렇게 말썽만 되지 않겠니?"

"그럼 셋째아버지도 공모를 하셨던가요?"

산판(山坂) 산의 일대.
분상(墳上) 무덤에서 조금 소복하게 높은 부분.
풀다 생땅이나 밭을 논으로 만들다.

"그러게 망령이 나셨단 말이지. 그나 그뿐이라더냐! 자식을 잘못 두어서 그랬기루서니, 어찌하란 말이냐고 되레 야단만 치시니 기막히지 않겠니?"

"그럼 당자를 붙들어 내면 될 게 아녜요?"

"당자야 벌써 어디론지 들구 튀었다 하더라만, 아마 요새는 들어와 있나 보더라. 일전에두 갔더니 셋째어머니가 앞장을 서서 우는소리를 하시며, 자식 하나 없는 셈 칠 테니 그놈을 붙들어다가 징역을 시키든 목을 돌려놓든 마음대로 하고, 인제는 그 문제로 우리 집에는 와야 쓸데가 없다고 하시는 것을 보면, 어디 갔다는 말은 공연한 소리요, 모두 **부동**이 되어서 귀찮게만 굴자는 수작 같아서 실없이 화가 나지만……."

셋째삼촌이라는 이는 집의 아버지와 이복인 데다가, **분재한** 것을 몇 부자가 다 까불려 버린 뒤로는 한층 더 말썽이 많아졌다. 언젠지 나더러도,

"네 형두 딱하지, 그예 징역을 시키고 나면 무에 시원할 게 있니? 돈푼 더 주고 무르면 고만 아니냐? 고까짓 것쯤 더 쓰기로 얼마나 더 잘살겠니?"

하며 갊죽갊죽하는 소리를 한 일이 있었다. 그런 소리를 들으면 머릿속까지 지끈지끈한 나는,

"내야 뭘 압니까. 그런 이야기는 형더러 하시구려."

하며 피해 버린 일도 있었다. 나는 그런 생각을 하다가,

"아무쪼록 구순하게 하시구려."

하며 말을 끊어 버렸다.

실쭉한 저녁을 조금 뜨고 나서, 캄캄히 어둔 뒤에 다시 짐을 지워 가지고 형님과 같이 정거장으로 나왔다. 드문드문 전등불이 반짝이는 큰길가에는 인적도 벌써 드물어 가고, 모진 바람이 쌀쌀히 부는 대로 가다가다

부동(符同) 그른 일에 어울려 한통속이 됨.
분재하다(分財-) 가족이나 친척에게 재산을 나누어 주다.
실쭉하다 마음에 차지 않아 약간 고까워하는 데가 있다.

눈발이 차근차근하게 얼굴에 끼쳤다.

"오늘 밤에는 꽤 쌓일걸!"

형님은 이런 소리를 하며 앞서갔다. 정거장 안에 들어서니까, 순사보 한 사람이 형님하고 인사를 하며 나를 아래위로 한번 훑어보았으나, 별로 조사를 하자고는 안 한다. 지워 가지고 온 짐을 맡기고 나서, 형님과 아는 일본 사람 사무원이 들어오라고 권하는 대로 우리는 사무실로 들어가서 난로 앞에 섰었다. 이삼 사무원은 우리를 돌아다보며 앉은 채 묵례를 한다. 우리들더러 들어오라고 한 사무원은,

"매우 춥지요? 동기 방학에 나오시는군요."

하며 나의 옆에 와서 말을 붙이며 불을 쬔다. 이러한 경우에 일본 사람이 조선 사람보다 친절한 때가 있다고 나는 생각하였다. 순사나 헌병이라도 조선인보다는 일본인 편이 나은 때가 많다. 일본 순사는 눈을 부르대고 그만둘 일도, 조선 순사는 짓궂이 뺨을 갈기고 으르렁대고야 마는 것이 보통이다. 계모 시하에서 자라난 자식과 같은 몹쓸 심사다. 불쌍한 처지에 있는 사람끼리 만나면 피차에 동정심이 날 때도 있지만, 자기 자신의 처지에 스스로 불만을 가지고 자기 자신에 대한 증오의 염이 심하면 심할수록, 자기와 동일한 선상에 있는 상대자에 대해서는 일층 더한 증오를 느끼고, 혹시는 이유 없는 분풀이를 하는 것이다. 조선 사람에게 대한 조선인 관헌의 태도도 그러한 심리에서 나오는 것은 아닌가 나는 생각해 보았다.

사무원과 유쾌히 이야기를 주거니 받거니 하며 섰으려니까, 외투에 모자 우비까지 푹 뒤집어쓴 젊은 조선 사람 역부가 똥그란 유리등을 들고 창황히 들어오며 일본말로,

"불이 암만해도 안 켜져요."

하고 울상이다. 역부의 외투에 붙었던 하얀 눈이, 훈훈한 방 안 온기에 사르르 녹아서 조그만 이슬이 반짝거렸다.

"빠가! 안 켜지면 어떡한단 말이야. 시간은 다 되었는데."

이때까지 웃는 낯으로 나하고 이야기를 하고 섰던 사무원이 눈을 부르대며 소리를 지르고 나서 저쪽 구석으로 향하더니,

"이서방, 이서방, 어서어서, 같이 가서 켜고 오오."

하며 조선말 반 일본말 반의 얼치기로 이서방에게 명했다. 나는 사무원의 살기가 등등한 뚱뚱한 얼굴을 바라보고 깜짝 놀랐다. 두 역부는 다른 등에 또 불을 켜들고 허둥허둥 나갔다. 두 사람이 나가는 것을 보고 사무원은 태연히 웃으며,

"참, 빠가로군!"

하며 나를 쳐다보았다. 나도 따라서 웃어 보였으나, 머리로는 눈보라가 치는 속에서 신호등으로 기어올라 가서 허둥거리는 두 청년의 검은 그림자를 그려 보았다. 조금 있으려니까 땡땡 하는 소리가 몇 번 난 뒤에 역부들이 들어왔다. 사무원도 우리를 내버리고 저편에 가서 짐을 뒤적거리고 있다. 우리는 플랫폼으로 나왔다.

기차 속은 석유 불을 드문드문 켜기 때문에 몹시 우중충하고 기름 냄새가 심했다. 오늘 온 밤을 이 속에서 샐 생각을 하니까, 또 하룻밤을 묵고 급행으로 가고 싶은 생각이 간절하나, 꾹 참고 난로 앞에 자리를 잡았다. 찻간에 사람은 많지 않았다. **끄레발**에 **갈모**를 우그려 쓴 촌사람 오륙 인하고 양복쟁이 서너 사람이 난로 가까이 앉고, 저편으로 떨어져서 대구에서 탄 듯싶은 기생 같은 젊은 여자가 양색 **왜증**인지 보라인지, 검붉은 두루마기를 입고 이리로 향하여 앉은 것이 내 마음에 반가워 보였다. 나는 심심파적으로 잡지를 꺼내 들었으나 불이 컴컴하여 몇 장 보다가 덮어 버렸다.

끄레발 단정하지 못하고 어수선한 옷차림.
갈모(-帽) 예전에, 비가 올 때 갓 위에 덮어 쓰던 고깔과 비슷하게 생긴 물건. 비에 젖지 않도록 기름 종이로 만들었다.
왜증(倭繒) 바탕이 얇은 비단.

저편으로 중앙에 기생에게 등을 두고 앉은 사십 남짓한 신사를 바라보다가 나는 무심코 우리 집에 다니는 김의관 생각이 났다. 기생하고 동행인지 혼자 가는지는 모르나 수달피 댄 훌륭한 외투를 입고 금테 안경을 버티고 앉은 것이 돈푼 있어 보이기도 하나, 안경 너머로 이 사람 저 사람의 얼굴을 유심히 바라보는 작은 눈은 교활해 보였다.

기차가 추풍령에 와서 닿으니까, 일본 사람의 사냥꾼 한 떼가 개를 두 마리나 데리고 우중우중 들어와서 기다란 총을 여기저기다가 세우고 탄환 박힌 혁대를 끌러 놓은 뒤에 난로 앞으로 모여들었다. 나는 피하여서 저편 기생 뒤로 가서 앉았다. 촌사람들도 비실비실 피해서 이리저리 흩어졌다.

"아, 영감! 이거 웬일이쇼?"

누구인지 이렇게 소리를 버럭 지르는 바람에 나는 무심코 고개를 돌렸다. 얼금얼금한 얼굴에 방한모를 우그려 쓰고, 손가락 사이에는 반쯤 타다 남은 여송연을 끼워 가지고 난로를 등을 지고 섰는 자의 말소리다. 헌 양복에 **각반**을 차고 일본 버선에 조선 짚신을 신은 꼴이 아마 사냥꾼 일행인 모양이나, 동행하는 일본 사람이 난로 앞에 서는 자리를 사양하는 것을 보면 일행 중에서는 지위가 높은 모양이다.

"그러나, 영감은 웬일이슈?"

수달피 털을 붙인 외투를 입고 앉았던 금테 안경이 앉은 채 인사를 하며 물었다.

"군청에서들 가자기에 나섰더니, 인제야 눈이 오시는구려."
하며 얼금뱅이가 웃었다.

"이 바쁜 세상에 사냥은 너무 하이칼라인걸, 허허허. 공무 태만으로 감봉이나 되면 어쩌려우?"

각반(脚絆) 걸음을 걸을 때 발목 부분을 가뜬하게 하기 위해 발목에서부터 무릎 아래까지 돌려 감거나 싸는 띠.

김의관 같은 안경잡이가 한층 내려다보는 수작을 한다.

"영감같이 돈이나 벌려면 세상도 바쁘지만 시골 구석에 엎졌으니까 만사태평이외다. 한데 지금 어딜 다녀오슈?"

"대구를 갔다 오는데, 이때까지 장관에게 붙들려서……."

"에? 그래 그건 어떡하셨소?"

"그거라니?"

안경잡이는 딴청을 붙이는 모양이다.

"아, 저 토지 사건 말요."

얼금뱅이는 주기가 도는 뻘건 얼굴이 한층 더 벌게지는 듯하며 여전히 난로를 등지고 서서 묻는다.

"그러지 않아도 그 일절로 내려온 것인데, 계약은 성립이 되었지만 내일이 낭패가 돼서……. 연 이틀을 붙들고 놓아주어야지. 매일 기생에 아주 멀미를 대었소……. 참 술 잘 먹는데……."

"에! 에!"

하며 얼금뱅이는 감탄하는 듯 부러운 듯하게 대꾸를 하다가,

"그래 지금 인천으로 가시는 길이오?"

하며 또 물었다. 금테 안경은 눈살을 잠깐 찌푸리는 듯하더니,

"나야 원래 관계 있소. 저 사람이 죄다 하니까. 한데, 영감하고 이야기하던 것은 아주 틀리는 모양이오? 어떻게 과히 무엇하지도 않겠고, 영감 체면도 상하지 않게 할 터이니 잘 해보시구려."

하며 한층 소리를 낮춰서 다정한 듯이 웃어 보였다.

"글쎄 나중에 기별하지요만, 어떻든 반승낙은 받았으니까, 그쯤만 알아 두시구려."

얼금뱅이는 이렇게 대답을 하고 좌우를 한번 휙 돌아보았다. 이야기는 뚝 끊기고 얼금뱅이는 그 옆에 빈자리에 앉았다. 두 사람의 대화는 어쩐지

암호를 써서 하는 것 같으나 나도 반짐작은 하였다. 나는 첫눈에 벌써 김의관 같은 사람이라고 생각한 나의 관찰이 빠른 것을 혼자 속으로 기뻐하였다.

김의관이라면, 나는 진고개 군사령부에 쫓아가 보던 생각을 어느 때든지 한다. 우리 집이 아직 시골에 있을 때에 나는 소학교를 졸업하고 서울 와서 김의관의 큰집에서 중학교에 통학을 했었다. 첩의 집에만 들어박혔던 김의관이 그때는 왜 본집에 와서 있었던지, 나 있는 방과 마주 보이는 뜰 아랫방에 있었다. 그게 그해 8월 스무날께쯤 되었는지 빗방울이 뚝뚝 듣는 초가을날 오후였다. 학교에서 막 돌아와서 문간에 들어서려니까, 김의관 마누라가 울상을 하고 뛰어나와서 책보를 받으면서,

"경식이 아버지가 지금 뉘게 붙들려 가셨는데, 이리 나간 모양이니 좀 쫓아가 봐주게."

하며 허겁지겁이었다. 나도 깜짝 놀라서 가리키는 편으로 골목을 빠져서 달음박질을 하여 가노라니까, 양복쟁이 두 사람에게 **옹위**가 되어 가는 모시두루마기를 입은 김의관이 눈에 띄었다. 나는 가슴이 두근두근하나 사오 간통이나 떨어져서 살금살금 쫓아갔다.

김의관이 붙들려 가는 것을 쫓아가 본 일이 이번째 두 번이다. 몇 달 전에 내가 학교에 들어간 지 얼마 안 되어서다. 그때가 아마 첩과 헤어져 가지고 본집으로 기어든 지 며칠 안 되던 때인 듯싶다. 어느 날 **순검**이 와서 위생비던가 청결비던가를 내라고 독촉을 하니까,

"없는 것을 어떻게 내란 말요? 이 몸이라두 가져갈 테거든 가져가구려."

하며, 소리소리 질러 가며 순검에게 발악을 하다가, 그예 순검이 가자고 끌어내니까 문지방에 발을 버티고 안 나가려고 한층 더 소리를 지르며,

---

옹위(擁衛) 주위를 둘러 쌈.
순검(巡檢) 순찰하여 살핌. 또는 그런 일을 하는 사람.

"이놈, 이놈, 사람 죽이네. 어구, 사람 죽이네……."

하고 순검보다도 더 야단을 치다가 그예 붙들려 가고야 말 제, 나는 가는 곳을 알려고 뒤쫓아 섰었다. 그때에 나는 김의관이 이 세상에 제일 잘난 사람이라고 생각했다. 나는 시골 구석에서 순검이라면 환도 차고 사람 치고 잡아가는 이 세상의 제일 무서운 사람으로 알고 자라났다. 그러나 김의 관은 그 제일 무서운 사람더러 이놈 저놈 하며 할 말을 다 하고 하인 부리 듯이,

"이놈! 거기 섰거라. 누가 잘못했나 해보자!"

하며 안으로 들어와서 문지방에서 벗어진 정강이에다가 **밀타승**을 기름에 개어 바른다, 옷을 갈아입는다, 별별 **거례**를 다 하고 나서 의기양양하게 순검보다 앞장을 서서 나가는 것을 보고 나는 어린 마음에 유쾌도 할 뿐 아니라 제일 무서운 사람이 제일 못나 보이고, 제일 우습던 김의관이 제일 잘나 보였다. 더구나 쫓아가서 **교번소**에 들어가더니 거기 앉았던 사람더 러 무어라무어라 몇 마디 하고 웃으며 나오는 김의관을 볼 제, 나는 이 사 람이 이렇게도 권리가 있나 하고 혼자 놀랐었다.

그러나 이번에는 아무 말도 없이 올가미에 씌인 개새끼처럼 고개를 축 늘어뜨리고 두 양복쟁이에게 끌려가더니, 병정이 좌우에서 파수를 보는 커다란 퍼런 문으로 들어가서 자취가 사라지고 말았다. 나는 무서워서 가 까이 가지도 못하고 가던 길을 휘더듬어 급히 돌아와서 집안 식구더러 이 러저러한 데더라고 가르쳐 주었다. 그날 저녁부터 경식이와 행랑아범은 하루 세 끼 밥을 나르기에 골몰이었다. 그러더니 한 보름쯤 지나니까 김의 관은 해쓱한 얼굴로 별안간 풀려나왔다. 그때의 김의관은 조금도 잘나 보

밀타승(密陀僧) '일산화연'을 달리 이르는 말. 색상의 농도에 따라 금밀타(金密陀), 은밀타(銀密陀) 따위가 있다.
거례 까닭 없이 지체하며 매우 느리게 움직임.
교번소(交番所) 순검막(巡檢幕). 순검이 일을 보던 조그마한 막. 지금의 파출소에 해당한다.

이지 않았다. 그러나 무슨 까닭인 줄은 나도 짐작했다. 그런데 반 달쯤 갇
혔다가 나온 김의관은 금시로 부자가 되었는지 양복을 몇 벌씩 새로 장만
하고, 헤어졌던 첩을 다시 불러다가 큰마누라하고 살게 하며, 매일 나가서
는 술이 취해 들어오기도 하고, 새 양복을 찢어 가지고 들어오는 때가 있
었다. 그러한 지 한 달쯤 되어서는, 시골에다가 집과 땅을 장만했으니 내
려가자 하고 처첩을 다 데리고 낙향을 해버렸다. 그때서야 제일 무서운 사
람에게도 발악을 쓰던 김의관이, 두어 달 전에, 올가미 쓴 개새끼처럼 유
순해지던 까닭을 알게 되었다.

　내가 일본에 가기 전에는 자기 시골에서 학교를 세워 가지고 교장 노릇
도 하고 장거리에 나와서는 정미소를 한다는 소문도 들었으나, 그후에 나
와서 들으니까 그것도 인천 가서 다 까불리고 지금은 남의 집에 들어서 다
른 첩과 산다고 한다. 지금 이 좋은 외투에 몸을 싸고 금테 안경을 쓴 신사
도 인천을 가느니 토지의 계약을 했느니 하는 말을 들으면, 이전에 붙들려
가보기도 하고 낙향도 하고 정미소도 해보다가 인천 미두에 다니지나 않
는가 하는 생각이 머리에 떠올랐다.

　'그러다가 **호상차지**나 하러 다니고……?'

　나는 이렇게 생각을 해보고 혼자 속으로 웃으며 또 한 번 돌려다 보았다.

　기차가 영동역에 도착하니까 사냥꾼의 일행은 내리고 승객의 한 떼가
몰려 올라왔다.

　"눈이 이렇게 몹시 왔다가는 내일 어디 장이 서겠나? 오늘두 얼마가 손
　인지 알 수가 없는데……."

　"공연히 우는소리 말게, 누가 뺏어가나? 허허허."

하며 장꾼 같은 일행이 들어와서 자리들을 잡느라고 어수선하게 쿵쾅거리

호상차지(護喪次知)　초상 치르는 데에 관한 온갖 일을 책임지고 맡아 보살피는 사람.

며 주거니 받거니 제각기 떠들어 댄다.

정거장에 도착할 때마다 드나드는 순사와 헌병 보조원은 차례차례로 한 번씩 휘돌아 나갔다. 기차는 또다시 움직이기 시작하였다.

내 앞에는 역시 갓에 갈모를 쓰고 우산에 수건을 매어 든 삼십 전후의 촌사람이 들어와서 앉았다. 곰방대에 엽초를 부스러뜨려서 힘껏 담고 나더니, 두루마기 속에 손을 넣어서 이 주머니 저 주머니를 한참 뒤적거리다가, 내 옆에 성냥이 놓인 것을 보고,

"이것 잠깐만……."

하며 내 얼굴을 뚫어지게 들여다보았다. 갓쟁이로는 구격이 맞지 않게 손끝과 머리를 끄덕하며 빠르게 나의 눈치를 보는 것이, 분명히 내가 일본 사람인가 아닌가 하는 염려를 가진 모양이다. 나는 웃으며 성냥통을 집어 주었다.

담배를 붙이고 난 촌자(村者)는 또 한 번 고개를 끄덕하며 나에게 성냥갑을 도로 주고 나서, 인제는 안심하였다는 듯이 싱글싱글 웃으며 나의 얼굴을 멀거니 쳐다보다가,

"우리 인사하십시다."

하며 번잡스럽게 말을 붙인다.

나는 몹시 덜렁대는 위인이라고 생각하고 웃으며 하자는 대로 했다.

인사를 한 뒤에야 매캐하고 독한 연기를 훅훅 뿜으며,

"어디로 오세요?"

하며 궐자가 묻는다.

"김천서요."

나는 마주 앉은 자의, 광대뼈가 내밀고 두꺼운 입술을, 커다랗게 벌린 까맣게 그을은 얼굴을 쳐다보며 대답을 했다.

"고향이 거기세요?"

▲ 갓을 쓰고 곰방대를 든 당시 사람들의 모습

"네에."

"말소리가 다르신데요?"

"……."

"어떤 학교에 다니시나요? 일본서 오시지 않으세요?"

무료한 듯이 잠자코 앉았다가 또다시 묻는다.

"어떻게 아슈?"

나는 웃으며 되물었다.

"아, 일본 갔다 오시는 분은 모두 그런 양복을 입으십디다."

하며, 궐자는 외투 위로 내다보이는 학생복 깃에 달린 금 글자를 바라보고 웃었다.

"노형은 무엇을 하슈?"

나는 딴소리를 하였다.

"네에, 갓[笠]장사를 다닙니다."

"갓이오? 그래 요새두 갓이 잘 팔리나요?"

"그저 그렇지요. 촌에서들은 그래두 여전히 갓을 쓰니까요."

나는 좀 의외로 생각하였다. 두 사람은 잠깐 말이 끊겼다가, 나는 다시 물었다.

"그러나 당노형부터 왜 머리는 안 깎으슈? 세상이 바뀌었을 뿐 아니라 귀찮고 돈도 더 들지 않소?"

"웬걸요, 촌에서 머리를 깎으려면 더 **폐롭고** 실상 돈도 더 들죠. 게다가 머리를 깎으면 **형장**네들 모양으로 '**내지어**(內地語)'도 할 줄 알고 **시체학문**(時體學問)도 있어야지요. 머리만 깎고 내지 사람을 만나도 말대답 하나

폐롭다(弊-) 성가시고 귀찮다.
형장(兄丈) 나이가 엇비슷한 친구 사이에서, 상대편을 높여 이르는 말.
내지어(內地語) 식민지 본국의 말. 여기에서는 일본어를 가리킨다.
시체학문(時體學問) 그 시대의 풍습이나 유행을 따르거나 지식 따위를 받은 학문. 여기서는 신학문을 의미한다.

똑똑히 못하면 관청에 가서든지 순사를 만나서든지 더 귀찮은 때가 많지요. 이렇게 망건을 쓰고 있으면 요보라고 해서 좀 잘못하는 게 있어도 웬만한 것은 용서를 해주니까, 그것만 해도 깎을 필요가 없지 않아요."

하며 껄껄 웃어 버린다.

"그렇지만 같은 조선 사람끼리라도 양복을 입으면 대접이 다른 것같이, 역시 머리라도 깎는 것이 저 사람들에게 덜 천대를 받지 않소. 언제까지든지 함부로 훌뿌리는 대로 굽적굽적하고 요보 소리만 들으려우?"

나는 궐자의 말이 일리가 있다고 동정은 하면서도, 무어라고 하나 들어 보려고 이렇게 물었다.

"훌뿌리거나 요보라고 하거나 천대는 받을 때뿐이지요만, 머리나 깎고 모자를 쓰고 **개화장**이나 짚고 다녀 보슈. 가는 데마다 시달리고 조금만 하면 **뺨따귀**나 얻어맞고, 유치장 구경을 한 달에 한 번쯤은 할 테니! 당신네들은 내지어나 능통하시지요? 하지만 우리 같은 놈이야 맞으면 맞았지 별수 있나요! 허허허."

천대를 받아도 얻어맞는 것보다는 낫다! 그도 그럴 것이다. 미친 체하고 떡 목판에 엎드러진다는 격으로 미친 체하고 어리광 비슷한 수작을 하거나, 스라소니 행세를 하여 어떻든지 저편의 호감을 사고 저편을 웃기기만 하면 목전에 닥쳐오는 핍박은 면할 것이다. 속으로는 요놈 하면서도 얼굴에만 웃는 빛을 띠면 당장의 급한 욕은 면할 것이다. 고식, **미봉**, 가식, **굴복**, **도회**(韜晦), 비겁…… 이러한 모든 것에 만족하는 것이 조선 사람의 가장 유리한 생활 방도요, 현명한 처세술이다. 조선 사람에게 음험한 성질이 있다 하면 그것은 아무의 죄도 아닐 것이다. 재래의 정치의 죄다. 사기

개화장(開化杖) 개화기에 '짧은 지팡이'를 이르던 말.
미봉(彌縫) 일의 빈 구석이나 잘못된 것을 임시변통으로 이리저리 주선하여 꾸며 댐.
도회(韜晦) 재능이나 학식 따위를 숨겨 감춤.

취재가 조선 사람에게 제일 많은 범죄라고 일본 사람이 흉을 보지만 그것도 역시 출발점은 동일한 것이다. ……내가 이러한 생각을 하고 앉아 있으려니까, 궐자는 무엇을 경계하는 눈치로 찻간을 한번 휘돌아보고 나서 또다시 입을 벌렸다.

"어떻든지 우리는 그저 내지인과 동등한 대우만 해주면 나중엔 어찌 되든지 살아갈 테에요."

하며 궐자는 또 한 번 사방을 휙 돌려다 보고 나서 목소리를 한층 낮추어 계속한다.

"가령 공동묘지만 하더라도 내지에도 그런 법률이 있다 하면 싫든 좋든 우리도 따라갈 테에요. 하지만 노형은 자세히 아시겠지만 내지에도 그런 법이 있나요?"

의외에 궐자는 공동묘지 이야기를 꺼낸다. 나는 아까 형님한테 한참 설법을 듣고 오는 길에 또 이러한 질문을 받는 것이 괴상하다고 생각했다. 언제 규정이 된 것인지, 어떻게 시행하라는 것인지는 나로서는 알 바도 아니요, 그까짓 것은 아무렇거나 상관이 없는 것이지만, 아마 요사이 경향에서 모여 앉으면 꽤들 문젯거리로 삼는 모양이다. 나는 한번 껄껄 웃어 주고 싶었으나 그리할 수는 없었다.

"일본에도 공동묘지야 있지요."

나 역시 누가 듣지나 않는가 하고, 아까부터 수상쩍게 보이던 저편 뒤로 컴컴한 구석에 금테를 한 동 두른 모자를 쓴 채 외투를 뒤집어쓰고 누워 있는 일본 사람과, 김천서 나하고 같이 오른 양복쟁이 편을 돌려다 보았다. 나의 말이 조금이라도 총독정치를 비방하는 것은 아니지만, 그중에서 무슨 오해가 생길지 그것이 나에게는 염려되는 것이었다.

"정말 내지에도 공동묘지가 있에요? 하지만 행세하는 사람이야 좀 다르겠죠?"

"그야 좀 다르겠지요만, 어떻든지 일본에서는 화장을 흔히 지내기 때문에 타고 남은 **뼉다귀**만……. 아마 목구멍**뼈**라든가를 갖다가 묻고 목패든지 비석을 세우지요. 그러지 않아도 살아 있는 사람도 터전이 좁아서 땅조각이 금조각 같은데, 죽는 사람마다 넓은 터전을 차지하다가는 이 세상에는 무덤만 남고 말 게요. 허허허."

나는 이러한 소리를 하면서 묘지를 간략하게 하여 지면을 축소하고 남는 땅은 누구의 손으로 들어가고 마누 하는 생각을 하여 보았다.

"그리구서니 자기의 부모나 처자를 죽었다구 금세루 살라야 버릴 수가 있습니까? 더구나 대대로 내려오는 자기 집 산소까지를……."

궐자는 나의 말이 옳다는 모양으로 고개를 끄덕끄덕하면서도 그래도 반대를 한다.

"화장을 지낸다기루 상관이 뭐겠소. 예전에 **애급**이라는 나라에서는 왕후 장상의 시체는 방부제를 쓰고 나무관에 넣은 시체를, 다시 석관까지에 튼튼히 넣어서 피라미드라는 큰 굴 속에 묻어 두었지만, 지금 와서는 미라밖에는 되지 않고 만 것을 보면 죽은 송장에게 **능라주의**(綾羅紬衣)를 입히고 백 평, 천 평 되는 땅에다가 아무리 굳게 파묻기로 그것이 무엇이란 말이오. 동상을 세우면 무얼 하고 **송덕비**를 세우면 무엇에 쓴다는 말이오."

내 앞에 앉아 있는 촌자는 무슨 소리인지 귀에 자세히 들어오지 않는 모양이다. 어리둥절하여 앉아 있다가,

"무어요? '미라' 라는 건 무어예요?"

하며 묻는다.

애급(埃及) 이집트의 음역어.
능라주의(綾羅紬衣) 비단옷과 명주옷을 아울러 이르는 말.
송덕비(頌德碑) 공덕을 기르기 위하여 세운 비.

"'미라'라는 것은 한문자 목내이(木乃伊)라고 쓰는 것인데, 사람의 시체가 몇백 년 몇천 년을 지나서 돌로 변해진 것이라우……. 조선박물관에도 있는지는 모르지만 일본에는 동경의 제국박물관에 있습니다."

"네에, 그런 것이 있에요?"

"글쎄 그러고 보니 말이오, 가만히 생각하면 사람의 일이라는 것은 얼마나 헛된 것이오. 이 몸이 땅에 파묻히면 여러 가지 원소로 해체되어 이 우주의 공간에 떠돌아다니다가 내 자식 내 자손 증손자의 콧구멍으로도 들어가고 입구멍으로도 들어가서 살이 되고 뼈가 되고 피가 되다가 남으면 똥이 되어서 다시 밖으로 기어 나가고 하는 동안에, 이 몸은 흙이 되어서 몇백 몇천 년 지난 뒤에는 박물관에 가서 자빠지거나 지질학자나 골상학자나 인류학자의 손에 걸려서 이리저리 데굴데굴 굴러다니고 말 것이 아니오? 그러면서도 배에서 쪼르륵 소리가 나게 될 날이 미구불원한 것은 꿈에도 생각해 보지 않고 죽은 뒤에 파묻힐 곳부터 염려를 하고 앉아 있다는 것은 너무도 얼빠진 늦둥이 수작이 아니오? 허허허."

나는 형님에게 하고 싶던 말을 아무것도 모르는 이자를 붙들고 한참 푸념을 했다. 이야기를 하고 나니까 어쩐지 열없었다. 그러나 내가 한참 떠드는 바람에 여러 사람은 이리로 시선을 보내는 모양이다. 등 뒤에 앉아 있는 기생아씨도 몸을 틀고 앉아서 귀에 들어오지도 않는 이야기를 열심으로 듣는 모양이다.

"나는 모르겠습니다만, 그래 노형께서도 양친이 계시겠지요만, 어떻게 하실 텐가요?"

갓장수는 역시 불평이 있는 듯이 물었다.

"되어 가는 대로 하지요."

하며 나는 웃고 입을 닫았다.

"그래두 우리나라 풍속에 부모나 조상을 위하는 것은 좋은 일이겠지요."

나는 더 말해야 쓸데가 없다고 생각하고 암말 안 하려다가, 그래도 오해를 사면 안 되겠기에 또 대꾸를 해주었다.

"누가 그르다고 했소? 물론 부모와 조상을 위해야 하겠지요. 하지만, 장사를 잘 지내고 무덤을 잘 만드는 것이 효라고는 못하겠지요. 그리고 조상의 부모를 잘 거두는 것은 좋은 일이겠지만 산소치레를 하라는 말은 아니겠지요. 그뿐 아니라 부모를 생각하여 조부모의 산소를 돌보고 조부모를 위하여 증조의 묘를 찾는다 하면 어찌하여 5대조를 위하여 10대조의 묘를 찾지 않고 10대조를 위하여 백대조의 묘를 찾아 올라가지 않는가요? 노형은 지금 시조의 산소가 어디 있는지나 아슈? 허허허. 결국에 말하자면 자기에게 친근할수록 더 생각하고 찾는 것이니까, 그 친근한 정리만 어떠한 수단 형식으로든지 표시했으면 고만이 아니오? 일부러 표시를 할 게 아니라 마음에만 먹고 있어도 상관없지요."

"나는 모르겠습니다."

하며 갓장수는 픽 웃었다. 나는 잠자코 말았으나 어쩐지 불유쾌했다. 갓장수 따위를 데리고 그러한 논란을 한 것이 점잖지 않은 것 같기도 하고 남이 들으면 웃을 것 같아서 혼자 부끄러웠다.

두 사람이 잠자코 앉았으려니까 차는 심천(深川) 정거장엔지 도착한 모양이다. 새로운 승객도 별로 없이 조용한 속에 순사가 두리번두리번하고 뚜벅 소리를 내며 들어와서 저편 찻간으로 지나간 뒤에 조금 있으려니, 누런 양복바지를 **옹구바지**로 입고 작달막한 키에 구두 끝까지 철철 내려오는 기다란 환도를 끌면서 조선 사람의 헌병 보조원이 또 들어왔다. 여러 사람의 눈은 또 일시에 **구랄**만 한 누렁저고리를 입은 조그마한 사람에게로 모였다. 누구를 찾는 것이 분명하다. 나는 공연히 가슴이 선뜩하였으

옹구바지 대님을 맨 윗부분의 바지통이 옹구(새끼로 망태처럼 엮어 만든 농기구)의 자루처럼 축 처진 한복 바지.
구랄 도토리처럼 몸이 작다는 것을 표현하기 위한 비유로 쓰임.

나, 이 찻간에는 나를 미행하는 사람이 있으리라는 생각을 하니까 안심이
되었다. 찻간 속은 괴괴하고 헌병 보조원의 **유착한** 구두소리만 뚜벅뚜벅
난다. 그러나 여러 사람의 가슴은 컴컴한 남포의 심짓불이 떨리듯이 떨렸
다. 한 사람 두 사람 낱낱이 얼굴을 들여다보고 지나친 뒤의 사람은, 자기
는 아니로구나 하는 가벼운 안심이 가슴에 내려앉는 동시에, 깊은 한숨을
내쉬는 모양이 얼굴에 완연히 나타났다. 헌병 보조원의 발자취는 점점 내
앞으로 가까워 왔다. 나는 등을 지고 돌아앉았고, 내 앞의 갓장수는 담뱃
대를 든 채 헌병의 얼굴을 똑바로 쳐다보고 앉았다. 헌병 보조원은 내 곁
에 와서 우뚝 섰다. 나는 가슴이 뜨끔하여 무심코 쳐다보았다. 그러나 헌
병 보조원은 나를 본체만체하고 내 앞에 앉았는 갓장수를 한참 내려다보
고 섰더니 손에 들었던 종잇조각을 펴본다. 내 가슴에서는 목이 메게 꿀떡
삼키었던 토란 같은 것이 쑥 내려앉는 것 같았다.

"당신, 이름이 뭐요?"

헌병 보조원은 갓장수더러 물었다.

"나요? 김 ××예요."

하며 허둥지둥 일어났다.

"당신이 영동(永同)서 갓을 부쳤소?"

"네에."

"그럼 잠깐 내립시다."

찻간 속은 쥐죽은 듯한 침묵에서 겨우 벗어났다. 여기저기서 수군수군
하는 소리가 난다. 내 말동무는 헌병 보조원의 앞을 서서 허둥지둥 차에서
내렸다.

그러나 문밖으로 나간 뒤에 정신을 차리고 보니까, 내 앞에는 수건으로

유착하다 몹시 투박하고 크다.

질끈 동인 헌 우산 한 개가 의자의 구석에 기대섰다. 나는 유리창을 올리고 캄캄한 밖을 내다보며 소리를 쳤으나 벌써 간 곳이 없었다. 난로에 석탄을 넣으러 들어온 역부에게 그 우산을 내주었다. 그러나 누구의 것이냐고 서툰 일본말로 묻기에, 나는 벌써 조선 사람인 줄 알아채고 일부러 조선말로 대답을 했더니,

"나니(무엇이야)? 나니?"

하며 여전히 못 알아들은 체하고 일본말로 묻는 데에는 어이가 없었다.

자정이나 넘은 뒤에 차는 대전에 와서 닿았다. 김의관 같은 하이칼라 신사는 커다란 가죽 가방에 담요를 비끄러매어서 옆에 놓았던 것을 앞에 앉았던 사람에게 들려 가지고 내려갔다. 그러나 기생은 내리지 않았다.

얼마나 정거하느냐고 소제하는 역부더러 물어보니까, 30분 동안이라고 멱따는 소리를 꽥 지르고 달아난다. 나는 하도 심심하기에 모자를 집어 쓰고 차에서 내려서 플랫폼으로 어슬렁어슬렁 걸어 나갔다. 그동안에 눈이 5, 6촌은 쌓인 모양이다. 지금은 뜸하나 뼈에 저린 밤바람이 모가지를 자라목처럼 오그라뜨렸다. 맨끝에 달린 찻간 앞까지 오니까 불을 환하게 켠 차장실 속에 얼굴이 해끄무레한 두 청년이 검정 방한모에 소매통이 좁은 옥색 두루마기를 입고, 누런 복장을 입은 헌병과 마주 서서 웃으며 이야기를 하는 것이 환히 보였다. 얼굴 모습이 같은 것을 보면 두 청년은 형제 같고, 헌병 가슴에 권총을 단 줄이 늘어진 것을 보면 일본 사람이 분명하다. 나는 수상히 여겨서 창 밑으로 가까이 가 보니까, 세 사람은 여전히 웃으며 뭐라고 속살거린다. 그러나 그 청년들의 어설프게 웃는 미소와 입술이 경련적으로 위로 뒤틀린 것은 공포 그 자체 같았다. 나는 발을 돌이켜 목책으로 막은 입구 앞으로 가서 서슴지 않고 내 손으로 열고 나갔다. 아무 것도 막지 않고 좌우편으로 눈발이 쳐들어오는 휑뎅그레한 속에는 한가운

데에 난로랍시고 놓고 그 가에 옹기옹기 사람들이 모여 섰다.

　'대합실도 없이 이런 벌판에 세워 둘 지경이면 어서 찻간으로 들여보냈
　으면 작히나 좋을까!'

　나는 이런 생각을 하고 난로 옆을 흘끗 보려니까 결박을 지은 범인이 너
댓 사람이나 오르르 떨며 나무 의자에 걸어앉고, 그 옆에는 순사가 세 명
이나 앉아서 지키고 있는 것이 눈에 띄었다. 나는 깜짝 놀랐다. 그중에는
머리를 파발을 하고 팻덩이가 된 치마저고리의 매무시까지 흘러내린 젊은
여편네도 역시 결박을 해 앉혔다. 부끄럽지도 않은지 나를 부러워하는 듯
한 눈으로 물끄러미 쳐다보다가 고개를 숙였다. 뒤에는 쌕쌕 자는 아이가
매달렸다. 나는 가슴이 선뜩하고 다리가 떨렸다. 모든 광경이 어떠한 책
속에서 본 것을 실연해 보여 주는 것 같은 생각이 희미하게 별안간 머리에
떠올라 왔다. 나는 지금 꿈을 보지 않았나 하는 의심까지 났다.

　정거장 문 밖으로 나서서 눈을 바삭바삭 밟으며 큰길거리로 나가니까 7년
전에 일본으로 도망갈 때, 오정때 대전에 내려서 점심을 사먹던 집이 어디
인지 방면도 알 수가 없었다. 길 맞은편으로 쭉 늘어선 것은 컴컴해서 자
세히는 안 보이나 일본 사람 집인 모양이다. '야과온포(夜鍋蘊抱)'를 파는
수레가 적막한 밤을 깨뜨리며 호젓하고 처량하게 쩔렁쩔렁 **요령**(饒鈴)을
흔드는 것을 한참 바라보고 섰다가, 그때에 밥을 팔던 삼십 남짓한 객주집
계집은 지금쯤 어디 가서 파묻혔누? 하는 생각을 하며 다시 정거장 구내
로 들어왔다. 발자국 하나 말 한마디 제꺽 소리도 없이 얼어붙은 듯이 앉
아 있는 승객들은, 웅숭그려뜨리고 들어오는 나의 얼굴을 쳐다보며 여전
히 오그라뜨리고 앉아 있다. 결박을 지은 계집은 또다시 나를 쳐다보았다.
곁에 앉아 있는 순사까지 불쌍히 보였다. 목책 안으로 들어오며 건너다보

요령(饒鈴)　솔발. 놋쇠로 만든 종모양의 큰 방울. 위에 짧은 쇠자루가 있고 안에 작은 쇠뭉치가 달린 것으로 군령이
나 경고 신호에 쓴다.

니까 차장실 속에 있던 두 청년과 헌병도 여전히 이야기를 하고 섰는 것이 보인다. 나는 까닭 없이 처량한 생각이 가슴에 복받쳐 오르면서 몸이 한층 더 부르르 떨렸다. 모든 기억이 꿈 같고 눈에 띄는 것마다 가엾어 보였다. 눈물이 스며 나올 것 같았다. 나는, 승강대로 올라서며, 속에서 분노가 치밀어 올라와서 이렇게 부르짖었다.

'이것이 생활이라는 것인가? 모두 뒈져 버려라!'

찻간 안으로 들어오며,

'무덤이다! 구더기가 끓는 무덤이다!'

라고 나는 지긋지긋한 듯이 입술을 악물어 보았다.

모자를 벗어서 앉았던 자리 위에 던지고 난로 앞으로 가서 몸을 녹이며 섰었다. 난로는 꽤 달았다. 뱀의 혀 같은 빨간 불길이 난로 문틈으로 날름날름 내다보인다. 찻간 안의 공기는 담배 연기와 석탄재의 먼지로 흐릿하면서도 쌀쌀하다. 우중충한 남폿불은 웅크리고 자는 사람들의 머리 위를 지키는 것 같으나, 묵직하고도 고요한 압력으로 사뿟이 내리누르는 것 같다. 나는 한번 휙 돌려다본 뒤에,

'공동묘지다! 구더기가 우글우글하는 공동묘지다!'

라고 속으로 생각하였다.

'이 방 안부터 여부없는 공동묘지다. 공동묘지에 있으니까 공동묘지에 들어가기를 싫어하는 것이다. 구더기가 득시글득시글하는 무덤 속이다. 모두가 구더기다. 너도 구더기, 나도 구더기다. 그 속에서도 진화론적 모든 조건은 한 초 동안도 거르지 않고 진행되겠지! 생존 경쟁이 있고 자연도태가 있고 네가 잘났느니 내가 잘났느니 하고 으르렁댈 것이다. 그러나 조만간 구더기의 낱낱이 해체가 되어서 원소가 되고 흙이 되어서 내 입으로 들어가고 네 코로 들어갔다가, 네나 내나 거꾸러지면 미구에 또 구더기가 되어서 원소가 되거나 흙이 될 것이다. 에잇! 뒈져라! 움

▲ 경성역에서 바라본 남대문

　도 싹도 없어져 버려라! 망할 대로 망해 버려라! 사태가 나든지 망해 버리든지 양단간에 끝장이 나고 보면 그중에서 혹은 조금이라도 쓸모 있는 나은 놈이 생길지도 모를 것이다.'

　나는 차가 떠나기 전에 자기 자리로 와서 드러누웠다. 등 너머에 와서 누운 기생의 머리에서 가끔가끔 끼쳐 오는 머릿내와 향긋한 기름내와 향긋한 분내를 코로 훅훅 맡아 가며 눈을 감고 누웠었다.

　'이것도 구더기 썩는 냄새다!'

　나는 이런 생각을 해보면서도 코를 막으려고는 안 했다. 차가 움직이기 시작했다. 어느덧 잠이 소르르 왔다.

　몇 번이나 깼다 드러누웠다 하며 편치 못한 잠을 잔 둥 만 둥하고 눈을 떠보니까 긴긴밤도 어느덧 훤히 밝았다. 으스스하기에 난로 앞으로 가며,

옆사람더러 물어보니까 시흥(始興)에서 떠났다 한다.

인제는 서울도 다 왔구나! 생각하니까, 그래도 반갑지 않을 수 없었다. 영등포를 지나서 한강 철교를 건널 때에는 대리석으로 **은구**(隱溝)를 놓은 듯한, 사람 그림자라고는 없는 빙판을 바라보고 무심코 기지개를 한번 켰다. 용산역에까지 오니까 뒤의 기생이 일어나서 매무시를 만지작거리며 곧 내릴 사람같이 나를 유심히 바라보며 머뭇거리다가, 차가 떠나려고 호각을 부는 소리가 나니까 그대로 앉아 버렸다. 처음 서울 오는 기생 같지는 않으나 아는 사람이 없어서, 마음이 불안해서 그리하는지 수상하였다. 내가 자기 자리로 와서 선반의 짐을 내려놓고 앉은 뒤에도 내 일거일동을 눈으로 좇으면서, 무슨 말을 붙일 듯 붙일 듯하다가 입을 벌리지 못하는 모양이다. 서울에서 찾아갈 길을 묻자든지 무슨 까닭이 있는 것 같아서 이편에서 먼저 입을 벌리고 싶었으나, 대학 제복 제모에 경의를 표하기 위하여 입을 다물어 버렸다.

기차는 남대문에 도착하였다. 집에서 나온 큰집 종형님과 짐을 들고 나와서 인력거를 탈 때까지는, 그 기생이 출구 목책 앞에서 혼자 쩔쩔매는 양이 멀리 보였으나, 내 인력거채는 남으로 향하다가 북으로 꼽들어 버렸다.

6

온밤 새도록 쏟아진 눈은 한 자 길이는 쌓인 모양이다. 인력거꾼은 낑낑매며 끄는 모양이나 바퀴가 마음대로 돌지를 않는다. 북악산에서 내리지르는 바람은 타고 앉았는 사람의 발끝 코끝을 쏙쏙 쑤시게 하고, 안경을 쓴 눈이 어른어른하도록 눈물을 핑 돌게 한다. 남문 안 장으로 나가는 술

은구(隱溝) 땅속에 묻어 놓은 수채.

집 더부살이 같은 것이 굴뚝으로 기어 나온 사람처럼 **오동**이 된 두루마기 위로 **치룽**을 짊어지고 팔짱을 끼고 충충충 걸어가는 것이 가다가다 눈에 띌 뿐이요, 거리에는 사람 자취도 별로 없다. 아직 불이 나가지 않은 길가의 헌등(軒燈)은 졸린 듯이 뽀얗게 김이 어려 보인다. 인력거꾼은 여전히 허연 입김을 혁혁 뿜으며 다져진 눈 위로 꺼불꺼불하며 달아난다.

나는 1년 반 만에 보는 시가를 반가운 듯이 이리저리 돌려다 보고 앉았다가, 어느덧 머릿속에 가죽만 남은 하얗게 센 얼굴이 떠올랐다.

'이래도 역시 서방이라고 기다리고 있을 테지?'

나는 이런 생각도 해보았다. 그러자 별안간 대구 기생의 얼굴이 떠올랐다. 갸름하고 감숭한 얼굴, 무슨 불안을 호소하려는 듯한 눈.

'지금쯤 어디를 헤매누? 말을 좀 붙여 보았더라면 좋았을걸!'

하며, 정거장 앞에서 짤짤거리며 아는 사람이나 나왔는가 하고 헤매던 꼴을 그려 보면서, 이러한 후회도 하였다.

'그러나 이야기를 해보면 무얼 해! 어서어서 가고 스러질 것은 한시바삐 스러져야 할 것이다……'

나는 추운 생각도 잊어버리고 멀거니 앉았다가, 우리 집에 들어가는 동구를 지나쳤다. 인력거꾼의 꾸지람을 들어 가며 두어 간통이나 되짚어 내려와서 내렸다.

집안 식구들은 벌써 일어나서 소세까지 하고 앉아서 기다렸다.

"공부두 중하지만 그렇게도 좀 안 나온단 말이냐."

하며 어머님은 벌써부터 우는 목소리다.

"그래두 눈을 감기 전에 만나 보게 되었으니 다행이다."

하고 또 우신다. 과부가 된 뒤로 본가살이를 하는 큰누이도 훌쩍훌쩍하고

오동(烏銅) 검붉은 빛이 나는 구리. 여기에서는 때가 몹시 절어 반짝반짝해진 상태를 뜻함.
치룽 싸리로 가로로 펴지게 둥긋이 엮어 만든 그릇.

섰다. 작은누이도 덩달아서 운다. 뜰에서 멀거니 바라보고 섰던 큰집 사촌 형수도 돌아서며, 행주치마로 콧물을 씻는 모양이다. 그래도 아버지만은 벌써 안방에 들어와 앉으셔서 잠자코 절을 받으셨다.

"초상난 집 모양으로 울기들은 왜 이리 우슈?"

하며 나는 핀잔을 주었다. 해마다 오면 어머니의 울고 맞아 주는 것이 귀찮다. 그러한 때에는 내 처도 으레 제 방으로 피해 들어가서 훌쩍거렸다. 그러나, 나는 왜 우는지 알 수가 없었다. 혼자서 눈물이 핑 돌 때가 없지 않지만, 남이 우는 것을 보면 도리어 웃어 주고도 싶고 뭐라고 입을 벌릴 수가 없다.

"좀 어떤 셈예요?"

인사가 끝난 뒤에 어머니에게 물으니까,

"그저 그렇지. 어서 들어가 보렴."

하며 어머니가 안방에서 나와서 건넌방으로 앞장을 서서 들어갔다.

"아가, 아가! 서방님 왔다. 애, 애, 일본서 서방님 왔어……."

혼수상태에 있던 병인은 눈을 슬며시 뜨고 시어머니의 얼굴을 바라다보고 나서 곁에 섰는 나를 물끄러미 쳐다보고, 까맣게 탄 입술을 벌리고 생그레 웃는 듯하더니, 깔딱 질린 눈에 눈물이 글썽글썽해지며 외면을 한다. 두꺼운 이불을 덮은 가슴이 벌렁거리며 괴로운 듯이 흑흑 **느낀다.**

"우지 마라, 우지 마라, 인제 낫는다."

어머니는 이렇게 달래면서도 역시 훌쩍거리며 나가 버리셨다. 병풍으로 꼭꼭 막고 오줌똥을 받아 내는 오랜 병인의 방이다. 퀴퀴한 냄새에 약내가 섞여서, 밤차에 피로한 사람의 비위를, 여간 거스르는 게 아니지만, 그래도 금시로 나가 버릴 수가 없어서 그 옆에 앉았다.

"울지 말아요, 병에 해로우니."

느끼다 서럽거나 감격에 겨워 울다.

나는 겨우 한마디 하고 무슨 말로 위로를 해야 좋을지 몰라서 벙벙히 앉았었다.

"중기(重基), 중기 보셨소?"

병인은 눈물을 씻으며, 겨우 스러져 가는 목소리로 한마디를 하고 나를 쳐다보았다. 곁에 앉았던 계집애년이 집어 주는 수건을 받는 손을 볼 제, 나는 비로소 가엾은 생각이 났다. 가죽이 착 달라붙고 뼈가 앙상한 손이 바르르 떨렸다.

'저 손이, 이 몸에 닿던 포동포동하고 제일 귀여워 보이던 그 손이던가?' 하는 생각을 해보니까, 어쩐지 마음이 실쭉해졌다.

"……난, 나는 죽는 사람이에요. 하, 하지만 저 중기만은……." 하며 또 기운 없이 입을 벌리다가 목이 메고 말았다. 시원하게 울고 싶으나 기운이 진해서 눈물만 쏟아지는 모양이다.

"그런 소리 말아요, 죽기는 왜 죽어. 마음을 턱 놓고 있으면 나아요."

"인제는 더 살구 싶지두 않어요, 어, 어떻든 저것만은 잘 맡으세요……."

또다시 흑흑 느끼다가,

"저것을 생각하니까, 하, 하루라두 더 살려는 것이지……." 하며 엉엉 목을 놓고 우나, 가다가다 목이 메어서 모기 소리만큼 졸아들어 갔다.

나는 무어라고 대꾸를 해야 좋을지 **망단하였다.** 죽어 가면서도 자식 생각을 하는 것이 불쌍하기도 하고, 우습기도 하였다. 오래 앉았으면 점점 더 울 것 같고, 또 사실 더 앉아 있기도 싫기에 나는 울지 말라고 달래면서 안방으로 건너와서, 아랫목에 깔아 놓았던 조선옷과 갈아입었다. 정거장에 나왔던 사촌형이 들어와서,

---

망단하다(望斷-) 이러지도 저러지도 못하여 처지가 딱하다.

"사랑에서 부르시네."

하며 이르고 자기 방으로 들어갔다. 이 형님은 종가(宗家)의 장남으로 태어난 덕에 일평생 손 하나 까딱하지 않고 우리 집에서 40년을 지내 왔다. 그러나 이 형님에게 자식이 없는 것이 집안의 큰 걱정거리란다.

사랑에 나가서 깜짝 놀란 것은 김의관이 아버님 옆에 앉아 있는 것이다.

'언제부터 또 와서 있누?'

하며 어제 차 속에서 보던 금테 안경을 생각하고 들어가서 인사를 하니까,

"잘 있었나? 얼마나 걱정이 되나?"

하며 한층 더 점잔을 빼고 장죽을 물고 앉았다. 아랫목에 도사리고 앉으셨던 아버님은,

"거기 앉아라."

하며 그동안 내 처의 병세를 소상히 이야기를 하며 무슨 탕(湯)을 몇 첩이나 썼더니 어떻게 변하고, 무슨 음(飮)을 몇 첩을 써보니까 얼마나 효험이 있었고, 무엇이 어떻게 걸려서 얼마나 **더쳤다**는 이야기를 기다랗게 들려주셨으나 나에게는 무슨 소리인지 잘 알아들을 수가 없었다. 나는 가만히 듣고 앉았다가,

"그 **유종**(乳腫)은 총독부 병원에 가서 얼른 **파종**을 시켰더면 좋았을걸요?"

하며 한마디 하니까,

"요새 양의가 무어 안다던? 형두 그따위 소리를 하기에 죽여도 내 손으로 죽인다고 하였다만……."

하며 역정을 내셨다. 나는 잠자코 말았다.

안에 들어와서 급히 차려 주는 조반을 먹다가,

더치다 낫거나 나아가던 병세가 다시 더하여지다.
유종(乳腫) 유방염으로 젖이 곪는 종기.
파종(破腫) 종기를 터뜨림.

"김의관은 왜 또 와 있에요?"

하고 어머니께 물어보았다.

"집을 뺏기고 첩허구 헤어진 뒤에 벌써부터 와 있단다."

"그럼 큰집은 어떡하구요?"

"큰집은 있기야 있지만, 언제는 돌아다나 보던. 더구나 셋방으로 돌아다니는데…… . 매일 술타령이요, 사람이 죽을 일이다."

하며 어머니는 눈살을 찌푸리셨다.

"그, 왜 붙여요?"

김의관에 대한 숭배심을 잃은 나는 진정으로 보기가 싫었다.

"왜 붙이는 게 뭐냐? 아버지께서는 이 세상에 김의관만 한 사람이 없다고, 누가 무어라고만 하면 소리소리 지르시고, 꼭 겸상해서 잡숫다시피 하시는데……."

김의관은 서자작(徐子爵)이라는, 합방할 때까지 대각(臺閣)에 열(列)하여 합방에 매우 유공한 사람의 **일긴**(一緊)으로 그 서씨의 집을 얻어 들었는데, 서씨가 올 여름에 죽은 뒤에는 집까지 빼앗긴 모양이다. 그러나 그 대신으로 서자작이 하던 사업─이라야 별다른 게 아니라 장사집 호상차지하는 것이지만, 이것만은 대를 물려받았다 한다.

"그건 고사하고, 여보, 김의관이 유치장에 들어갔다가 그저께야 나왔다우. 모닝코트를 입구, 하하하."

시험이 며칠 안 남았다고 책상머리에 앉아서 무엇인지를 꼼지락꼼지락하고 앉았던 누이동생이 돌려다 보며 말참견을 하였다.

"응? 허허허. 무슨 일루?"

"누가 아우. 밤중에 요릿집에서 부랑자 **취체**로 붙들려 들어갔다가 2주

일긴(一緊) 가장 긴요한 사람이나 물건.
취체(取締) 단속. 규칙, 법령, 명령 따위를 지키도록 통제함.

일 만에 나왔다우, 하하하……."

"허허허."

나는 7, 8년 전에 군사령부에 가던 일을 생각해 보며,

"이번에는 누가 쫓아갔던구?"

하며 또 한 번 웃었다.

"아, 참 너두 밤출입 하지 마라. 요새는 부랑자 취체로 퍽 심한 모양인
데……."

어머니는 곁에서 주의를 시켜 주셨다.

"왜 내가 부랑잔가요? 그런데 나와서 무어라구 해?"

하며 누이더러 물어보았다.

"아버지께서는 누가 **먹어내기 때문에** 들어갔다구 하시지만, 큰집 오빠
가 그러는데, 요릿집 다니는 놈들은 모두 잡아갔다는데요. ……그리구
두 호기 좋게 **정무총감**을 보고 막해 냈다고 혼자 떠들더라던가. 하하하.
아무튼지 미친놈이야!"

"그 왜 남의 집 사내더러 미친놈이 다 뭐냐. 너야말로 미친년이로구나."

어머니는 잠깐 꾸짖고 나가시더니, 아랫방에서 중기가 깨었다고 안고
나오는 것을 받아 가지고 들어오신다.

"자아, 너 아범 봐라. 너 아범 왔다. 얼마만이오?"

어머니는 겨우 핏덩어리를 면한 조그만 고깃덩어리를 얼러 가며 나에게
데미셨다. 처네에 싸인 바짝 마른 아이는 추워서 그러는지 두 팔을 오그라
뜨리고 바르르 떨면서, 핏기 없는 앙상한 얼굴을 이리로 향하고 말끄러미
나를 쳐다보다가, 으아 하며 가냘픈 목소리로 운다.

"그, 왜, 그 모양이에요?"

먹어내기 때문에　여기서는 '고의로 해코지를 했기 때문에' 라는 의미로 쓰였다.
정무총감(政務總監)　일제강점기에, 조선총독부의 총독에 버금갔던 관리.

나는 눈살을 찌푸리며 고개를 돌렸다.

"왜 어때? 모습이 이쁘지 않으냐? 인제 석 달쯤 된 게 그렇지. 그러나 나면서 어디 에미 젖이라군 변변히 먹어 봤니, 유모를 한 달쯤 댔다가 나가 버린 뒤로는 똑 우유로만 길렀는데."

울음을 시작한 어린아이는 좀처럼 그치지를 않고 점점 더 발악을 한다. 파랗게 질려서 두 발을 뻗고 배를 발딱발딱 쳐들어 가며 방 안을 발칵 뒤집어 놓는다.

"에그, 이게 웬 야단이야?"

하며 누이는 보던 책을 덮어 놓고 눈살을 찌푸리며 마루로 홱 나가 버렸다. 나도 상을 밀어 놓고 총총히 일어났다. 사랑으로 나가서 건넌방에 들어가 담배를 피우며 누웠으려니까, 낮 서툰 청년 하나가 찾아왔다. 소할(所轄)경찰서로 지금 본정서(本町署)에서 인계를 해왔는데 다시 떠날 때까지 자기가 미행을 하겠다 하면서,

"얼마 안 계실 테지요? 늘 쫓아다니지는 않겠습니다. 가끔가끔 올 테니 그 대신에 문밖이나 시골을 가시거든 요 앞 교번소로 통기를 좀 해주슈."

하며, 매우 생색이나 내는 듯이 중언부언하고 가버렸다. 마음대로 하라고 했다.

7

삼사 일은 집구석에서 그럭저럭 세월을 보냈다. 아버지는 무슨 일이 그리 분주하신지 매일 아침만 자시면 김의관하고 나가셨다가 어슬어슬해서야 약주가 취해 들어오시기도 하고 친구를 한 떼씩 몰아 가지고 들어오시기도 하였다. 큰집 형님한테 들으니까, 요사이 동우회의 연종 총회가 있어서 그렇다 한다.

"그런 데 상관을 마시래도 한사코 왜 다니신단 말요? 모두 반 미친놈들이 모여서 협잡질들이나 하고 남한테 시빗거리만 장만하면서……. 공연히 김의관이 들쑤셔 내서 **엄벙뗑하고** 돈푼이라두 갉아먹으려고 그러는 것을 그걸 왜 짐작을 못허셔?"

"내가 아나? **평의원**이라는 직함 바람에 다니시는 게지, 허허허. 그런데 **중추원** 부찬의라두 하나 생길 줄 아시는지도 모르지."

큰집 형님은 이런 소리를 하며 웃었다.

"중추원 부찬의는 벌써 **철겨운** 지가 언젠데? 설령 그게 된다기루 그건 왜 하지 못해 애를 쓰셔? 참 딱한 일이야."

"그래두 김의관은 무엇이든지 하나 운동해 드리마던데, 하하하."

"미친놈! 저두 못 하는 것을 누구를 시키구 말구. 흥, 또 유치장에나 들어가구 싶은 게로군."

"그래두 김의관 말은 자기가 총독이나 정무총감하고 제일 긴하다는데, 하하하."

"서가의 집을 **뺏겼으니까**, 아버지께 알랑알랑하고 집이나 한 채 얻어 내려는 게 제일 긴하겠지."

"하……."

동우회라는 것은 일선인(日鮮人)의 무엇인가를 표방하고 귀족들을 중심으로 하고 전후 협잡꾼들이 모여서 바둑, 장기로 세월을 보내고 저녁때면 **술추렴**이나 다니는 회이다. 회의 유일한 사업은 기생 연주회의 후원이나 소위 지명지사(知名之士)가 죽으면 호상차지나 하는 것이다.

엄벙뗑하다 얼렁뚱땅하다. 남을 엉너리로 슬쩍 속여 넘기다.
평의원(評議員) 어떠한 일에 대하여 서로 의견을 교환하여 의논하는 데 참여하는 사람.
중추원(中樞院) 일제강점기에 설치한, 조선 총독부의 자문 기관.
철겹다 제철에 뒤져 맞지 아니하다.
술추렴 술값을 여러 사람이 분담하여 술을 마심.

"나는 요새 좀 바빠서 약 쓰는 것도 자세히 볼 수 없고 하니, 낮에는 들어앉아서 잘 살펴보아라."

내가 도착하던 날 아침에 아버지께서 이렇게 주의를 하시기도 하였고, 또 나가야 갈 데가 있는 것은 아니지만 신산하기에 들엎드려서 큰집 형님하고 저녁때면 술잔 먹고 사랑 구석에서 버둥거리고 있었지만, 알고 보니 다니신다는 데라야 고작해야 그러하다. 병인은 하루 한 번씩이고 두어 번 들여다보아야 더 나은 것 같지도 않고 더친 것 같지도 않고, 의사가 와서 맥인가 본 뒤에 방문을 내면 큰집 형님이 쫓아가서 약봉지를 받아다가 끓여 디밀면 먹는지 마는지 하는 모양이다. 어머니께서만은 여전히 혼자 애를 쓰시나, 인제는 병구완에 피로도 하고 집안 식구들의 마음도 심상해져서 일과로 약시중만 하면 그만인 모양이다. 나부터 약 묘리를 알 까닭이 없으니까 어떻게 되어 가는지를 모르겠다.

"그 망한 놈의 횐지 무언지 좀 그만두고 어떻게 다잡아서 약이나 잘 쓸 도리를 하셨으면 아니 좋을까."

하며 어머니께서 원망을 하시는 소리도 들었다.

"오늘두 또 나가우? 어젯밤부터는 좀 이상한 모양이던데……."

며느리를 들여다보고 나오시는 아버지를 쳐다보며, 어머니께서 책망하듯이 물으시니까,

"오늘은 좀 늦을지도 모를걸! 그리 다를 것은 없던데."

하며 나가시는 날도 있었다. 그러나 더하다는 날도 그 모양이요 낫다는 날도 **제턱**이다. 또 며칠 음산한 날이 계속되었다.

'어서 끝장이나 났으면!'

하는 생각이 불쑥 날 때에는 정자의 생각이 반드시 뒤미처 머리에 떠올라 왔다.

제턱 변함이 없는 그대로의 정도나 분량.

▲ 경성 시가지 모습

'지금쯤 무얼 하고 있누? 경도로나 가지 않았나?'

하고 엽서를 띄운 것은, 1주일이나 지난 뒤였다.

정자에게 엽서를 부치던 날 저녁때에, 을라는 그 동안 나왔나? 하고 인사 겸 병화(炳華)의 집을 찾아가 보았다. 병화는 동경 유학 시대에는 나의 감독자 행세를 했을 뿐 아니라, 비교적 정답게 지냈지만, 을라의 문제가 있은 후로는 그럭저럭 나하고 데면데면해지기도 하고, 만나면 어쩐지 묵은 부스럼 자국을 만지는 것 같아서 근질근질하기도 하고, 피차에 겸연쩍게 되었다. 더구나 이 사람 역시 지금 집에 있는 큰집 형님의 이복동생이기 때문에 형제 간 **자별하지도** 못하려니와 우리 집에는 한 달에 한 번쯤 들를 뿐이다.

자별하다(自別−) 친분이 남보다 특별하다.

나는 동대문 밑에서 전차를 내려서 아직도 눈에 녹은 땅이 질척거리는 길을 휘더듬어 들어가며, 반가운 듯이 여기저기를 휘 돌아보았다. 작년 여름에는 여기를 날마다 대어 섰었다. 하루가 멀다고 와서는, 밤이고 낮이고 을라와 형수를 데리고 문안을 헤매기도 하고, 달밤에 병화 내외와 을라하고 탑골 승방까지 가본 것도 그때였다. 밤이 늦었다고 붙들면 마지못해 자는 척하고 이틀사흘씩 묵은 일도 한두 번이 아니었다.

'그러나 그때는 참 단순했어!'

나는 발자국 난 데를 따라서 마른 곳을 골라 디디며 속으로 이렇게 생각했다. 김장을 다 뽑아낸 밭에는 눈이 길길이 쌓이고 길가로 막아 놓은 산울[生籬]은 말라빠진 가지만 앙상하게 남았고 얽어맨 새끼도 꺼멓게 썩어 문드러졌다.

'그때에는 여기에 퍼런 호박덩굴, 외덩굴이 쫙 깔리고 누런 꽃이 건들거렸겠다.'

벽돌담을 쌓은 어떤 귀족의 별장인가 하는 것을 지나서 좁은 길을 일 정(町)쯤 걸어가려니까, 오른편은 낭떠러지가 된다.

'응, 저기가 날마다 세수를 하고, 달밤에 나와서 을라와 수건을 잠가 놓고 물튀기기를 하던 데로군.'

하며 바위 밑을 내려다보니까, 물이 말랐는지 얼음눈이 허옇게 뒤집어씌워져 있다.

"언제 나왔나? 나온다는 말은 들었지만. 한번 간다면서 자연 바빠서……."

하며 양복을 입은 병화는 방에서 튀어나왔다. 지금 막 들어온 모양이다. 방으로 쫓아 들어가서 아랫목에 앉으니까,

"아씨는 좀 어떠세요?"

하며 형수도 반가운 듯이 어린아이를 안고 마주 앉아서 인사를 한다.

"죽지 않으면 살겠지요. 하나를 낳아 놓았으니까 신진대사로 하나는 가야지요."

하며 나는 웃어 버렸다.

"에그, 흉한 소리두 하십니다."

"아, 참, 좀 차도가 있는 모양인가? 처음부터 양의를 대어 가지고 수술을 한 뒤에 한약을 들이댄다든지 하였더면 좋을걸……. 언젠가 그런 말씀을 하였더니 아버지께서는 펄쩍 뛰시는 모양이시기에 시키지 않은 참견하기가 싫어서 그만두었지만."

"나 역시 하시는 대루 내버려 두지. 지금 무어니 무어니 해야 쓸데두 없구, 제 계집이니까 어쩐다구 하실까 봐서 되어 가는 대루 내버려 두지. 하지만 며칠 못 가리다."

"악담을 하십니까?"

형수가 웃으면서 눈살을 찌푸렸다. 한참 병인의 이야기를 주거니 받거니 하다가,

"아, 그런데 을라 오지 않았어요?"

하며 형수를 쳐다보았다.

"아뇨, 왜, 나왔대요?"

하고 형수는 나의 얼굴을 살피듯이 쳐다본다. 병화는 못 들은 체하고 일어나서 양복을 벗기 시작했다.

"아뇨, 글쎄, 나왔는가 하구요."

"아뇨."

하며 형수는 생글생글 웃다가 끼고 앉은 어린애를 들여다보고 말았다. 어쩐지 온 것을 속이는 것 같았다.

"오는 길에 신호에 들렀더니, 부득부득 같이 가자는 것을 떼어 버리고

왔는데, 이삼 일 후에는 떠나겠다던데요."

하며 나도 웃어 보였다.

"네에."

하며 나를 한참 바라보다가,

"바쁘신 길인데 거기는 어째 들르셨어요?"

"심심하기에 들렀다가 형님께 소식이라두 전해 드리려구요."

하며 나는 슬쩍 웃어 버렸다. 형수도 기가 막힌 듯이 웃었다.

"미친 소리로군."

병화는 옷을 갈아입고, 자기 자리로 와서 앉으며 웃고 나서,

"그 무어 없지? 무얼 좀 사오라구 하지."

하며 화두를 옮기려고 딴전을 붙였다.

"아, 난 곧 갈 테여요……. 그런데 작년 생각 하십니까?"

하며 나는 짓궂이 형수하고 을라의 이야기를 꺼냈다. 형수는 얼굴이 발개
지며 픽 웃고 말았다. 나도 상기가 되는 것 같았다.

"자네두 퍽 변하였네그려?"

병화는 웃으며 나를 쳐다보았다. 다른 때 같으면 을라하고 아무 상관은
없더라도 누가 을라란 을 자만 물어보아도 얼굴이 발개지던 사람이 되짚
어서 을라의 이야기를 근질근질하리만치 태연히 하고 앉았는 것이 병화에
게는 다소 불쾌하기도 하고 이상쩍은 모양이다.

형수는 1년 전에 두 틈바구니에 끼어서 마음만 졸이고 있던 일을 머리에
그려 보았던지 한참 말 없이 앉았다가,

"그래, 공부는 잘 해요?"

하며 물었다.

"그저 여전하더군요."

하며 모자를 들고 일어서려니까,

"조금만 앉아 있어. 좋은 술이 한 병 생겼으니 한잔 하구 가란 말이야. 어디 나가서 할까?"

"술이 웬 거요? 아, 참 올 가을에 한 동 올랐답디다그려? 이제는 한턱 해야 하지 않소?"

하며 내가 웃으니까, 병화는 매우 유쾌한 듯이 따라 웃다가,

"어쨌든 앉아요. 누가 양주를 한 병 선사를 했는데……."

하며 묻지도 않은 말을 끌어냈다. 아닌 게 아니라 한 동 올라간 덕에 집안 세간도 그전보다는 는 모양이다. 윗목에는 양복장도 들여놓고 조끼에는 금시곗줄도 늘였다. 아버지가 보내 주시던 넉넉지 않은 학비를 가지고, 삼첩(三疊)방에 엎드려서 구운 감자를 사다 놓고 혼자 몰래 먹던 옛날을 생각하면 여간한 출세가 아니다. 나는 더 앉아서 이야기를 듣고 싶었으나, 늦으면 귀찮기에 병인 핑계를 하고 나와 버렸다.

해가 거의 다 떨어진 뒤에 집에 들어와 보니까, 사랑에는 벌써 영감님들이 채를 잡고 앉아서 술상이 벌어졌다. 그럴 줄 알았다면 좀 늦게 들어올 걸 하며 안으로 들어가 보니까 저녁밥 때에 술 치다꺼리가 겹쳐서 우환 있는 집 같지도 않게 **엉정벙정하고** 야단이다.

"사랑에 누가 왔니?"

나는 마루로 올라오며 **약두구리**를 올려 놓은 화로에 부채질을 하고 앉았는 누이더러 물으니까,

"누가 아우? '**차지**'가 또 왔단다우."

하며 깔깔 웃었다.

"뭐, 그게 무슨 소리야?"

엉정벙정하다 쓸데없는 것들을 너절하게 벌이어 놓다.
약두구리(藥-) 탕약을 달이는 데 쓰는, 자루가 달린 놋그릇.
차지(差支) 사시츠카에. '지장' '장애' '폐'라는 뜻의 일본어.

"자네, 차지도 모르나? 일본 가서 그것도 모르다니, 헛공부했네그려, 허 허허."

술이 얼근하게 취해서 축대 위에 섰던 큰집 형이 놀리듯이 웃으며 쳐다보았다. 여편네들도 깔깔 웃었다.

"차지라니 누구 집 택호(宅號)요?"

"버금 차(差) 자하고 지탱 지(支) 자의 차지(差支)를 몰라?"

하며 또 웃었다. 나는 무슨 소리인지를 몰라서,

"그래 차지라니?"

하고 덩달아 웃었다.

"일본말로 붙여 보시구려."

이번에는 누이가 웃는다.

"사시쓰카에[差支]란 말이지?"

"하하하……."

"허허허……."

어리둥절해서 자세히 물어보니까, 바깥에 온 손님이 김의관의 '봉'인데, 처음에 찾아왔을 때에 방으로 들어오라니까 들어가도 관계없느냐는 말을 가장 일본말이나 할 줄 아는 듯이,

"차지 없습니까?"

한 것을 큰집 형이 옆에서 듣고 앉았다가 나중에 김의관더러 물어보니까, 그것이 일본말로 이러저러한 뜻이라고 설명을 하여 준 것을 듣고, 안에 들어와서 흥을 보기 때문에 어느덧 '차지'라는 별명을 얻게 된 것이라 한다. 집안에서들은 코빼기도 못 보고 이름도 모르면서, '차지 차지' 하고 부르는 모양이다.

"미친놈이로군! 무얼 하는 놈인데 그래?"

나는 다 듣고 나서 큰집 형더러 물어보았다.

"무얼 하긴 무얼 해, 김의관한테 빨리러 다니는 놈이지. 그러나 한잔 먹지 않으려나?"

하며 큰집 형은 마루로 올라온다. 목이 촉촉해서 핑계핑계 먹자는 말이다.

"또 먹어요? 형님이나 자슈."

"언제 먹었나? 나는 한잔 했지만."

나는 먹고도 싶지만 조선에 돌아오면 술이 금시로 느는 것이 걱정이었다. 조선 와서 보아야 술이나 먹고 흐지부지하는 것밖에는 할 일이라고는 없는 것 같기도 하지만, 생각하면 조선 사람이란 무엇에 써먹을 인종인지 모르겠다. 아침에도 한잔, 낮에도 한잔, 저녁에도 한잔, 있는 놈은 있어 한잔, 없는 놈은 없어 한잔이다. 그들이 찰나적 현실에서 벗어나는 것은 그들에게 무엇보다도 가치 있는 노력이요, 그리하자면 술잔 이외에 다른 방도와 수단이 없다. 그들은 사는 것이 아니라 산다는 사실에 질질 끌려가는 것이다. 무덤으로 끌려간다고나 할까? 그러나 공동묘지로는 끌리는 것이다. 'To live'가 아니라, 'To compel to live'이다. 능동이 아니라 피동이다. 그들에게 과거에 인생관이 없고 이상이 없었던 것과 같이 현재에도 또한 그러하다. 그들은 자기의 생명이 신의 무절제한 낭비라고 생각한다. 조선 사람에게서 술잔을 뺏는다면 아마 그것은 그들에게 자살의 길을 교사(敎唆)하는 것이다.

부어라! 마셔라! 그리고 잊어버려라— 이것만이 그들의 인생관이다.

"그럼 한잔 하십시다."

하며 나는 큰집 형을 안방으로 청하였다.

저녁상을 받고 앉으니까, 어머니께서 다가앉으시면서,

"아까 김의관의 친구가 천(薦)이라면서 용한 시골 의원이 있다고 해서 들

천(薦) 추천. 권유.

어와 보았는데, 또 약을 갈아 대면 어떻게 될는지?"

하며 못 미덥다는 듯이 나를 바라보셨다.

"김의관의 친구가 누구예요?"

"차지 말일세."

잔이 나기를 기다리고 앉았던 큰집 형님이 대신 대답했다.

"그까짓 게 무얼 안다구?"

하며 내가 눈살을 찌푸리니까,

"글쎄 말일세. 김의관이나 차지가 댄 것이 된 게 있을 리가 있나?"

"어떻든 나는 모르니까 아버님께 잘 여쭈어보구 하십쇼그려."

"난 모른다면 누가 안단 말이냐? 아버지는 밤낮 저 모양으로 돌아다니시거나 술로 세월을 보내시고……"

어머니는 나는 모르겠다는 말이 매우 귀에 거슬리고 화증이 나시는 모양이다.

"글쎄, 내야 무얼 알아야죠. 그래 지금 그 의원이란 자를 대접하는 것이에요?"

"아니란다네. 김의관이 일전에 유치장에 들어갔었다 나왔지."

하며 큰집 형이 대답을 한다.

"글쎄 그랬다는군요."

"그런데 잡혀가던 날이 바로 차지가 한턱을 내던 날인데, 그러한 횡액을 당해서 미안하다고, 차지가 나오던 이튿날 또 한턱을 내었다나. 그래서 오늘은 김의관이 베르고 베르다가 어디 가서 돈을 만들어 왔는지 일금 5원을 내서 지금 한턱 쓰는 모양이라네. 그런데 의원인가 하는 자는 말하자면 **곁두리**지."

곁두리 농사꾼이나 일꾼들이 끼니 외에 참참이 먹는 음식.

"차진가 무언가 하는 자는 무엇 하는 자길래, 두 번씩이나 턱을 내가며 그렇게 김의관을 떠받친담?"

"그게 다 김의관의 **후림새**지. 자세히는 몰라두 저희끼리 숙덕거리는 소리를 들으면 군수나 하나 얻어 하든지, 하다못해 능참봉(陵參奉) 차함이라도 하나 하려구 연해 돈을 쓰며 따라다니나 보데……. 그런 놈이 내게 두 하나 얻어걸렸으면 실컷 빨아먹구 혹 불어 세겠구면……. 하하하."

큰집 형은 이따위 소리를 하고 유쾌한 듯이 웃었다. 옆에 앉으셨던 어머님은,

"그것두 재주가 있어야지. 아무나 되는 줄 아는군."

하며 웃으셨다.

"응! 그래서 일본말 하는 체를 하고 '차지 있습니까 없습니까' 하면서 다니는 게로군. 참 정말 차지 있는걸!"

나는 하도 어이가 없어서 이렇게 한마디 하고 또 한잔을 기울인 뒤에,

"그래 그 틈에 아버지께서두 끼셨나요?"

하며 물으니까,

"아닐세, 천만에. 김의관이 그런 것은 변변히 이야기나 한다던가."

하며 말을 막았다.

속이고 속고 **빼앗기고** 먹고 마시고 그리고 산다고 한다. 살면 무얼 하나? 죽지! ……그러나 죽어도 공동묘지에 들어갈까 봐서 안심을 하고 눈을 감지 못한다. 아……. 나는 또 한잔 따라 달라고 잔을 내밀었다.

술이 취하여 갈수록 독한 것이 비위에 당겨서, 어머니께서 그만 먹고 어서 밥을 뜨라시는 것을 들은 체 만 체하고 어제 먹다가 둔 위스키를 가져오라고 해서 다시 시작을 하였다.

후림새 새 따위를 꾀어 들이기 위해 만든 가짜 새. 여기에서는 남을 꾀어 후리느라고 늘어놓는 말이나 짓거리 정도를 뜻함.

"얘는 병구완하러 오지 않구 술만 먹으러 왔나. 죽어 가는 병인은 뻗어 뜨려 놓고 안팎에서 술타령들만 하구……. 응!"

하며 어머니께서는 한숨을 쉬시고 밥상을 받으셨다. 생각하면 그도 그렇지만 하는 수 없는 일이다.

"참, 아까 병화형한테 다녀왔지요."

나는 양주가 생겼으니 먹고 가라던 것을 생각하고 이런 말을 꺼냈다.

"응! 잘들 있던가? 그놈 주임대우(奏任待遇)인지 뭔지 했다면서 돈 한 푼 써보란 말도 없구."

얼쩡해진 큰집 형은 또 아우의 시비를 꺼내려는 모양이기에 나는,

"맡겼습디까. 주면 주나 보다 안 주면 안 주나 보다 할 뿐이지, 시비는 왜 하슈. 저도 살아가야지."

하며 말을 막 잘라 버렸다.

"그래, 아우에게 얻어먹어야 하겠나, 삼촌이나 사촌에게 비럭질을 해야 하겠나?"

"……."

"계집은 둘씩이나 데리구, 그래 명색이 형이라면서 모른 체해야 옳단 말이야?"

하며 소리를 빽빽 지른다.

"계집이 둘이라니요?"

"아, 그 을란가 하는 미친년의 학비를 대어 주지 않나? 그저껜가 잠깐 들렀더니 벌써 나와 있더군!"

"네? 와 있어요? 그럼 내게는 왜 그런 말이 없으셨노?"

나는 아까 병화 집 형수가 웃기만 하고 말을 시원히 안 하던 것을 생각하며 좀 책잡듯이 물었다.

"웬 셈인지 자네더러는 말 말라데그려."

"응!"

하며 나는 웃었다. 분할 것도 없지만 숨길 것이야 뭐 있누, 하는 생각을 해 보았다.

"그래 정말 학비를 대나요?"

"정말이지 거짓말일까. 아마 올 1년 동안은 댔나 보데. 한 달에 30원씩 은 대나 보데."

하면서, 언젠지 찾아갔더니 편지를 보았다는 이야기까지 하여 들려주었다.

"그전부터 대주는 사람이 있는데 그건 또 웬일인구? 얌체 빠진 계집년 이로군……."

하며 나는 속으로 웃었다.

그 이튿날 무슨 생각이 났던지 병화 집 형수가 을라를 데리고 왔다.

"어제 저기 오셨더라지요. 오늘 아침 차에 들어와서 동무 집에 짐을 두 고 놀러 갔다가 끌려왔습니다."

하며 묻기도 전에 발뺌을 한다.

"그래, 병화 형님은 만나셨소?"

하며 을라는 말끝을 흐리고 고개를 숙여 버렸다. 팔뚝에 감은 조그만 금시 계를 보고 나는 무심코 눈을 찌푸렸다.

8

민주를 대면서도 하루바삐 납시사고 축원을 하고 축원을 하면서도 민주 를 대던 병인은 그예 숨이 넘어가고 말았다. 김의관이나 차지가 댄 의원의 약이 맞지를 않아서 그랬던지 죽을 때가 된 뒤에 횡액에 걸려드느라고 그

민주를 대다 몹시 귀찮고 싫증나게 하다.

▲ 당시 일반적인 장례 모습

의원이 불쑥 뛰어들었던지는 모르지만, 그 약을 쓴 지 이틀 만에 죽고 말았다. 누구보다도 어머니께서 인사정신 모르고 가엾어하시고 슬퍼하셨다. 사람의 정이란 서로 들면 저런 것인가? 생각해 보았다. 어머니 말씀마따나 시집이라고 왔어야 나하고 살아 본 동안이 날짜로 따져도 며칠이 못 될 것이다. 내가 열셋, 당자가 열다섯에 비둘기장 같은 신랑방을 꾸몄으니까 10년 동안이나 시집살이를 한 셈이다. 그러나 내가 열다섯 살에 일본으로 도망하였으니까 실상은 부부라고 말뿐이다. 섣달 그믐날에 시집온 새색시가 정월 초하룻날에 앉아서 시집온 지 이태나 되었다는 셈밖에 안 된다.

"그러나 하는 수 없지 않아요. 그것도 제 팔자니까."

어머니께서 불쌍하다고는 우시고 우시고 할 때마다, 나는 냉정히 이렇게 대답을 하였다. 그러나 나중에는 '그 망한 놈이 의원을 천거한달 때부터 실쭉하더라' 하시며 김의관을 원망하셨다. 그러나 하는 수 없다. 사(死)라는 사실만이 엄연히 남았을 뿐이다.

죽던 날 밤중이었다. 사랑 건넌방에서 넙치가 되어서 한잠이 깊이 들어가는 판에 '여보게 여보게' 하며 깨우는 바람에 눈을 떠보니까, 큰집 형이 얼굴이 해쓱하고 두 눈이 똥그래져서 아무 말 못 하고,

"일어나게, 어서 일어나!"

하며 앞에 섰다. 나는 '벌써 그른 게로구나!' 하며 옷을 걸치고 따라나섰다. 저편 방에서 주무시던 아버님도 창황히 나오셨다. 안으로 들어가서 건넌방을 들여다보니까 집안 식구가 조그만 방에 그득히 들어섰다. 어머니는 염주를 돌려 가며 무슨 소리인지 중얼중얼하시다가 자리를 비켜 앉으시며 병인의 얼굴 앞으로 가라고 손짓을 하셨다. 아무도 입을 벌리는 사람은 없이 무슨 장엄하거나 그러지 않으면 이로부터 시작되려는 재미있는 일을 구경이나 하듯이 숨도 크게 쉬지 못하고 우중우중 늘어섰다. 나는 하라는 대로 병인 앞으로 가서 앉으면서 그저 숨을 쉬나? 하고 손을 코에다가 대어 보니까, 따뜻한 김이 살짝 힘없이 끼쳤다.

"언제부터 그래?"

하며 물으시는 아버님의 거렁거렁한 소리가 뒤에서 들린다. 병인의 목은 점점 재어지게 발랑거린다. 감았던 눈을 실만큼 떠서 옆에 앉은 내게로 향하더니, 별안간 반짝 뜨며 한참 노려보다가 다시 감았다. 나는 머리끝이 쭈뼛하고 가슴이 선뜩하였다. 나를 원망하는 것이나 아닌가 하며 정이 떨어졌다. 숨이 콕 막히는 것 같았으나 방긋이 벌린 입가에 이번에는 생긋하는 낯빛이 보이는 것을 보고 나는 마음을 놓았다.

나는 어머님이 이르시는 대로, 지금 데워서 들여온 숭늉 같은 미음을 한 술 떠서 열린 둥 만 둥한 입술에 흘려 넣었다. 병인은 또 한 번 눈을 힘없

이 뜨더니 곧 다시 감았다. 또 한술 떠서 넣었다. 병인은 한 숟가락 반의 미음이 흘러 들어가던 입을 반쯤이나 벌리더니, 가죽만 남은 턱을 쳐들면서 입에 문 것을 삼키려는 듯이 고개를 뒤로 젖히고 두어 번이나 연거푸 안간힘을 썼다. 목에서는 담이나 걸린 듯이 가랑가랑하는 소리가 모기 소리만큼 났다.

여러 사람들은 눈을 한층 더 크게 뜨며 고개를 앞으로 내미는 듯하고 들여다보았다. 어머님은 여전히 염불을 부르시면서 베개 위로 넘어가려는 머리를 쳐들어 놓으셨다. 베개를 만지시던 어머님의 손이 떨어지자 깔딱하는 소리가 겨우 들릴 만치 숨소리도 없는 환한 방에 구석구석이 잔잔하게 파동을 치며 문틈으로 흘러 나갔다. 이것이 모든 것이었다. 이 이상 아무것도 없었다. 다만 나는 이상할 뿐이었다. 대관절 이것이 죽음이라는 것인가 하며 눈을 꼭 감은 하얀 얼굴을 물끄러미 들여다보고 앉았다. 가엾은지 슬픈지 아무 생각도 머리에 떠오르지는 않았으나, 나를 쳐다보던 그 눈! 방긋한 화평스러운 입이 머릿속에서 오락가락하는 일편에, 내 손으로 미음을 떠 넣어 준 것만이 무슨 큰일이나 한 것같이 유쾌했다. 어머님은 윗입술을 쓰다듬어서 입을 닫게 하여 주시고 가만히 들여다보시더니, 염주를 놓고 눈물을 뚝뚝 흘리셨다.

나는 벌떡 일어나 나왔다. 사랑에 나와서 책상머리에 기대어 궐련을 한 개 피워 물고 앉았으려니까 큰집 형님이 데리고 온 양의(洋醫)가 허둥지둥 들어왔다. 마침 내 아는 의사이기에 들어와서 녹여 가라고 하였더니, 죽었다는 말을 듣고 똥줄이 빠져서 나가 버렸다. 못난 자제라고 나는 속으로 코웃음을 쳤다.

이튿날 어둔 뒤에 김천 형님 내외가 딸까지 데리고 올라온 뒤에는 두서가 잡히고, 나도 모든 것을 휩쓸어 맡기고 사랑에 나와서 담배만 피우며 가만히 누웠었다. 그러나 시체를 청주까지 끌고 내려간다는 데에는 절대로 반대를 했다. 5일장이니 어쩌니 떠벌리는 것도 극력 반대를 하여 3일 만에 공동묘지에 파묻게 하였다. 처가 편에서 온 사람들은 실쭉해하기도 하고 내가 죽은 것을 시원하나 아는 줄 알고 야속해하는 눈치였으나, 나는 내 고집대로 했다.

그러나 초상 중에 또 한 가지 나의 고통은 눈물 안 나오는 울음을 울라 는 것이었다. 이것도 자기네끼리라든지 집안 식구들까지 뒷공론을 하는 모양이나, 파묻고 들어올 때까지 나는 눈물 한 방울을 흘릴 수가 없었다.

"팔자가 사납거든 계집으로 태어날 거야. 어쩌면 눈물 한 방울 안 흘 리누?"

하며 과부댁 누이가 마루에서 나더러 들으라는 듯이 한마디 하니까, 김천 형수가,

"남편네란 다 그렇지. 두고 보시구려. 달이 가시기도 전에 여학생을 끌 어들이실 테니."

하며 소곤거리는 것을 나는 안방에서 혼자 술을 먹다가 들었다. 나는 속으 로 웃었다.

"너도 내년 봄이면 졸업이지? 인젠 어떻게 할 셈이냐? 곧 나와서 무어라 두 붙들 모양이냐? 더 연구를 하련?"

장사 지낸 지 이틀 만에 사랑에서 아침을 같이 먹다가, 조용한 틈을 타 서 형님은 불쑥 이런 소리를 꺼냈다.

"글쎄, 되어 가는 대로 하죠. 하지만 무어든지 내 일은 내게 맡겨 두시는 게 좋겠죠."

나는 이렇게 우선 한마디 해놓고 나의 계획을 대강 말했다. 그리하여 자 식은 요행히 잘 자라면 김천 형님이 데려가거나, 만일 김천 형님이 아들을 낳게 되면 큰집 형님이 데려가는 대신에, 내 앞으로 오는 것이 다소간 있 으면 그 반분은 양육비와 교육비로 제공하되, 장성할 때까지 김천 형님이

보관하기로 김천 형님과만 **내약**을 해두었다. 간단한 일이지만 이렇게 온순하게 끝이 나니까, 한시름 잊은 것 같고 새삼스럽게 자유로운 천지에 뛰어나온 것 같았다.

1주일 동안이나 청명한 겨울날이 계속하더니 오늘은 또 무에 좀 오려는지, 암상스런 계집이 눈살을 잔뜩 찌푸린 것처럼 잿빛 구름이 축 처지고 하얗게 얼어붙은 땅이 오후가 되어도 대그락거렸다. 사랑은 무거운 침묵과 깊은 잠에 잠긴 것같이 무서운 증이 날 만치 잠잠하다. 김의관은 자기가 칭원이나 들을까 보아서 제풀에 미안하여 그러는지, 장사를 지내던 날부터 눈에 띄지 않았다.

우중충한 사랑방에 온종일 혼자 가만히 드러누웠으려니까 무슨 무거운 돌멩이나 납덩어리로 가슴을 내리누르는 것 같았다. 안에서는 집을 가신다고 무당이 이상한 조자(調子)로 고리짝을 득득득 긁는 소리도 나고 가끔가끔 여편네들이 흑흑 느끼는 소리도 섞여 들린다. 그러다가는 또 무어라고 중얼중얼 하는 소리가 한참 계속한 뒤에 '옳소이다' 하는 나직한 소리도 들린다.

'무에 옳단 말인구?'

나는 이런 생각을 하고 가만히 누워서 여전히 귀를 기울여 보았다. 조금 있다가 누가 안으로 난 사랑문을 후닥뚝닥 열어젖뜨리고 우중충충 나오는 발자취가 나더니 무엇인지 사랑 마루에다가 대고 쫙쫙 뿌리는 소리가 들린다. 나는 깜짝 놀라서 일어나 앉으며 미닫이를 화닥닥 열어젖뜨리고 내다보니까 나이 사십 남짓한 우둥퉁한 계집이 뻘건 눈을 세로 뜨고 하얀 소금을 담은 다리미를 들고 축대 밑에 다가서서 흰 가루를 한 줌씩 쥐어 가지고 마루에 끼얹다가, 내가 앉아 있는 것이 눈이 보이지 않던지 건넌방으

내약(內約) 남몰래 은밀하게 하는 약속.

로 향하고 또 끼얹는다.

'내가 죽었단 말인가, 죽으라는 예방이란 말인가?'

나는 슬며시 화가 불끈 났으나 다시 창문을 닫고 그대로 쓰러졌다. 기분은 점점 더 까부라져 들어가는 것 같은데 가슴속만은 지향을 할 수 없이 용솟음을 하며 끓는 것 같다.

'대관절 내가 무얼 하려구 나왔더람?'

이렇게 생각을 해보니까 나올 때는 도리어 잘되었다고 뛰어나왔지만, 암만해도 주책없는 짓을 했다는 후회가 안 날 수 없었다.

'에잇! 가버린다. 역시 혼자 가서 가만히 누워 있는 게 얼마나 편할지 모른다!'

나는 이렇게 속으로 작정을 하고 벌떡 일어나서 가방 속을 정리를 하며 가지고 갈 의복을 개어 놓고 앉았으려니까, 안에 있던 병화 집 형수가 을라를 데리고 쏙 나오더니, 마루끝에 와서,

"계십니까?"

하며 우둑우둑 섰다. 나는 짐 꾸리는 것을 보이기가 싫어서 가방을 구석으로 치우며 미닫이를 가로막아서며 내다보았다.

"얼마나 언짢으십니까?"

하며 상처 후에 처음 만나는 을라가 인사를 한다.

"나면 죽는 것은 인생의 당연한 도정이라고만 생각하면 고만이지요."

나는 한참 을라의 얼굴을 바라보다가 이렇게 대답을 하였다.

"그래두 섭섭하시겠지요."

하며 나의 얼굴을 살피듯이 쳐다보는 을라의 얼굴에는 떠오르는 미소를 감추려는 듯한 빛이 역력히 보였다.

'그래두 섭섭해?'

나는 속으로 이렇게 뇌면서, 사람이 죽은 데에 보통 하는 인사는 아니라

고 생각하였다.

"암만해두 죽었다구 생각할 수는 없는 것 같아요. 그러면 살았느냐 하면 물론 산 것도 아니지만."

나는 자기의 생각을 다시 한번 관조하여 볼 새도 없이 이러한 어림뼁뼁한 소리를 불쑥 하였다.

두 사람이 도로 안으로 들어간 뒤에, 나는 짐을 멀쩡히 꾸려 놓고, 가방 속에서 나온 정자의 편지를 다시 한번 펴보고 쪽 찢어서 아궁이에 내다 버렸다. 초상 중에 온 것을 잠깐 보고 넣어 두었던 것이지만, 다시 자세히 보니까 암만해도 학비를 대달라거나 어떻게 같이 살아 보았으면 하는 의사를 은근히 비쳤다. 어떻든 경도의 고모 집으로 온 것은 카페에 있는 것보다 훨씬 낫다고 생각해 보았다.

'돈 백이고 일시에 변통해 달라면 그건 될지도 모르지만……'

나는 이런 생각을 하고 김천 형님이 돌아오기만 기다리면서, 정자에 대한 태도를 어떻게 정할까 하는 생각을 하고 앉아 있었다.

'아무래도 데리고 살 수는 없어!'

속으로 이렇게 결심을 하고 책상을 끌어 잡아당겨 놓고 뭐라고 편지 사연을 만들어야 지금의 나의 심리를 오해하지 않도록 표시할 수 있을까 하고, 머뭇거리며 앉았으려니까, 사랑문이 삐걱하는 소리가 났다. 깜짝 놀라서 유리창 구멍으로 내다보니까 형님이다. 뒤미처 병화도 따라 들어왔다. 나는 마루로 나가서 병화에게 인사를 한 뒤에,

"형님, 잠깐 이리……." 하고 김천 형님을 큰방으로 끌고 들어갔다. 병화는 안으로 들어갔다.

"형님! 난 오늘 떠나겠습니다."

나는 다짜고짜 이렇게 말을 붙였다. 형님은 좀 놀란 모양이다.

"왜 그렇게 급히?"

"역시 조용하게 가서 있어야 무슨 생각두 하겠구, 게다가 미리 가야 추후 시험 준비를 하지요."

나는 귀국할 때에 H교수더러 어머님 병환을 팔고 어물어물하던 것을 생각하며 형님을 쳐다보았다.

"그리구서니 하루이틀 더 묵지 못할 거야 무에 있니? ……그리고 어머니께서두 섭섭해하실 텐데."

형님 말은 옳은 줄 알면서도, 집안에서 섭섭해하고 아니하고를 돌볼 여유가 없었다.

"어떻든 3백 원만 주슈. 어디를 잠깐 갔다가 또 오는 한이 있더라도……."

"어딜 갈 텐데 3백 원 템이?"

다른 때 같으면 깜짝 놀라며 잔소리를 늘어놓을 테지만, 초상을 치른 끝이라 아무쪼록 나의 비위를 거스르지 않으려고 하는 터요, 또 처음 예산보다는 장비가 거의 반이나 절약이 되었기 때문에 남은 돈도 있어서, 어떻든 승낙을 받았다.

형님이 안으로 들어간 뒤에 내 방으로 건너와서, 다시 정자에게 편지를 쓰려고 붓대를 드니까, 병화가 또 나왔다.

"자네 오늘 떠난다지?"

병화는 들어와 앉으며, 놀란 듯이 묻는다.

"글쎄 그럴까 하는데요."

나는 좀 머릿살이 아프나, 붓대를 놓으며 온화한 낯빛으로 쳐다보았다.

"아직 개학은 멀었겠지?"

"개학이야, 아직 반달이나 남았지만, 시험두 보다가 두고 나왔구, 졸업이 불원(不遠)하니까 하루바삐 가보아야지요."

"그두 그렇군!"

하며 병화는 한참 덤덤히 앉았더니,

"자네, 지금 틈 있나?"

하고 고개를 쳐들었다.

"왜요?"

"아, 글쎄 이번에 나왔다가 조용히 이야기할 새도 없었구 하기에……."

"좀 바쁜데요. 두서너 달 있으면 어떻든 또 나올 테니까……."

나는 벌써 알아차리고 거절하듯이 이렇게 대답하였다.

"아, 그래두 한 잔 나가서 먹세그려. 잠깐만이라도 좋으니……."

"먹으려면 예서 먹지요. 이 편지 써놓을 동안만 잠깐 안에 들어가서 기다리시구려."

하며 나는 붓대를 만적만적하였다. 병화는,

"글쎄……."

하며 또 잠자코 앉아서 나의 기색을 한참 노려보다가,

"그런데, 그것두 그렇지만 오늘 마침 자네두 간다구, 안에 을라두 와서 있는데, 기회가 좋으니 우리끼리 한번 만나잔 말이야. 일전부터 을라두 우리끼리 한번 만나서 **해혹**두 할 겸 하루 저녁 이야기를 하자구 하기에 말야."

"해혹은 무슨 해혹이에요. 나는 별로 오해한 것도 없는 줄 아는데……."

하며 나는 시치미를 떼었다.

"아, 글쎄 말야. 아무 까닭두 없이 작년 이래로 피차에 설면설면해진 것은 그 중간에 무슨 오해나 없지 않은가 해서 말야."

하고, 내가 무슨 말을 하려는 것을 막으며,

"또 이번에 그런 일이 있어서 자네두 상심이 될 거니 위로 삼아 조용히

해혹(解惑) 의혹을 풀어 없앰.

만나자는 말인가 보데."

병화 생각에는 내가 아무 눈치도 모르고 있는 줄 아는지 말씨가 좀 이상하였다.

"아무 까닭이 있는지 없는지는 나는 모르겠소마는, 어떻든 내게는 아무 오해가 없으니까 그런 이야기를 을라에게도 전해 주시는 게 좋겠지요……. 그리고, 내가 상심을 하든 말든 을라가 특별히 위로니 무어니 하는 것은 우스운 소리겠지요."

"……."

"아무튼지 형님 말씀도 감사하지만 을라에게두 감사하다구 말해 주시구려."

"암만해두 자네에겐 무슨 오해가 있는 모양이야? 언제든지 모든 것을 자네 일류의 신경과민적 해석을 지나치게 하기 때문에 병통이야……."

병화의 말이 나의 귀에는 좀 수상쩍게 들렸다. 을라와 병화와의 관계를 내가 너무 의심을 한다는 말 같게도 들리지만, 어떻든 병화가 을라를 연모하였고, 을라도 나중에는 어떻게 되었든지 병화의 심중을 알아주고 어떠한 정도까지 마음을 허락한 것은 분명하다. 그러기에 지금도 학비를 주고받는 것이다. 그뿐 아니라 을라는 현재도 쌍수집병의 태도다. 그러면서도 또다시 나에게 아무쪼록 가까이 하고 싶어서 애를 쓰며 병화까지 이용하려는 것은 괘씸도 하거니와, 얌체 빠지게 그런 소리를 하고 돌아다니는 병화의 얼굴이 다시 쳐다보이지 않을 수 없었다. 나는 잠자코 붓대를 들었다.

"자네는 무슨 생각을 가지고 그러는지 모르네마는, 아무튼지 을라는 자네를 평생의 좋은 친구로 생각하고 자네를 매우 동정하는 모양일세……."

이런 말로 제정신을 가지고 하는 소리인지 까닭을 알 수가 없었다. 나는 들었던 붓대를 탁 놓고 병화를 똑바로 쳐다보며,

"형님! 그건 무슨 소리요?"

하고 될 수 있는 대로 목소리를 가다듬어서,

"……지금 새삼스럽게 형님이, 을라하고 나를 어떻게 하려는 것은 물론 아니겠지요?"

"……."

"……지금 와서 내게 떼어 맡기려는 것은 아니겠지요?"

나는 일부러 이런 소리를 한마디 하고 병화의 숙이고 앉았는 얼굴을 들여다보았다.

"그게 무슨 소린가. 새삼스럽게구 아니구 간에 어떻게 하긴 무얼 한단 말인가. 다만 자네에게 깊은 동정이 있단 말이지. ……그리고 자네는 늘 오해를 하나 보데마는, 나는 다만……."

"글쎄 그런 이야기는 그만두세요. ……하지만 대관절 나는 남의 동정을 받고 싶어 하는 사람도 아니요 남에게 동정할 줄도 모르는 사람이니까, 그쯤만 알아 두시구려. 더구나 을라가 동정이니 무어니…… 이렇게 말하면 너무 심한 말이지만 어줍잖은 말이지요. ……동정이란 것은 그 사람의 '아(我)'라는 것을 무시하고 빼앗는 것인 줄이나 알고 그런 소리를 하나요? 동정이란 말은 그렇게 뉘게나 함부로 할 말이 아닙니다."

나는 어쩐지 신경이 흥분해서 나중에는 여지없이 쏘았다.

"그렇게 말할 게 아닐세. 내 말이 잘못되었는지는 모르지만, 그건 자네의 편견일세."

병화는 의외에 공박을 만나서 방패막이를 할 길이 없는 모양이다.

"글쎄, 내가 너무 지나치게 말을 했는지도 모르겠소마는, 이제는 피차에 냉정히 생각을 해가지고 제각기 제 분수대로 제 길을 걸어 나가야 할 때가 되었겠지요. 남에게 동정을 하고 어쩌고 하기 전에 위선 마음을 가라앉혀 가지고 내성(內省)을 할 때가 돌아와야 하겠지요. 을라나 형님이나 내나 우리는 원심적 생활을 해왔다고 하겠으니까 인제는 구심적 생활을 시작하여야 하겠지요. 어떻든 무엇보다도 냉정하고 심각하게 생각을 해서 내적 생활의 방향 전환에 노력하는 것이 자기 생활을 스스로 지도하는 데에 제일 착수점이겠지요……."

병화는 한 10분 동안이나 무료한 듯이 앉았다가,

"아무튼지 내가 말을 잘못하였는지는 모르나 하여간 오해는 말게."

하며 일어나 나갔다.

나는 유쾌한 듯이 혼자 웃고 붓대를 들었다.

경도에서 주신 글월은 반갑습니다. 나는 당신을 생각할 때마다 M현의 하룻밤…… 동경역의 밤을 생각해 보고는 혼자 기뻐합니다. 그러나 나의 주위는 그러한 기쁨을 마음껏 맛보도록 나를 편하고 자유롭게 내버려 두지는 않습니다. 다른 것은 그만두더라도 나의 주위는 마치 공동묘지 같습니다. 생활력을 잃은 백의의 민(民)─망량(魍魎) 같은 생명들이 준동하는 이 무덤 가운데에 들어앉은 지금의 나로서 어찌 '꽃의 서울'을 꿈꿀 수가 있겠습니까? 눈에 띄는 것, 귀에 들리는 것이 하나 나의 마음을 보드랍게 어루만져 주고 기분을 유쾌하게 돋우어 주는 것은 없습니다. 이러다가는 이 약한 나에게 찾아올 것은 아마 질식밖에 없겠지요. 그러나, 그것은 방순한 장미 꽃송이에 파묻혀서 강렬한 향기에 취하는 벌레의 질식이 아니라 대기와 절연한 무덤 속에서 구더기가 화석(化石)하는 것과 같은 질식이겠지요.

정자양!

그러나 나는 스스로를 구하지 않으면 안 될 책임이 있는 것을 깨달았습니다. 스스로의 길을 찾아내고 개척하여 나가지 않으면 안 될, 자기 자신에게 스스로 부과한 의무가 있는 것을 깨달았습니다. 나의 처는 기어코 모진 목숨을 끊었습니다. 그러나 그는 결코 죽었다고는 생각할 수 없습니다. 왜 그러냐 하면 그 남편 되는 나에게, '너 스스로를 구하여라! 너의 길을 스스로 개척하라!'는 귀엽고 중한 교훈을 주고 가기 때문이올시다. 과연 그렇습니다. 그는 나에게, 그의 일생 중에 제일 유정하여야 할 터이면서도 제일 무정하게 굴던 나에게 이러한 교훈을 남겨 주고 이 세상을 떠났습니다. 그것을 생각하면 그는 결코 죽었다고는 생각할 수 없습니다. 그의 육체는 흙에 개가하였으나, 그리함으로 말미암아 정신으로는 나에게 영원히 거듭 시집왔다고 하겠지요. 그뿐 아니라, 그는 나의 단 하나의 씨[種子]를 남겨 주고 갔습니다. 유일이 아니라 단일이외다. 나는 그 씨를 북돋아서 남보다 낫게 기를 의무와 책임을 느낍니다. 물론 나는 장래에 나에게 분배가 돌아오리라고 예상하는 재산의 반분을 제공하는 조건으로 우리 종가에 양자로 주기를 자청하였지만, 그것은 형식과 물질이 문제요 근본적 내면과 소질에 있어서는, 그의 행복에 대한 전 책임을 질 의무가 의연히 나에게 있다고 나는 굳세게 명심합니다.

정자양!

아까도 내가 왜 귀국을 하였던가 하는 생각을 해보고 자기의 어리석은 것을 스스로 비웃어 보았습니다. 그리하여 오늘 밤으로라도 곧 떠나려고 결심까지 한 터이외다. 그러나 이러한 모든 생각을 해보면 여기에 온 것이 결코 무의미하였다고는 생각할 수 없습니다. 사실 이번에 와서 처를 잃고 갑니다. 그러나, 나는 잃고 가는 것이 아니라 얻고 간다고 생각 않을 수 없습니다. 어떻든 우리는 우리의 길을 찾아서 나가십시다. 사(死)라는 것이 멸망을 의미하든 영생을 의미하든 어떠한 지수를 가리키든 그것은 우리로서 조금도 간섭할 권리가 없겠지요. 우리는 다만 호흡을 하고 의식이 남아 있다는 명료하고 엄숙한 사실을 대할 때에 현실을 정확히 통찰하여 스스로의 길을 힘있게 밟고 굳세게 살아 나가야 할 자각만을 스스로 자기에게 강요함을 깨달아야 할 것이외다.

정자양!

이제 구주의 천지는 그 참혹하던 도륙도 증언을 고하고 휴전조약이 완전히 성립되지 않았습니까? 구주의 천지, 비단 구주 천지뿐이리요, 전 세계에는 **신생**의 서광이 가득하여졌습니다. 만일 전체의 알파와 오메가가 개체에 할 수 있으면 신생이라는 광영스러운 사실은 개인에게서 출발하여 개인에 종결하는 것이 아니겠습니까. 그러면 우리는 무엇보다도 새로운 생명이 약동하는 환희를 얻을 때까지 우리의 생활을 광명과 정도로 인도하십시다. 당신은 실연의 독배에 청춘의 모든 자랑과 모든 빛과 모든 힘을 무참하게도 빼앗겼다고 우시지 않았습니까. 그러나 오는 세계에는 그러한 한숨을 용납할 여지가 없겠지요…….

신생(新生) 마음의 상태나 생활 따위가 전과는 매우 다르게 새로워짐.

가슴을 훨씬 펴고 모든 생의 힘을 듬뿍이 받으소서.

정자양!

이번에 동경 가는 길에 다녀가라고 하셨지요? 그러나 노하시지 마십시오. 가고 싶은 마음이야 참 정말 간절하지 않을 수 없습니다. 그러나 주위의 사정이 허락지를 않습니다. 실로 바쁩니다. 아시다시피 시험을 중도에 던지고 나왔고 게다가 졸업 논문이 그대로 있습니다. 용서해 주시겠지요?

그러나 사랑이란 것은 간섭이나 소유에 있는 것이 아닌 것을 당신은 아시겠지요. 피차의 생활을 간섭하고 그 내부에 들어가서 밀접한 관계를 맺는 것이 사랑의 극치가 아닌 것은 더 말할 것 없습니다. 또한 사랑의 대상자를 전연히 소유하지 않으면 만족할 수 없다는 것도 사랑의 절정은 못 되는 것이외다. 비록 절정이라 할지라도 사랑의 이상은 아니외다. 나는 늘 주장하는 것이지만, 그 사람의 행복을 진순한 마음으로 **기축**(祈祝)하는 것만이 진정한 사랑이외다. 이 세상에는 나를 사랑해 주는 사람이 있거니, 또 내가 사랑하는 사람이 있거니 하는 생각만 가져도 얼마나 행복스럽고 사는 것 같습니까. 과연 그러한 것만이 순결무구한 신에 가까운 사랑이외다.

너무 장황하오나 용서하고 보아 주시옵소서. 나머지는 일후에 만나 뵐 날까지 싸서 두옵니다. 내내 **만안**(萬安)**하심** 비옵니다.

보내옵는 것은 변변치 않으나마 학비의 일부에 **충용**(充用)**하실**까 함이오니 허물 마시고 받으시옵소서.

이인화 배(拜)

서촌정자 양(樣)

기축(祈祝) 빌고 바람.
만안하다(萬安-) 신상이 아주 평안하다.
충용하다(充用-) 보충하여 쓰다.

　나는 편지를 써가지고 시계를 꺼내 본 뒤에 형님에게 받은 3백 원이 든
지갑을 넣고 우편국으로 총총히 달아났다.

*

　정거장에는 김천 형님, 큰집 형님, 병화 내외, 을라 등 다섯 사람이 나왔
다. 을라는 물론 입도 벌리지 않고 우두커니 섰고, 병화 내외도 플랫폼의
보꾹에 매달린 시계만 쳐다보며 선하품을 하고 섰었다. 그러나 병화의 얼
굴에는 그렇게 보아서 그런지 안심했다는 듯한 화평한 기색이 도는 것 같
았다.

보꾹　지붕의 안쪽. 지붕 안쪽의 구조물을 가리키기도 하고, 지붕 밑과 반자 사이의 빈 공간에서 바라본 반자를 가리
키기도 한다.

차가 떠나려 할 때 큰집 형님은 승강대에 선 나에게로 가까이 다가서며,

"내년 봄에 나오면, 어떻게 다시 성례를 해야 하지 않니? 네겐 무슨 심산이 있니?"

하며 난데없는 소리를 하기에,

"겨우 무덤 속에서 빠져나가는데요? 따뜻한 봄이나 만나서 별장이나 하나 장만하고 거드럭거릴 때가 되거든요……!"

하며 나는 웃어 버렸다.

내용확인

1_ 《만세전》에 대한 설명으로 바르지 <u>않은</u> 것을 <u>모두</u> 골라 봅시다.

① 주인공의 현실 인식의 근거가 사실적으로 제시된다.

② 인물 간의 대립으로 갈등이 심화·고조되는 소설이다.

③ 3·1운동 전해인 1918년 겨울의 동경과 서울을 배경으로 한다.

④ 식민지 지식인으로서 현실을 극복하려는 강한 의지를 드러내고 있는 소설이다.

⑤ 여로형 소설로, 동경에서 서울에 이르는 과정을 통해 사회 현실을 깨닫는 주인공의 인식과 그 변화 과정을 효과적으로 보여 준다.

2_ 다음 글을 읽고 작가가 '나'를 동경 유학생으로 설정한 이유를 말해 봅시다.

> 조선에 만세가 일어나던 전해의 겨울이었다. 그때에 나는 반쯤이나 보던 연종 시험을 중도에 내던지고 급작스레 귀국하지 않으면 안 될 일이 있었다. 그것은 다른 때문이 아니었다. 그해 가을부터 해산 후더침으로 시름시름 앓던 나의 처가 위독하다는 급전(急電)을 받은 까닭이었다.
>
> 그때의 일은 지금도 눈에 선히 보이는 듯하지만, 내가 동경에서 떠나오던 날은 마침 시험을 시작한 지 제2일 되던 날이었다.

3_ 《만세전》은 사실주의 기법에 충실한 작품이라고 평가됩니다. 그 이유를 시점과 관련하여 설명해 봅시다.

....

....

....

....

....

....

4_ 다음 글에 나타난 '몽유병'의 의미를 설명해 봅시다.

> 일본 사람은, 소소한 언사와 행동으로 말미암아, 조선 사람의 억제할 수 없는 반감을 비등케 한다. 그러나 그것은 결국 조선 사람으로 하여금 민족적 타락에서 스스로 구해야겠다는 자각을 주는 가장 긴요한 동인이 될 뿐이다.
> 지금도 목욕탕 속에서 듣는 말마다 귀에 거슬리지 않는 것이 없지만, 그것은 독약이 고구(苦口)나 이어병(利於病)이라는 격으로, 될 수 있으면 많은 조선 사람이 듣고, 오랜 몽유병에서 깨어날 기회를 주었으면 하는 생각이 없지 않다.

....

....

....

....

....

5_ 다음은 '나'의 여정을 표시한 지도입니다. 공간에 따른 상황을 쓰고, 그에 맞는 '나'의 의식을 |보기|에서 골라 봅시다.

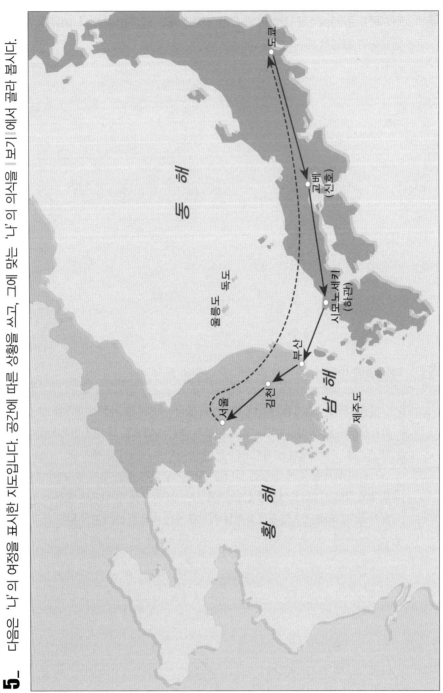

6_ 《만세전》을 읽고 난 후, 보기 의 관점에 따른 감상을 이야기한 것입니다. 관점에 따른 감상이 바르지 <u>않은</u> 사람을 골라 봅시다.

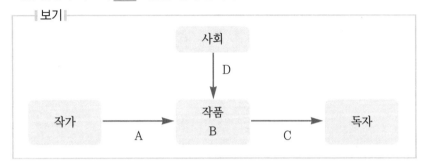

	관점	감상
① 은우	A	《만세전》에는 식민지 현실에 대한 작가 염상섭의 비관적인 인식이 주인공의 목소리를 통해 표현되어 있어.
② 소라	B	인물이 처한 고통스러운 현실을 자조적이고 혐오적인 어조로 묘사하고 있어.
③ 민희	B	일제강점기의 지식인들이 적극적인 모습을 보였으면 하는 작가의 바람이 담겨 있어.
④ 창희	C	《만세전》을 읽고 일제강점기에 우리 민족이 당한 고통이 어떠했을지 깊이 생각해 보았어.
⑤ 혜주	D	일제강점기였던 당시 우리 민족이 핍박받고 수난을 당했던 현실이 《만세전》에 반영되어 있어.

7_ '나'가 조선의 현실을 극단적으로 비유한 문장을 작품에서 찾아 써 봅시다.

8_ 다음 글을 바탕으로 '나'가 비판하는 것을 설명해 봅시다.

> **가** "아버지께서야 원래 큰형수를 못마땅해하시니까 말씀할 것도 없지만, 어머니께서는 처음에는 반대를 하시다가, 역시 손자를 보겠다고 첩을 얻어 들이는 것보다는 낫다고 하시고, 당자도 인제는 자식이라고는 나볼 가망도 없구하니까, 내 말대로 하겠다기에, 되어 가는 대로 내버려 두었지."
>
> 나는 잠자코 듣기만 하고 앉아 있었다. 그러나 아들자식이란 그렇게도 낳고 싶은 것인지 나에게는 의문이었다. 무후(無後)한 것이 조상에 대한 죄라거나 부모에게 불효가 된다는 말부터 나에게는 이해할 수 없는 것이었다.
>
> **나** "그래두 우리나라 풍속에 부모나 조상을 위하는 것은 좋은 일이겠지요."
>
> 나는 더 말해야 쓸데가 없다고 생각하고 암말 안 하려다가, 그래도 오해를 사면 안 되겠기에 또 대꾸를 해주었다.
>
> "누가 그르다고 했소? 물론 부모와 조상을 위해야 하겠지요. 하지만, 장사를 잘 지내고 무덤을 잘 만드는 것이 효라고는 못하겠지요. 그리고 조상의 부모를 잘 거두는 것은 좋은 일이겠지만 산소치레를 하라는 말은 아니겠지요. 그뿐 아니라 부모를 생각하여 조부모의 산소를 돌보고 조부모를 위하여 증조의 묘를 찾는다 하면 어찌하여 5대조를 위하여 10대조의 묘를 찾지 않고 10대조를 위하여 백대조의 묘를 찾아 올라가지 않는가요? 노형은 지금 시조의 산소가 어디 있는지나 아슈? 허허허. 결국에 말하자면 자기에게 친근할수록 더 생각하고 찾는 것이니까, 그 친근한 정리만 어떠한 수단 형식으로든지 표시했으면 고만이 아니오? 일부러 표시를 할 게 아니라 마음에만 먹고 있어도 상관없지요."

9_ '나'가 을라를 냉정하게 대하는 이유를 써 봅시다.

> "그래, 그 변한 원인이 어디 있단 말씀이오? 아마 을라씨에게 있겠지? 그렇다면 책임을 져야 하지 않소?"
> 나는, 말끝에 '되지 않게!' 라는 한마디가 혀끝까지 나오는 것을, 입술로 비벼 버렸기 때문에, 애를 써 한 말이 내 얼굴의 표정도 쳐다보지 않는 을라에게는, 농담인지 진담인지 알 수 없었던 모양이었다. (중략)
> 내가 불쑥 온 것이 무슨 의미가 없지는 않은가 하는 일종의 기대가 있는 듯도 하다.
> "그러기에 남자하고는, 잇새도 어우르질 마슈. 더구나 나 같은 놈하군. 자, 그러면……."
> 나는 이같이 한마디 던져 두고, 인사하는 소리도 채 다 듣기 전에, 캄캄한 문밖으로 휙휙 나와 버렸다.

....

....

....

10_ 다음 글을 읽고 '나'가 갑판 위에서 눈물을 흘린 이유를 써 봅시다.

> 나는 선실로 들어갈 생각도 없이 으스름한 갑판 위에, 찬바람을 쐬어 가며 옹숭그리고 섰었다. (중략)
> 외투 포켓에다가 두 손을 찌르고 어느 때까지 우두커니 섰는 내 눈에는, 어느덧 뜨끈뜨끈한 눈물이 비어져 나와서, 상기가 된 좌우 뺨으로 흘러내렸다. 찬바람에 산뜩산뜩 스며들어 가는 것을, 나는 씻으려고도 안 하고 여전히 섰었다.

....

....

....

11_ 다음 글에 드러난 '나'의 태도에 대해 충고의 말을 해 봅시다.

> "무얼 하긴 무얼 해, 김의관한테 빨리러 다니는 놈이지. 그러나 한잔 먹지 않으려나?"
>
> 하며 큰집 형은 마루로 올라온다. 목이 촉촉해서 핑계핑계 먹자는 말이다.
>
> "또 먹어요? 형님이나 자슈."
>
> "언제 먹었나? 나는 한잔 했지만."
>
> 나는 먹고도 싶지만 조선에 돌아오면 술이 금시로 느는 것이 걱정이었다. 조선 와서 보아야 술이나 먹고 흐지부지하는 것밖에는 할 일이라고는 없는 것 같기도 하지만, 생각하면 조선 사람이란 무엇에 써먹을 인종인지 모르겠다. 아침에도 한잔, 낮에도 한잔, 저녁에도 한잔, 있는 놈은 있어 한잔, 없는 놈은 없어 한잔이다. 그들이 찰나적 현실에서 벗어나는 것은 그들에게 무엇보다도 가치 있는 노력이요, 그리하자면 술잔 이외에 다른 방도와 수단이 없다. 그들은 사는 것이 아니라 산다는 사실에 질질 끌려가는 것이다. 무덤으로 끌려간다고나 할까? 그러나 공동 묘지로는 끌리는 것이다. 'To live'가 아니라, 'To compel to live'이다. 능동이 아니라 피동이다. 그들에게 과거에 인생관이 없고 이상이 없었던 것과 같이 현재에도 또한 그러하다. 그들은 자기의 생명이 신의 무절제한 낭비라고 생각한다. 조선 사람에게서 술잔을 뺏는다면 아마 그것은 그들에게 자살의 길을 교사(敎唆)하는 것이다.
>
> 부어라! 마셔라! 그리고 잊어버려라― 이것만이 그들의 인생관이다.
>
> "그럼 한잔 하십시다."
>
> 하며 나는 큰집 형을 안방으로 청하였다.

12_ 다음 글을 읽고 밑줄 친 '그릇되게 살아가는 조선 사람들의 모습' 중, 소설에서 확인할 수 없는 것을 골라 봅시다.

> 처음 '묘지'라는 제목으로 발표되었다가 '만세전'으로 고친 이 소설은 동경에 유학 중인 이인화가 아내가 위독하니 급히 귀국하라는 전보를 받으며 시작된다. 일본에서의 평안한 삶에 안주하던 그는 조선으로 돌아온다. 그는 일제의 식민 통치하에서 그릇되게 살아가는 조선 사람들의 모습을 보면서 조선의 현실을 깨닫게 된다.

① 다른 사람으로부터 이익을 얻기 바라는 사람
② 자신의 능력은 고려하지 않고 욕심을 부리는 사람
③ 현실의 어려운 문제를 적극적으로 해결하려는 사람
④ 돈이 있고 권력욕이 강한 사람을 꾀어 이득을 취하는 사람
⑤ 봉건 의식에 젖어 변화하는 현실에 적응하지 못하는 사람

13_ 다음 글에 나타난 '나'의 심리를 설명해 봅시다.

> '이 방 안부터 여부없는 공동묘지다. 공동묘지에 있으니까 공동묘지에 들어가기를 싫어하는 것이다. 구더기가 득시글득시글하는 무덤 속이다. 모두가 구더기다. 너도 구더기, 나도 구더기다. 그 속에서도 진화론적 모든 조건은 한 초 동안도 거르지 않고 진행되겠지! 생존 경쟁이 있고 자연도태가 있고 네가 잘났느니 내가 잘났느니 하고 으르렁댈 것이다. (중략) 에잇! 뒈져라! 움도 싹도 없어져 버려라! 망할 대로 망해 버려라! 사태가 나든지 망해 버리든지 양단간에 끝장이 나고 보면 그중에서 혹은 조금이라도 쓸모 있는 나은 놈이 생길지도 모를 것이다.'

....

....

....

....

✽ 《만세전》 플롯의 특징

　《만세전》은 이인화가 시험 도중에 아내가 위독하다는 급전을 받고 귀국하는 여로형 소설이다. 동경 → 신호 → 여객선 안 → 부산 → 김천 → 서울 → 다시 동경으로 이어지는 여로를 기본적인 구조로 하고 있다.

　여로형 소설에서 여행의 구조는 인생의 과정에 비유된 것이고, 인물이 보고 느끼는 현실을 구체적으로 반영하고 있는 것이다. 그러나 《만세전》은 다른 여로형 소설과 다르게 동경에서 서울까지의 여정이 단순한 기행의 순차적인 묘사가 아니라, 여행 중에 일어나는 사건이나 '나'의 눈에 비치는 삶의 모습들이 '나'의 이념이나 가치관 속에서 용해되고 새로운 의미로 재조직되고 있다.

　주인공의 여행은 비록 현실에 대한 간접적인 관찰이 주가 되어 전개되지만, 이를 통해 현실에 대한 이인화의 인식이 점점 변하게 된다. 처음에는 식민지 현실에 대해 생각지도 않는 '책상 도련님'에 불과하던 이인화의 의식 세계는 목욕탕에서 일본인들의 대화를 듣고 조선의 현실에 안타까워하며 차츰 변화한다. 그 후, 일본 형사에게 가방 수색을 당하면서 자신이 조선인임을 자각하게 된다. 이것은 기차를 타고 김천을 거쳐 서울에 이르는 여정을 통해 그 정도를 더하게 된다. 결국 이인화는 무지로 인한 아내의 죽음을 보고, 식민지 조선의 현실에 좌절한다. 이인화는 그동안 무관심했던 조선의 현실을 차츰 관심 있게 지켜보면서 '구더기가 들끓는 무덤' 같은 조선의 현실에 절망한다. 이인화는 당대 조선의 상황을 공동묘지로 파악하고 자신이 처한 비참한 현실에서 탈출하려고 시도한다. 그래서 그는 동경으로 떠나는 원점 회귀를 선택한다. 이러한 원점 회귀는 두 가지로 해석된다. 하나는 식민지 현실로부터의 도피라고 해석할 수 있고, 다른 하나는 서울까지의 여정이 민족 현실에 대한 자각의 과정이었다면 이를 내적 성찰의 계기로 삼은 주인공의 새로운 출발로 해석할 수도 있다.

　이 과정에서 우리는 당대 조선의 실상을 사실주의적으로 포착할 수 있으며 나아가 그러한 현실을 바라보는 당대 지식인의 사고방식의 일면도 엿볼 수 있다.

토의문제

Step_1 등장인물의 성격과 근대성

《만세전》에 등장하는 인물들의 말과 행동을 살펴보고, 작품이 쓰인 시대적 배경을 고려하여, 그들의 성격을 이해해 봅시다.

가 세계사에서는 봉건시대가 끝난 다음에 전개되는 시대를 근대라고 말한다. 그렇지만 봉건시대의 다음 시대를 지칭하는 관점에서 공동체에 대한 '나'라는 개인의식의 성립이나 개인존중 등의 '개인우월 사상'을 내세워 따진다면, 유럽에서는 보통 15~16세기 르네상스나 종교개혁 시기 이후가 되고, 자본주의 형성이나 시민사회 성립이라는 관점에서 본다면 17~18세기 이후가 된다. 일반적으로 후자를 근대라고 한다. 즉, 근대성을 가늠하는 일은 개인이라는 의식의 등장과 자본주의의 성립을 따져보는 데에서 시작한다.

나 스물두셋쯤 된 책상도련님인 그때의 나로서는, 이러한 이야기를 듣고 놀라지 않을 수 없었다. 인생이 어떠하니 인간성이 어떠하니 사회가 어떠하니 해야, 다만 심심파적으로 하는 탁상의 공론에 불과한 것은 물론이다. 아버지나, 그렇지 않으면, 코빼기도 보지 못한 조상의 덕택으로, 글자나 얻어 배웠거나 소설 권이나 들춰 보았다고, 인생이니 자연이니 시니 소설이니 한대야 결국은 배가 불러서, 포만의 비애를 호소함일 따름이요, 실인생, 실사회의 이면의 이면, 진상의 진상과는 아무 계관도 연락도 없을 것이다. 그러고 보면 내가 지금 하는 것, 이로부터 하려는 일이 결국 무엇인가 하는 의문과 불안을 느끼지 않을 수가 없었다. '일 년 열두 달 죽도록 애를 쓰고도, 반년짝은 시래기로 목숨을 이어 나가지 않으면 안 되겠으니까…….' 하는 말을 들을 제, 그것이 과연 사실일까 하는 의심이 날 만치, 나는 귀가 번쩍하였다. (중략) 설마 그렇게까지, 소작인의 생활이 참혹하리라고는, 꿈에도 생각해 본 일이 없었다.

다 지금은 이런 편지를 올릴 기회가 아닌지도 모릅니다. 왜 그러냐 하면, 나는 물질로써 좌우되는 천열한 계집이라고 생각하실 것이, 너무도 창피하고 원통하기 때문이외다. (중략)

나는 짐을 멀쩡히 꾸려 놓고, 가방 속에서 나온 정자의 편지를 다시 한번 펴보고 쪽 찢어서 아궁이에 내다 버렸다. 초상 중에 온 것을 잠깐 보고 넣어 두었던 것이지만, 다시 자세히 보니까 암만해도 학비를 대달라거나 어떻게 같이 살아 보았으면 하는 의사를 은근히 비쳤다.

라 삼사 일은 집구석에서 그럭저럭 세월을 보냈다. 아버지는 무슨 일이 그리 분주하신지 매일 아침만 자시면 김의관하고 나가셨다가 어슬어슬해서야 약주가 취해 들어오시기도 하고 친구를 한 떼씩 몰아 가지고 들어오시기도 하였다. 큰집 형님한테 들으니까, 요사이 동우회의 연종 총회가 있어서 그렇다 한다. (중략)

　동우회라는 것은 일선인(日鮮人)의 무엇인가를 표방하고 귀족들을 중심으로 하고 전후 협잡꾼들이 모여서 바둑, 장기로 세월을 보내고 저녁때면 술추렴이나 다니는 회이다. 회의 유일한 사업은 기생 연주회의 후원이나 소위 지명지사(知名之士)가 죽으면 호상차지나 하는 것이다.

마 이 형님이라는 사람은 한학으로 다져 만든 촌생원님이나 신학문에도 그리 어둡지는 않을 뿐 아니라, 우리 집에는 없으면 안 될 사람이다. 부친이 합방 전후에, 거의 정치광, 명예광에 달떠서 경향으로 동분서주하며 넉넉지 않은 가산을 흐지부지 축을 내놓은 분수로 보아서는 지금쯤 내가 유학을 하기는 고사하고 밥을 굶은 지가 벌써 오랜 일이었겠지만, 얼마 안 남은 것을 이 형님이 붙들고 앉아서 바자위게 꾸려 나가기 때문에 이만큼이라도 부지를 하게 된 것이다. 다른 것은 그만두고라도 보통학교 훈도쯤으로 이천여 원 돈이나 모은 것을 보면 규모가 얼마나 짜인 사람인가를 상상하기에 어렵지 않을 것이다.

바 반 달쯤 갇혔다가 나온 김의관은 금시로 부자가 되었는지 양복을 몇 벌씩 새로 장만하고, 헤어졌던 첩을 다시 불러다가 큰마누라하고 살게 하며, 매일 나가서는 술이 취해 들어오기도 하고, 새 양복을 찢어 가지고 들어오는 때가 있었다. 그러한 지 한 달쯤 되어서는, 시골에다가 집과 땅을 장만했으니 내려가자 하고 처첩을 다 데리고 낙향을 해버렸다. 그때서야 제일 무서운 사람에게도 발악을 쓰던 김의관이, 두어 달 전에, 올가미 쓴 개새끼처럼 유순해지던 까닭을 알게 되었다.

사 병화는 매우 유쾌한 듯이 따라 웃다가,
　"어쨌든 앉아요. 누가 양주를 한 병 선사를 했는데……."
하며 묻지도 않은 말을 끌어냈다. 아닌 게 아니라 한 동 올라간 덕에 집안 세간도 그전보다는 는 모양이다.

아 을라와 병화와의 관계를 내가 너무 의심을 한다는 말 같게도 들리지만, 어떻든 병화가 을라를 연모하였고, 을라도 나중에는 어떻게 되었든지 병화의 심중을 알아주고 어떠한 정도까지 마음을 허락한 것은 분명하다. 그러기에 지금도 학비를 주고받는 것이다. 그뿐 아니라 을라는 현재도 쌍수집병의 태도다.

　　　　　　　　　　　　　　　　　　　　　　　　　　　　　　　　　　－ 염상섭, 《만세전》

1_ 제시문을 참고하여 이인화와 주변 인물들의 성격을 말해 봅시다.

• 이인화 :

• 정자 :

• 아버지 :

• 김천 형님 :

• 김의관 :

• 병화 :

• 을라 :

2_ 위 인물들을 전근대적 인물과 근대적 인물로 분류하고, 그 이유를 말해 봅시다.

전근대적 인물	근대적 인물

• 이유 :

Step_2 식민지 조선의 일상성

이인화는 동경에서 서울로 가기 위해 조선의 첫 문호인 부산을 경유합니다. 이인화의 눈에 비친 당대 부산의 풍경을 통해, 급속히 진전되었던 식민지 근대화의 양상을 살펴 봅시다.

가-1 부산이라 하면 조선의 항구로는 제일류요, 조선의 중요한 첫 문호라는 것은 소학교에 한 달만 다녀도 알 것이다. 사실 부산은 조선의 유일한 대표이다. 조선을 축사(縮寫)한 것, 조선을 상징한 것은 과연 부산이다. 외국의 유람객이 조선을 보고자 하면, 우선 부산에만 끌고 가서 구경을 시켜 주면 그만일 것이다. 거룩한 부산! 조선을 짊어진 부산! 부산의 팔자가 조선의 팔자요, 조선의 팔자가 곧 부산의 팔자였다.

나는 배 속에서 아침을 먹었건만, 출출한 듯하기도 하고 두세 시간 남짓이나 시간이 남았고, 늘 지나다니는 데건만 이때껏 시가에 들어가서 구경해 본 일이 없기에, 우선 조선 음식점을 찾아보기로 하고 나섰다.

부두를 뒤에 두고 서편으로 꼽들어서 전찻길 난 데로만 큰길로 걸어갔으나, 좌우편에 모두 이층집이 쭉 늘어섰을 뿐이요, 조선집 같은 것이라고는 하나도 눈에 띄는 것이 없다. 이, 삼 정도 채 가지 못해서 전찻길은 북으로 꼽들이게 되고, 맞은편에는 색색의 극장인지 활동사진관인지 울그데불그데한 그림 조각이며 깃발이 보일 뿐이다.

가-2 "아무개 집이 이번에 도로로 들어간다데."
하며 곰방대에 엽초를 다져 넣고 뻑뻑 빨아 가며, 소견 삼아 숙덕거리다가 자고 나면, 벌써 곡괭이질 부삽질에 며칠 어수선하다가 전차가 놓이고, 자동차가 진흙덩어리를 튀기며 뿡뿡거리고 달아 나가고, 딸꾹 나막신 소리가 날마다 늘어 가고, 우편국이 들어와 앉고, 군아가 헐리고 헌병 주재소가 들어와 앉는다. 주막이니 술집이니 하는 것이 파리채를 날리는 동안에 어느덧 한구석에 유곽이 생겨 샤미센[三味線] 소리가 찌렁찌렁 난다. 매독이니 임질이니 하는 새 손님을 맞아들인 촌서방님네들이, 병원이 없어 불편하다고 짜증을 내면 너무 늦어 미안하였습니다 하는 듯이 체면 차릴 줄 아는 사기사가 대령을 한다. 세상이 편리하게 되었다.

"우리 고향엔 전등도 놓이고 전차도 개통되었네. 구경 오게. 얌전한 요릿집도 두서넛 생겼네. 자네 왜갈보 구경했나? 한번 보여 줌세."
몇천 년 몇백 대 동안 가문에 없고 족보에 없던 일이 생겼다. 있는 대로 까불릴 시절이 돌아왔다. 편리해 좋아, 번화해 좋아, 놀기 좋아 편해하며 한 섬지기 팔면, 한편에서는,
"우리겐 인젠 이층집도 꽤 늘고 양옥도 몇 개 생겼다네. 아닌 게 아니라 여름엔 다다미가 편리해, 위생에도 매우 좋은 거야."

나 땅마지기나 있던 것을 까불려 버리고, 집 한 채 지녔던 것이나마 문서가 이 사람 저 사람의 손으로 넘어 다니다가, 변리에 변리가 늘어서 내놓고 나가게 될 때라도, 사람이 살려면 이런 꼴도 보고 저런 꼴도 보는 것이지 하며, (중략) 그리하여 천 가구면 천 가구에서 한 집씩 줄었어야, 다만 '아무개네는 이번에 아무 데로 이사를 간다네' 하고 그야말로 동릿집 이야기 삼아, 저녁밥 후의 인사 대신으로 주고받을 뿐이요, 어떠한 사정이 어떻게 되어서 한 가구가 주는지 그 내막이야 아무도 모를 것이다. (중략)

양복쟁이가 문전 야료를 하고, 요리 장수가 고소를 한다고 위협을 하고, 전등 값에 몰리고, 신문 대금이 두 달 석 달 밀리고, 담배가 있어야 친구 방문을 하고 전찻삯이 있어야 출입을 하지 하며 눈살을 찌푸리는 동안에 집문서는 식산 은행의 금고로 돌아 들어가서 새 임자를 만난다. 그리하여 또 백 가구 줄어지고 또 이백 가구 줄었다.

다 까불리는 백성, 그들이 부지깽이 하나 남기지 않고 들어내고 집어낼 때에 자기가 이 거리에서 쫓겨 나갈 줄이야 몰랐으렷다. 구차한 놈이 주머니를 털 적에 내일부터 밥을 굶을지 거리에 나앉을지 저도 모르게, 최후의 1전까지를 말리듯이. 그러나 이 시가의 주인인 주민이 하나 둘씩 시름시름 쫓겨 나갈 제, 오늘날 씨알머리도 남지 않고 아주 딴판의 새 주인이 독점을 하리라는 것은 한 사람도 꿈에도 정신을 차리지 못했으렷다. 역시 구차한 놈의 주머니가 털리듯이 부지불식간에 그럭저럭 흐지부지 자취를 감추고 만 것이다.

이런 생각을 해볼 제, 자잘한 세간 나부랭이를 꾸려 가지고 북으로 북으로 기어 나가는 '패자의 떼' 의 쓸쓸한 뒷모양이 눈에 보이는 것 같다. — 염상섭, 《만세전》

라 이인화는 부산에 도착해 조선의 다양한 근대 풍경을 발견하게 된다. 신작로, 전차, 자동차, 우편국, 헌병 주재소, 전기, 전화, 유곽, 왜갈보, 매독, 임질, 재래의 건축 양식에 외래 양식이 가미된 절충식 이층 건물, 양복 모두는 근대적 산물이자 풍경이다. 근대 도시로의 변화가 편리, 편안, 쾌락이라는 이전에 없던 삶의 이면을 보여주지만, 그 이면은 공포와 혐오의 동반이기도 하였다. 그런 변화를 해당 지역 원주민으로는 어찌해 볼 도리가 없는, 달리 말해 외부의 힘에 의한 불가역적인 강제의 결과로 보는 염상섭의 시각에 의해, (식민)도시화는 부정적인 모습으로 드러난다.

이인화는 이와 같이 식민지 근대화의 핵심을 이루는 경제적 착취를 정확하게 인식하고 있다. 그는 부산을 명시적으로 '조선을 축사(縮寫)한 것, 조선을 상징한 것' 이라면서 제국주의 경제적 착취로 말미암아 생긴 '불쌍한 흰옷 입은 백성의 운명' 을 강조하고 있다. 이러한 비판적 태도로 그는 항구 부산의 시가가 바다를 건너온 일본인들의 주거지와 상업지로 변모되고 있음을 알린다. 이와 같은 조선인의 빈민화를 가속시키는 일본인들의 도래를 당사자인 조선인들은 식민지 수탈의 일환으로 이해하지 못한다는 데 문제의 심각성이 있다.

1_ 제시문 가 를 읽고, 일상 속에서 드러나는 근대의 모습을 찾아 말해 봅시다.

....

....

....

....

2_ 다음 글을 읽고 제시문 나 , 다 를 참고하여, 제시문 가 에 나타난 근대화의 모순을 말해 봅시다.

> 조선인들이 신문물의 편리함을 누리고 그 변화에 적응하며 근대성을 경험한 것은 사실이다. 그러나 식민지 상황에서 그것은 동시에 식민지성을 경험하는 과정이기도 하였다.

....

....

....

....

3_ 제시문 라 를 읽고, 우리나라 근대화의 양면성에 대해 말해 봅시다.

....

....

....

....

Step_3 일제강점기 조선인 노동자의 삶

《만세전》에는 일제강점기에 조선인 노동자들을 태우고 하관(현 일본 시모노세키)과 부산을 왕복했던 관부연락선의 내부 풍경이 묘사되어 있습니다. 제시문을 참고하여 당대 조선인 노동자의 삶을 살펴봅시다.

가 -1 "그래 그런 훌륭한 직업이 무엇인데, 어디 있어요?" (중략)

"실상은 쉬운 일이에요. 나도 이번에 가서 해오면 세 번째나 되오마는, 내지의 각 회사와 연락해 가지고, 요보들을 붙들어 오는 것인데……. 즉 조선 쿠리[苦力] 말씀요. 노동자요. 그런데 그것은 대개 경상남북도나, 그렇지 않으면 함경, 강원, 그다음에는 평안도에서 모집을 해야 하지만, 그중에도 경상남도가 제일 쉽습니다. 하하하."

그자는 여기 와서 말을 끊고 교활한 듯이 웃어 버렸다.

나는 여기까지 듣고 깜짝 놀랐다. 그 가련한 조선 노동자들이 속아서, 지상의 지옥 같은 일본 각지의 공장으로 몸이 팔려 가는 것이, 모두 이런 도적놈 같은 협잡 부랑배의 술중(術中)에 빠져서 그러는구나 하는 생각을 할 제, 나는 다시 한 번 그자의 상판때기를 쳐다보지 않을 수 없었다.

가 -2 "얼마가 뭐요. (중략) 그건, 회사와 일의 종류에 따라서 다르지만, 가령 방적회사의 여공 같은 것은 임금도 싼 데다가 모집원의 수수료도 제일 헐하고, 광부 같은 것은 지금 시세로도 1원 50전으로 2원 50전까지라우. 가령 지금 천 명만 맡아 가지고 와서 보구려. 이삼 삭 동안에 여비나 일당에서 남는 것은, 그까짓 건 다 제하고라도, 일천삼사백 원, 잘만 되면 근 2천 원은 간데없는 것일 게니, ……하하하, 나도 맨 처음에—그건 제주도에서 모집해 갔지만—그때에 5백 명 모아다 주고 실살고로 남긴 것이 팔구백 근 천 원이었고, 둘째 번에는 올 가을에 팔백 명이나 북해도 탄광에 보내고, 근 2천 원 돈이 들어왔다우."

노동자 모집원이라는 자는 입의 침이 마르게 천 원, 2천 원을 신이 나서 뇌며 목욕탕 속에서 나왔다. (중략)

"그래 조선 농군들이 가서, 그런 공사일을 잘들 하나요?"

"잘하구 못하는 것은 내가 상관할 것 무엇 있으소마는, 하여간 요보는 말을 잘 듣고 힘드는 일을 잘 하는 데다가, 임은(賃銀)이 헐하니까 안성맞춤이지. ……그야 처음 데려갈 때에는 품 삯도 많고, 일은 드러누워서 떡 먹기라고 푹 삶아야 하긴 하지만, 그래도 갈 노자며, 처자까지 데리고 가게 하고, 게다가 빚까지 갚아 주는 데야 제아무런 놈이기로 안 따라나설 놈이 있겠소. 한번 따라나서기만 하면야, 전차(前借)가 있는데 그야말로 독 안에 든 쥐지. 일이 고되거나 품이 헐하긴 고사하고 굶어 뒈진다기루 하는 수 있나, 하하하." — 염상섭, 《만세전》

나 일제는 식민지배 전 시기를 통해 자신들의 필요에 따라 조선인 노동자의 특질을 분석하고 그에 따른 노무관리의 방향을 제시했다. 그 변화를 다음과 같이 정리할 수 있다.

조선인 노동자의 특질과 노무관리의 논리 변화 양상

시기 구분	핵심 논리	조선인 혹은 노동자의 특성	주요 효과
식민지 초기 (3·1운동 전후)	동화(同化)의 논리	• 조선민족의 열등성 강조 • 종속적, 순종적 • 불결한 민족, 무지함	• 조선 지배의 정당화 • 미개한 민족의 계몽, 교육 필요를 정당화
1920, 30년대	생산성의 논리	• 게으름, 시간관념 희박 → 낮은 생산성 • 책임감 결여, 부화뇌동, 지속성이 없음 → 높은 이직률 • 도벽, 반항심 • 무위도식의 습성 • 단순 육체노동자로서의 적합성–농촌 출신 → 기계공업에 적합하지 않은 사람들	• 저임금, 장시간 노동의 불가피성 합리화 • 철저한 노동통제, 감시 의 불가피성 합리화 • 교육훈련의 필요성 제시 • 차별적 대우의 합리화
전시체제기	노동력 동원 논리 → 황민화와 능률거양	• 행위의 의미를 인식하지 못함 → 작업의지 약화, 낮은 생산성 • 근로멸시의 풍습, 내방첩거의 관습	• 의미 부여를 위해 황민 화의 박차 요구 • 일본인 경영자들의 조 선인 노동자관과 노무 관리 방식의 변화 요구 • 국가적 요청으로서 노 동자의 동원 독려

– 김진균 외, 《근대주체와 식민지 규율권력》

다 2009년 10월 30일, 일제강점기 근로정신대 출신 할머니들과 시민단체 관계자 10여 명이 서울 대치동 퍼시픽타워 앞에 모였다. 그들은 이 빌딩 9층에 입주한 미쓰비시중공업 한국사무소를 겨냥해 '금요시위'를 개최했다. 벌써 37회째 한 주도 빠짐없이 이어온 항의의 외침. "64년이라는 엄청난 세월 동안 단 한 번도 사죄나 보상을 언급하지 않았다. 정말 분하고 가슴이 찢어진다!", "전범기업 미쓰비시는 역사 뒤에 숨지 말고 징용 피해자들이 살아 있는 동안 도의적 책임을 다하라!" 결기 어린 표정으로 미쓰비시 사무실 문을 두드렸다. 그러나 아무런 대답도 없었고 문도 열리지 않았다. (중략)

세계적 대기업 미쓰비시는 일제 시기 과연 무슨 일을 저질렀던가? 그리고 명백한 피해자인 이 할머니들에게 왜 사과하고 보상하지 않는가? 태평양전쟁을 전후해 일본 대기업들이 어떤 행태를 보였는지 자체가 한국사회에서 공론화된 적이 없었음을 절감했다. 지금까지 피해자들은 무력했고, 그 외 국민들은 무지한 채로 세월을 흘려보냈던 것이다.

라 베를린 장벽이 붕괴된 후 나치 정권의 피해자들은 독일 전 지역을 자유롭게 오가며 자신이 당했던 피해를 이야기했다. 홀로코스트뿐 아니라 강제노동에 대해서도 다시 살펴봐야 한다는 여론이 독일 사회에 확산됐고, 피해자들은 소송을 제기하기 시작했다. 1996년, 독일 연방 헌법재판소는 개인이 강제노동에 관한 보상을 청구할 수 있다고 판결을 내렸다. 개인의 청구권이 인정받은 것이다. (중략) 독일 정부와 기업은 각각 기금 창설을 구상했다. 그리고 이는 독일 정부의 '나치 강제노동을 위한 보상' 구상과 통합되어 지금의 EVZ(Erinnerung, Verantwortung, Zukunft, '기억, 책임 그리고 미래')로 이어졌다. (중략) EVZ는 독일의 종전 보상관련 법률에 따라 보상을 받지 못한 나치 정권의 피해자에게 보상금을 지급했다. 약 15,000여 명이 평균 4,000유로(약 600만 원), 최고 100만 유로(약 15억 원)를 지급받았다.

1_ 제시문 가 에서 드러나는 조선인에 대한 노동력 착취 양상을 말해 봅시다.

2_ 제시문 나, 다 를 참고하여, 일제강점기에 일본이 조선 노동자를 모집한 방법과 그 목적을 말해 봅시다.

3_ 제시문 라 를 참고하여, 제시문 다 에 나타난 문제를 해결할 수 있는 방안을 말해 봅시다.

Step_4 타자(他者)로 남은 여성

일제강점기는 근대적 여성 관념이 형성되는 과도기이기도 했습니다. 그러나 머리채를 잘라 단발을 하고 치마저고리 대신 양장을 했다고 '신여성'이 되는 것은 아니었습니다. 《만세전》에 등장하는 여성들의 모습을 살펴보고, 진정한 '신여성'에 대해 생각해 봅시다.

가 죠선의 유지각한 녀인네들은 당당한 권리를 뺏기지 말고 아모쪼록 학문을 배와 사나이들과 동등이 되며 사나이들이 못하는 사업을 할 도리를 하여 보기를 바라노라. (중략) 이제 이천만 동포형제가 각각 개명한 신식을 좇아 행할세 엇지하여 구습에 빠져 있나뇨. 이목구비와 사지오관 육체가 남녀가 다름이 있는가. 엇지하야 병신 모양으로 사나이의 벌어주는 것만 앉져 먹고 평생을 심규에 처하여 남의 절제만 밧으리오. (중략) 이제 우리도 타국과 같이 여학교를 설시하고 각각 여아들을 보내여 각종 재주를 배워 다음에 여중군자들이 되게 하올차로 방장 여학교를 설시하오니 유지한 우리 동포형제 여러 부녀 중 영웅호걸님들은 각각 분발한 마음을 내어 우리 학교 회원에 드시려거든 곧 착명하시기를 바라옵니다.   – 〈독립신문〉, 1896. 09.

나–1 "아가, 아가! 서방님 왔다. 애, 애, 일본서 서방님 왔어……."

혼수상태에 있던 병인은 눈을 슬며시 뜨고 시어머니의 얼굴을 바라다보고 나서 곁에 섰는 나를 물끄러미 쳐다보고, 까맣게 탄 입술을 벌리고 생그레 웃는 듯하더니, 깔딱 질린 눈에 눈물이 글썽글썽해지며 외면을 한다. 두꺼운 이불을 덮은 가슴이 벌렁거리며 괴로운 듯이 흑흑 느낀다. (중략)

"……난, 나는 죽는 사람이에요. 하, 하지만 저 중기만은……." (중략)

시집이라고 왔어야 나하고 살아 본 동안이 날짜로 따져도 며칠이 못 될 것이다. 내가 열셋, 당자가 열다섯에 비둘기장 같은 신랑방을 꾸몄으니까 10년 동안이나 시집살이를 한 셈이다. 그러나 내가 열다섯 살에 일본으로 도망하였으니까 실상은 부부라고 말뿐이다. 섣달 그믐날에 시집온 색시가 정월 초하룻날에 앉아서 시집온 지 이태나 되었다는 셈밖에 안 된다.

"그러나 하는 수 없지 않아요. 그것도 제 팔자니까."

어머니께서 불쌍하다고는 우시고 우시고 할 때마다, 나는 냉정히 이렇게 대답을 하였다.

나–2 "건넌방에서두 나와 보라지!"

하며 형수를 쳐다본다. 형수는 암말 안 하고 섰더니,

"애! 너 가서, 건넌방 어머니 오라구 해라."

하며 딸을 시켰다. 나는 어리둥절하여,

"건넌방 어머니가 누구예요?"

하며 형수를 쳐다보았으나 머리에는 즉각적으로 어느 생각이 떠올랐다. 형수는 애를 써서 헛
웃음을 입가에 띠고 잠자코 말았다.

　"네게는 이야기를 한다면서도 우환두 있구 해서 자연 이때껏 알리지를 못하였다만, 작은형
　수가 하나 생겼단다."
하며 형님이 웃었다. 단 형제가 사는 집안에 작은형수라는 말도 우습지만, 나는 대개 짐작하면
서도,

　"작은형수라니요?"
하고 되물으니까, 윗목에 섰던 형수가,

　⊙"그동안에 난 죽었답니다."
하며 풀 없는 웃음을 일부러 보였다. 형수는 그동안에 유난히 늙은 것 같았다.

다-1 비단 나뿐 아니라 어떠한 손님이든지, P자와 친숙한 사람도 나중에는 정자에게로 빼앗
기는 모양이었다. 그러나 정자가 고등여학교를 3년이나 수업하였다는 것, 소설이나 잡지 권
을 탐독한다는 것이, P자로서는 경앙(景仰)하는 동시에 한손 접히는 것이다. (중략)

　나는 짐을 멀쩡히 꾸려 놓고, 가방 속에서 나온 정자의 편지를 다시 한번 펴보고 쪽 찢어서
아궁이에 내다 버렸다. 초상 중에 온 것을 잠깐 보고 넣어 두었던 것이지만, 다시 자세히 보니
까 암만해도 학비를 대달라거나 어떻게 같이 살아 보았으면 하는 의사를 은근히 비쳤다. 어떻
든 경도의 고모 집으로 온 것은 카페에 있는 것보다 훨씬 낫다고 생각해 보았다.

다-2 "계집이 둘이라니요?"
　"아, 그 을란가 하는 미친년의 학비를 대어 주지 않나?" (중략)
　"그래 정말 학비를 대나요?"
　"정말이지 거짓말일까. 아마 올 1년 동안은 댔나 보데. 한 달에 30원씩은 대나 보데."
하면서, 언젠지 찾아갔더니 편지를 보았다는 이야기까지 하여 들려주었다.
　"그전부터 대주는 사람이 있는데 그건 또 웬일인구? 얌체 빠진 계집년이로군……."
하며 나는 속으로 웃었다.
　그 이튿날 무슨 생각이 났던지 병화 집 형수가 을라를 데리고 왔다.
　"어제 저기 오셨더라지요. 오늘 아침 차에 들어와서 동무 집에 짐을 두고 놀러 갔다가 끌려
　왔습니다."
하며 묻기도 전에 발뺌을 한다.
　"그래, 병화 형님은 만나셨소?"
하며 을라는 말끝을 흐리고 고개를 숙여 버렸다. 팔뚝에 감은 조그만 금시계를 보고 나는 무
심코 눈을 찌푸렸다.

- 염상섭, 〈만세전〉

1_ 제시문 가 에서 제시하는 당대 여성상을 말해 봅시다.

2_ 제시문 나-2의 밑줄 친 ㉠을 참고하여, 전통적 여성상을 평가해 봅시다.

3_ 제시문 가 에서 제시하는 여성상을 기준으로 제시문 나 ~ 다 에 등장하는 여성들을 평가해 봅시다.

Step_5 이인화의 각성

현해탄을 건너 동경에서 서울로 온 이인화는 여러 인물들을 만나면서 조선의 현실을 목도(目睹)하게 됩니다. 이인화의 현실 인식이 어떻게 변화하는지 살펴봅시다.

가 ㉠나는 그 소위 우국지사는 아니다. 자기가 망국 민족의 일 분자라는 사실은 자기도 간혹은 명료히 의식하는 바요, 따라서 고통을 감하는 때가 없는 것은 아니나, 이때껏 망국 민족의 일 분자가 된 지 벌써 7년 동안이나 되는 오늘날까지는, 사실 무관심으로 지냈고, 또 사위가 그러하게, 나에게는 관대하게 내버려 두었었다. 도리어 소학교 시대에는, 일본 교사와 충돌을 하여 퇴학을 하고, 사립학교로 전학을 한다는 등, 순결한 어린 마음에 애국심이 비교적 열렬하였지만, 차차 지각이 나자마자 동경으로 건너간 뒤에는, 간혹 심사 틀리는 일을 당하거나, 1년에 한 번씩 귀국하는 길에, 하관에서나 부산·경성에서 조사를 당할 때에는 귀찮기도 하고 분하기도 하지만 그때뿐이요, 그리 적개심이나 반항심을 일으킬 기회가 적었었다. (중략) 그러나 1년 2년 세월이 갈수록, 나의 신경은 점점 흥분해 가지 않을 수가 없었다. 이것을 보면 적개심이라든지 반항심이라는 것은, 보통 경우에 자동적 이지적이라는 것보다는 피동적, 감정적으로 유발되는 것이다. 다시 말하면 일본 사람은, 소소한 언사와 행동으로 말미암아, ㉡조선 사람의 억제할 수 없는 반감을 비등케 한다.

나 인생이 어떠하니 인간성이 어떠하니 사회가 어떠하니 해야, 다만 심심파적으로 하는 탁상의 공론에 불과한 것은 물론이다. 아버지나, 그렇지 않으면, 코빼기도 보지 못한 조상의 덕택으로, 글자나 얻어 배웠거나 소설 권이나 들춰 보았다고, 인생이니 자연이니 시니 소설이니 한대야 결국은 배가 불러서, 포만의 비애를 호소함일 따름이요, 실인생, 실사회의 이면의 이면, 진상의 진상과는 아무 계관도 연락도 없을 것이다. 그러고 보면 내가 지금 하는 것, 이로부터 하려는 일이 결국 무엇인가 하는 의문과 불안을 느끼지 않을 수가 없었다. '일 년 열두 달 죽도록 애를 쓰고도, 반년짝은 시래기로 목숨을 이어 나가지 않으면 안 되겠으니까…….' 하는 말을 들을 제, 그것이 과연 사실일까 하는 의심이 날 만치, 나는 귀가 번쩍하였다.

다 "실상은 쉬운 일이에요. 나도 이번에 가서 해오면 세 번째나 되오마는, 내지의 각 회사와 연락해 가지고, 요보들을 붙들어 오는 것인데……. 즉 조선 쿠리[苦力] 말씀요. 노동자요." (중략)

나는 여기까지 듣고 깜짝 놀랐다. 그 가련한 조선 노동자들이 속아서, 지상의 지옥 같은 일본 각지의 공장으로 몸이 팔려 가는 것이, 모두 이런 도적놈 같은 협잡 부랑배의 술중(術中)에 빠져서 그러는구나 하는 생각을 할 제, 나는 다시 한 번 그자의 상판때기를 쳐다보지 않을 수 없었다.

라 나는 선실로 들어갈 생각도 없이 으스름한 갑판 위에, 찬바람을 쐬어 가며 웅숭그리고 섰었다. 격심한 노역과 추위에 피곤하여 깊은 잠에 들어가는 항구는, 소리 없이 암흑 속에 누웠을 뿐이요, 전시(全市)의 안식을 지키는 야광주는, 벌써부터 졸린 듯이 점점 불빛이 적어 가고 수효가 줄어 가면서 깜박깜박 졸고 있다. 나는 인간계를 떠나서 방랑의 몸이 된 자와 같이, 그 불빛의 낱낱이 어떠한 평화로운 가정의 대문을 지키고 있으려니 하는 생각을 할 제, 선뜩선뜩하게 별보다도 점점 멀리 흐려 가는 불빛이 따뜻이 보였다. 나의 머릿속은 단지 혼돈하였을 뿐이요, 눈은 화끈화끈할 뿐이다.

외투 포켓에다가 두 손을 찌르고 어느 때까지 우두커니 섰는 내 눈에는, 어느덧 뜨끈뜨끈한 ⓒ눈물이 비어져 나와서, 상기가 된 좌우 뺨으로 흘러내렸다. 찬바람에 산뜩산뜩 스며들어 가는 것을, 나는 씻으려고도 안 하고 여전히 섰었다.　　　　　　　　　 – 염상섭, 《만세전》

1_ 제시문 가 의 밑줄 친 부분에서 주인공이 ㉠에서 ㉡으로 변화하게 되는 사건을 말해 봅시다.

2_ 제시문 나 와 제시문 다 에 나타난 주인공의 의식을 비교해 말해 봅시다.

3_ 제시문 라 의 밑줄 친 ⓒ의 의미를 추론하여 말해 봅시다.

Step_6 묘지 같은 현실

이인화는 동경으로 가는 길에 식민지 조선의 현실 앞에서 무기력한 사람들의 모습을 보고 탄식합니다. 이인화의 시각으로 당대 조선의 상황을 이해해 봅시다.

가-1 조선 와서 보아야 술이나 먹고 흐지부지하는 것밖에는 할 일이라고는 없는 것 같기도 하지만, 생각하면 조선 사람이란 무엇에 써먹을 인종인지 모르겠다. 아침에도 한잔, 낮에도 한잔, 저녁에도 한잔, 있는 놈은 있어 한잔, 없는 놈은 없어 한잔이다. 그들이 찰나적 현실에서 벗어나는 것은 그들에게 무엇보다도 가치 있는 노력이요, 그리하자면 술잔 이외에 다른 방도와 수단이 없다. 그들은 사는 것이 아니라 산다는 사실에 질질 끌려가는 것이다. 무덤으로 끌려간다고나 할까? 그러나 공동묘지로는 끌리는 것이다. 'To live'가 아니라, 'To compel to live'이다. 능동이 아니라 피동이다. 그들에게 과거에 인생관이 없고 이상이 없었던 것과 같이 현재에도 또한 그러하다. 그들은 자기의 생명이 신의 무절제한 낭비라고 생각한다. 조선 사람에게서 술잔을 뺏는다면 아마 그것은 그들에게 자살의 길을 교사(敎唆)하는 것이다.

가-2 "홀뿌리거나 요보라고 하거나 천대는 받을 때뿐이지요만, 머리나 깎고 모자를 쓰고 개화장이나 짚고 다녀 보슈. 가는 데마다 시달리고 조금만 하면 뺨따귀나 얻어맞고, 유치장 구경을 한 달에 한 번쯤은 할 테니! 당신네들은 내지나 능통하시지요? 하지만 우리 같은 놈이야 맞으면 맞았지 별수 있나요! 허허허." (중략)

이러한 모든 것에 만족하는 것이 조선 사람의 가장 유리한 생활 방도요, 현명한 처세술이다.

가-3 "그런 데 상관을 마시래도 한사코 왜 다니신단 말요? 모두 반 미친놈들이 모여서 협잡질들이나 하고 남한테 시빗거리만 장만하면서…… 공연히 김의관이 들쑤셔서 내서 엄벙뗑하고 돈푼이라두 갚아먹으려고 그러는 것을 그걸 왜 짐작을 못허서?"

"내가 아나? 평의원이라는 직함 바람에 다니시는 게지, 허허허. 그런데 중추원 부찬의라두 하나 생길 줄 아시는지도 모르지."

나 몇천 몇백 년 동안 그들의 조상이 근기 있는 노력으로 조금씩조금씩 다져 놓은 이 토지를, 다른 사람의 손에 내던지고 시외로 쫓겨 나가거나 촌으로 기어들어 갈 제, 자기 혼자만 떠나가는 것 같고, 자기 혼자만 촌으로 기어가는 것 같았을 것이다. 땅마지기나 있던 것을 까불려 버리고, 집 한 채 지녔던 것이나마 문서가 이 사람 저 사람의 손으로 넘어 다니다가, 변리에 변리가 늘어서 내놓고 나가게 될 때라도, 사람이 살려면 이런 꼴도 보고 저런 꼴도 보는 것이지 하며, 이것도 내 팔자소관이라는 안가한 낙천이나 단념으로 대대로 지켜 내려오던 제 고향을 등지고 문밖으로 나가고 산으로 기어들 뿐이요, 이것이 어떠한 세력에 밀리기 때문이거나 혹은 자기가 견실치 못하거나 자제력과 인내력이 없어서 깝살리고 만 것이라는 생각은 꿈에도 없다. 그리하여 천 가구면 천 가구에서 한 집쯤 줄었어야, 다만 '아무개네는 이번에 아무데로 이사를 간다네' 하고 그야말로 동릿집 이야기 삼아, 저녁밥 후의 인사 대신으로 주고받을 뿐이요, 어떠한 사정이 어떻게 되어서 한 가구가 주는지 그 내막이야 아무도 모를 것이다.

다 '이 방 안부터 여부없는 <u>공동묘지</u>다. 공동묘지에 있으니까 공동묘지에 들어가기를 싫어하는 것이다. 구더기가 득시글득시글하는 무덤 속이다. 모두가 구더기다. 너도 구더기, 나도 구더기다. 그 속에서도 진화론적 모든 조건은 한 초 동안도 거르지 않고 진행되겠지! 생존 경쟁이 있고 자연도태가 있고 네가 잘났느니 내가 잘났느니 하고 으르렁댈 것이다. 그러나 조만간 구더기의 낱낱이 해체가 되어서 원소가 되고 흙이 되어서 내 입으로 들어가고 네 코로 들어갔다가, 네나 내나 거꾸러지면 미구에 또 구더기가 되어서 원소가 되거나 흙이 될 것이다. 에잇! 뭬져라! 움도 싹도 없어져 버려라! 망할 대로 망해 버려라! 사태가 나든지 망해 버리든지 양단간에 끝장이 나고 보면 그중에서 혹은 조금이라도 쓸모 있는 나은 놈이 생길지도 모를 것이다.'

– 염상섭, 《만세전》

1_ 제시문 **가** 를 읽고, 인물들이 현실을 대하는 모습을 평가해 봅시다.

....

....

....

....

2_ 제시문 **다** 에서 이인화가 현실을 공동묘지라고 한 이유를 말해 봅시다.

....

....

....

....

Step_7 신생!

근대적 주체로서의 이인화의 내면을 살펴보고, 그가 말하는 '신생'의 의미를 파악해 봅시다.

가 과거의 단절은 자신의 존재적 기반과의 결별을 의미하기에, 이인화에게는 '나'의 존재를 새롭게 정립하는 것이 무엇보다 중요하다. 모든 것을 부정함으로써 나의 존재를 정립하려는 것은 데카르트 이후의 근대적 사고에 기반하는 것으로 '나'라는 개체성의 발견은 근대 서양 사상의 핵심이다. 나의 존재의 확실성이 나 이외의 다른 어떤 것이나 외적 관계로 얻어지는 것이 아니라, 바로 나 자신의 구체적인 사유 활동을 통해서 확보된다는 믿음은 세계의 중심에 내가 위치하고 나의 관점에서 세계를 파악하려는 개인주의, 자기중심주의의 발로이다. 이인화가 전근대적인 사회나 제도에 대해 보이는 강한 부정은 결국 독립된 개체로서 나를 발견하기 위한 몸부림이다. 이러한 측면에서 이인화는 근대적 인물이며 개인주의적이고 자기중심적인 인물로 볼 수 있다.

나 이인화가 전근대적 사회와 봉건적 구습에 대해 보내는 시선은 냉혹하다. 문제는 이인화의 시선에서 조선 전체가 모두 전근대적 사회와 봉건적 구습으로 표백되어 비춰진다는 점이다. 이인화가 느끼는 조선에 대한 부정적 이미지는 상당부분 가족의 모습을 통해 구체화되는데, 이들은 모두 불합리하고 봉건적 구태에서 조금도 벗어나지 못하고 있는 것으로 비춰진다. 서울로 올라오는 기차 안에서 조선인들의 모습을 보면서 느끼는 이인화의 감정 역시 같은 맥락에서 이해해야 한다. 그것은 혐오감과 경멸감 그리고 연민 등이 뒤섞인 복합적인 감정인데, 이는 그가 조선인이면서 다른 조선인들과는 다른 근대인이라는 우월감에 기반한 자의식 때문이다. 이런 시선에 노출된 조선은 한마디로 희망을 찾을 수 없는 절망적 공간이다. 그렇다면 조선을 바라보는 이인화의 냉혹한 시선은 본래 그의 것인가. 이인화의 시선은 기본적으로 다중적이다. 그의 내면에는 ㉠조선인의 시선, ㉡근대인의 시선, ㉢제국의 시선 등이 혼재하고, 그것들이 상황에 따라 카메라 렌즈에 필터를 끼우듯 선택적으로 작용된다. 피식민지인이면서 식민국에서 서양의 근대 교육을 받은 이인화에게 다중적 시선은 필연적 결과이고 그가 분열적 존재로 규정되는 근거이기도 하다.

다 나의 주위는 마치 공동묘지 같습니다. 생활력을 잃은 백의의 민(民)─망량(魍魎) 같은 생명들이 준동하는 이 무덤 가운데에 들어앉은 지금의 나로서 어찌 '꽃의 서울'을 꿈꿀 수가 있겠습니까? 눈에 띄는 것, 귀에 들리는 것이 하나나 나의 마음을 보드랍게 어루만져 주고 기분을 유쾌하게 돋우어 주는 것은 없습니다. 이러다가는 이 약한 나에게 찾아올 것은 아마 질식밖에 없겠지요. 그러나, 그것은 방순한 장미 꽃송이에 파묻혀서 강렬한 향기에 취하는 벌레의 질식이 아니라 대기와 절연한 무덤 속에서 구더기가 화석(化石)하는 것과 같은 질식이겠지요.

정자양!

그러나 나는 스스로를 구하지 않으면 안 될 책임이 있는 것을 깨달았습니다. 스스로의 길을 찾아내고 개척하여 나가지 않으면 안 될, 자기 자신에게 스스로 부과한 의무가 있는 것을 깨달았습니다. 나의 처는 기어코 모진 목숨을 끊었습니다. 그러나 그는 결코 죽었다고는 생각할 수 없습니다. 왜 그러냐 하면 그 남편 되는 나에게, '너 스스로를 구하여라! 너의 길을 스스로 개척하라!' 는 귀엽고 중한 교훈을 주고 가기 때문이올시다. 과연 그렇습니다. 그는 나에게, 그의 일생 중에 제일 유정하여야 할 터이면서도 제일 무정하게 굴던 나에게 이러한 교훈을 남겨 주고 이 세상을 떠났습니다. 그것을 생각하면 그는 결코 죽었다고는 생각할 수 없습니다. 그의 육체는 흙에 개가하였으나, 그리함으로 말미암아 정신으로는 나에게 영원히 거듭 시집왔다고 하겠지요. 그뿐 아니라, 그는 나의 단 하나의 씨[種子]를 남겨 주고 갔습니다. 유일이 아니라 단일이외다. 나는 그 씨를 북돋아서 남보다 낫게 기를 의무와 책임을 느낍니다. 물론 나는 장래에 나에게 분배가 돌아오리라고 예상하는 재산의 반분을 제공하는 조건으로 우리 종가에 양자로 주기를 자청하였지만, 그것은 형식과 물질이 문제요 근본적 내면과 소질에 있어서는, 그의 행복에 대한 전 책임을 질 의무가 의연히 나에게 있다고 나는 굳세게 명심합니다.

정자양!

아까도 내가 왜 귀국을 하였던가 하는 생각을 해보고 자기의 어리석은 것을 스스로 비웃어 보았습니다. 그리하여 오늘 밤으로라도 곧 떠나려고 결심까지 한 터이외다. 그러나 이러한 모든 생각을 해보면 여기에 온 것이 결코 무의미하였다고는 생각할 수 없습니다. 사실 이번에 와서 처를 잃고 갑니다. 그러나, 나는 잃고 가는 것이 아니라 얻고 간다고 생각 않을 수 없습니다. 어떻든 우리는 우리의 길을 찾아서 나가십시다. 사(死)라는 것이 멸망을 의미하든 영생을 의미하든 어떠한 지수를 가리키든 그것은 우리로서 조금도 간섭할 권리가 없겠지요. 우리는 다만 호흡을 하고 의식이 남아 있다는 명료하고 엄숙한 사실을 대할 때에 현실을 정확히 통찰하여 스스로의 길을 힘있게 밟고 굳세게 살아 나가야 할 자각만을 스스로 자기에게 강요함을 깨달아야 할 것이외다.

정자양!

이제 구주의 천지는 그 참혹하던 도륙도 증언을 고하고 휴전조약이 완전히 성립되지 않았습니까? 구주의 천지, 비단 구주 천지뿐이리요, 전 세계에는 신생의 서광이 가득하여졌습니다. 만일 전체의 알파와 오메가가 개체에 할 수 있으면 신생이라는 광영스러운 사실은 개인에게서 출발하여 개인에 종결하는 것이 아니겠습니까. 그러면 우리는 무엇보다도 새로운 생명이 약동하는 환희를 얻을 때까지 우리의 생활을 광명과 정도로 인도하십시다. 당신은 실연의 독배에 청춘의 모든 자랑과 모든 빛과 모든 힘을 무참하게도 빼앗겼다고 우시지 않았습니까. 그러나 오는 세계에는 그러한 한숨을 용납할 여지가 없겠지요……. 가슴을 훨씬 펴고 모든 생의 힘을 듬뿍이 받으소서.

— 염상섭, 《만세전》

1_ 제시문 가 에서 드러나는 근대적 인물의 특징을 말해 봅시다.

....

....

....

2_ 제시문 나 에서 말하는 ㉠조선인의 시선, ㉡근대인의 시선, ㉢제국의 시선의 근거를 작품에서 찾아 말해 봅시다.

....

....

....

....

....

3_ 제시문 다 에서 이인화가 주장하는 '신생'의 의미를 다음 글을 참고로 구체화하여 말해 봅시다.

> 대저 근대 문명의 정신적 모든 수확물, 가장 본질적이요 중대한 의의를 가진 것은, 아마 자아의 각성 혹은 그 회복이라 하겠다. 실로 근대인의 특색이 이에 있고, 가치가 이에 있으며, 금일의 모든 문화적 성과가 이에서 출발하였다 하여도 결코 과언이 아닐 것이다.
>
> — 1922. 04. 염상섭, 《개벽》 22호

....

....

....

Step_8 작품의 결말과 시대상

《만세전》의 시대적 배경을 참고하여, 동경으로 돌아가는 이인화를 평가해 봅시다.

가 ㉠그날이 오면, 그날이 오며는
　　　삼각산이 일어나 더덩실 춤이라도 추고,
　　　한강물이 뒤집혀 용솟음칠 그날이
　　　이 목숨이 끊기기 전에 와주기만 할 양이면,
　　　나는 밤하늘에 나는 까마귀와 같이
　　　종로의 인경을 머리로 들이받아 울리오리다.
　　　두개골이 깨어져 산산조각이 나도
　　　기뻐서 죽사오매 오히려 무슨 한이 남으오리까.

　　　그날이 와서, 오오, 그날이 와서
　　　육조 앞 넓은 길을 울며 뛰며 뒹굴어도
　　　그래도 넘치는 기쁨에 가슴이 미어질 듯하거든
　　　드는 칼로 이 몸의 가죽이라도 벗겨서
　　　커다란 북을 만들어 들쳐 메고는
　　　여러분의 행렬에 앞장을 서오리다.
　　　우렁찬 그 소리를 한번이라도 듣기만 하면,
　　　그 자리에 꺼꾸러져도 눈을 감겠소이다.

　　　　　　　　　　　　　　　　　　　　　　– 심훈, 〈그날이 오면〉

나 나는 편지를 써가지고 시계를 꺼내 본 뒤에 형님에게 받은 3백 원이 든 지갑을 넣고 우편국으로 총총히 달아났다.

　정거장에는 김천 형님, 큰집 형님, 병화 내외, 을라 등 다섯 사람이 나왔다. 을라는 물론 입도 벌리지 않고 우두커니 섰고, 병화 내외도 플랫폼의 보꾹에 매달린 시계만 쳐다보며 선하품을 하고 섰었다. 그러나 병화의 얼굴에는 그렇게 보아서 그런지 안심했다는 듯한 화평한 기색이 도는 것 같았다.

　차가 떠나려 할 때 큰집 형님은 승강대에 선 나에게로 가까이 다가서며,

　"내년 봄에 나오면, 어떻게 다시 성례를 해야 하지 않니? 네겐 무슨 심산이 있니?"
하며 난데없는 소리를 하기에,

　"겨우 무덤 속에서 빠져나가는데요? 따뜻한 ㉡봄이나 만나서 별장이나 하나 장만하고 거드럭거릴 때가 되거든요……!"
하며 나는 웃어 버렸다.

　　　　　　　　　　　　　　　　　　　　　　– 염상섭, 《만세전》

다 지금은 남의 땅—빼앗긴 들에도 ⓒ봄은 오는가?

나는 온 몸에 햇살을 받고 / 푸른 하늘 푸른 들이 맞붙은 곳으로
가르마 같은 논길을 따라 꿈속을 가듯 걸어만 간다.

입술을 다문 하늘아 들아 / 내 맘에는 나 혼자 온 것 같지를 않구나!
네가 끌었느냐, 누가 부르더냐, 답답워라, 말을 해다오.

바람은 내 귀에 속삭이며, / 한 자욱도 섰지 마라, 옷자락을 흔들고.
종다리는 울타리 너머 아씨같이 구름 뒤에서 반갑다 웃네.

고맙게 잘 자란 보리밭아. / 간밤 자정이 넘어 내리던 고운 비로
너는 삼단 같은 머리를 감았구나. 내 머리조차 가뿐하다.

혼자라도 가쁘게나 가자.
물 마른 논을 안고 도는 착한 도랑이
젖먹이 달래는 노래를 하고, 제 혼자 어깨춤만 추고 가네.

나비, 제비야, 깝치지 마라. / 맨드라미, 들마꽃에도 인사를 해야지.
아주까리 기름을 바른 이가 지심 매던 그 들이라 다 보고 싶다.

내 손에 호미를 쥐어다오.
살진 젖가슴과 같은 부드러운 이 흙을
발목이 시리도록 밟아도 보고, 좋은 땀조차 흘리고 싶다.

강가에 나온 아이와 같이, / 짬도 모르고 끝도 없이 닿은 내 혼아,
무엇을 찾느냐, 어디로 가느냐, 웃어웁다, 답을 하려무나

나는 온몸에 풋내를 띠고, / 푸른 웃음, 푸른 설움이 어우러진 사이로,
다리를 절며 하루를 걷는다. 아마도 봄 신령이 지폈나 보다.

그러나 지금은—들을 빼앗겨 봄조차 빼앗기겠네.   — 이상화, 〈빼앗긴 들에도 봄은 오는가〉

1_ 제시문 **가** 의 밑줄 친 ⓐ의 의미를 말해 봅시다.

....

....

2_ 제시문 가 의 입장에서 제시문 나 의 ⓛ과 제시문 다 의 ⓒ을 각각 비교하여 말해 봅시다.

....

....

....

....

3_ 다음 글은 동경으로 떠난 이인화의 향후에 대해 상반된 예측을 하고 있습니다. 다음의 두 가지 주장 중 하나를 선택하여 토론해 봅시다.

주장 1 새롭게 살겠다는 결의를 한 이인화에게, 정신적 무덤인 조선을 빠져나가는 것은 당연한 일일 수 있다. 그렇다면 동경으로 돌아간 후의 삶 역시 과거와 달라질 수밖에 없다. 이인화는 이전과 달리 죽은 아내를 비롯한 가족과 민족에 대한 애착을 가지게 되었으며 근대적 지식인으로서 '나'를 발견할 수 있었기 때문이다. 그러므로 이인화는 외견상 일본으로 떠나고 있지만 실질적으로는 조선으로 돌아오고 있는 것이다.

주장 2 이인화는 현실의 모든 상황을 '무덤'으로 인식하고 있다. 그의 무덤 탈출 의식은 서울의 체류가 주는 고뇌와 번민에서 온 것이다. 그의 고뇌란 숨이 막힐 것처럼 내리누르는 조선 현실의 미개화 상태에서 기인하는 것이다. 아내의 죽음 이후 그를 속박하고 있던 끈(아내와 자식 문제 및 재산 분배 문제)을 다 끊어 버림으로써 그는 이제 자유의 몸이 되었고, 그래서 무덤에서 겨우 벗어났다고 할 수 있는 것이다.

....

....

....

논술문제

1_ 제시문 **가** 와 **나** 의 주인공들이 보이는 현실 인식 태도를 비교하고, 그에 대한 자신의 견해를 논술해 봅시다. (800자 내외)   ■ 1998 고려대 기출 응용

가 "글쎄 그두 그렇지만 너두 앞일을 생각하면 그럴 수야 있니. 그뿐 아니라 저편 처지가 말 못되었으니까, 사람 하나 구하는 셈치고 어떻든 데려온 것이지."

하며 형님은 변명을 하였다. 나는 그 이상 더 말할 필요가 없다고 생각하면서도, 사람 하나 구한다는 말이 귀에 거슬리기에, 밖에서 듣지 않도록 일본말로 반대를 하기 시작했다. (중략)

"진정한 사랑은 그 사람의 행복을 비는 마음에서 나오는 것이요, 그 사람의 생활을 지배하고 운명의 진로까지를 간섭하는 것은 아니겠지요. 그러니까 사람이 사람을 구(救)한다는 것은 잠월(潛越)한 말이요, 외형으로는 아름다우나 사실상으로는 공허한 말이겠지요."

형님은 나의 말을 음미하듯이 정신을 차리고 가만히 듣고 앉았다가,

"구한다는 사실이 이 세상에 없다 하면, 너부터 굶어 죽을라! 그는 고사하고 여기 어린아이가 우물로 기어들어 가면 너두 쫓아가서 붙들겠구나?"

하며 형님은 웃으며 나를 쳐다보았다. (중략)

"죽으면 묻을 데가 없을까 봐서 그러세요. 공동묘지는 고사하고 화장을 하든 수장을 하든 상관없는 일이 아닌가요? 아버지께서는 공연히 그런 걱정을 하시지만, 이 바쁜 세상에 그런 걱정까지 하는 것은 생각해 볼 일이지요."

나는 이렇게 핀잔을 주고 눈살을 찌푸렸다.

"공연히가 무에 공연히란 말이냐?"

형님은 눈을 똑바로 뜨고 나를 꾸짖고 나서 말을 이었다.

"너도 지각이 났으면 생각을 해보렴. 총독부에서 공동묘지 제도를 설정한 것은 잘되었든 못 되었든 하는 수 없이 쫓아간다 하더라도, 대대로 내려오는 자기의 선영이 남의 손에 들어가게 되고 게다가 앞길이 멀지 않으신 늙은 부모가 계신데, 불행한 일이 있는 날에는 어떻게 한단 말이냐? 그래 아버님 어머님 산소를 공동묘지에다가 모신단 말이 될 말이냐? 자식 된 도리는 그만두고라도 남이 부끄러워서 어떡한단 말이냐. 계수만 하더라도 만일에 불행한 경우를 당하면 어떻든 작은 산소 아래다가 써야지, 여기저기 뿔뿔이 흐트러져 있으면 그게 무슨 꼬락서니란 말이냐?"

– 염상섭, 《만세전》

나 어느 날 저녁에 독고준은 자기 방에서 달이 지난 미국 잡지 〈애틀랜틱〉을 읽고 있었다. 아프리카 특집인 그 호를 읽으면서 준은 여러 가지 생각을 했다.

거기에는 아프리카 사회의 여러 문제를 다루면서 아프리카의 조각도 소개하고 있었다. 그리고 그곳 작가의 단편도 실려 있었다. 그 중에서도 아프리카 명물인 정글의 짐승들이 점점 수가 줄어간다는 기사는 아주 착잡한 감정을 자아냈다. 다른 글과 모두어서 읽어볼 때, 거기에는 '새 아프리카'가 있었다. 준의 머릿속에 있는 아프리카에서는 대체로 사자와 코끼리가 걸어 다니고 흰 수렵 모자를 쓴 백인 탐험가가 총을 들고 걸어가는 앞뒤로 활과 창을 가진 토인들이 따르고 있었다. 그러나 잡지에 따르면 백인들은 사냥만 한 것도 아니고 토인들도 맨발 벗고 사냥 안내만 하고 있는 것도 아니었다.

그것은 스탠리와 리빙스턴 그리고 슈바이처와 헤밍웨이의 아프리카가 아니고 아프리카인의 아프리카였다. 서구의 문명과 침공을 받고 괴로워하면서, 자기 조종을 하고 있는, 역사 있는 전통사회의 모습이었다. 낡은 것과 새 것, 애착과 결의, 해체되어 가는 가족제도와 도시인의 고독, 전통종교와 기독교의 사이에서 방황하는 사람들의 사회가 있었다. 준은 어떤 부끄러움을 느꼈다. 그의 머릿속에 있는 아프리카상은 서양 사람들의 눈에 비친 것이었다. 영화와 소설과 신문이 제공한 그 이미지들은 그렇게 이해성이 없고 무책임한 것이었다. 그러나 아프리카 작가의 손으로 된 짤막한 단편소설에는 사랑이 있었다. 여행자로서는 결코 지닐 수 없는 그 공간에 발붙인 사랑이 있었다. 그 주인공은 다름 아닌 그, 독고준이었다. 거기에는 대륙과 대륙을 넘어선 공감이 있었다. 아프리카를 다룬 어느 서양 사람의 소설에서도 느끼지 못한 동시대성을 느끼는 것이었다.

여덟 페이지에 실린 아프리카 조각의 사진 곁에는 피카소의 〈댄서〉라는 작품을 실어 놓고 놀라운 유사성을 보라고 주를 달고 있다. 피카소가 이 조각을 보았을까? 혹은 우연의 일치일까? 페이지마다 넘기면서 본 그것은 이십 세기 서양 미술의 원형에 틀림없었다. 그는 요 먼저 미술사를 읽을 때 그런 대목을 읽은 것 같았다. 준의 머리는 헷갈려졌다. 아프리카의 경우 이것은 정통이다. 서양에서는 같은 내용이 전위(前衛)가 된다. 그는 본문을 읽어 보았다. 거기에 필자는 쓰고 있었다. 피카소, 브라크, 블라맹크, 마티스가 니그로 예술에서 색채와 구성과 환상을 얻었다. 그렇다면 아프리카의 현대 화가는 어떤 그림을 그릴까? 반대로 그들은 다빈치와 루벤스에게서 색채와 원근법과 환상을 받고 있을까? 희극이다. 그러나 약간은 슬픈 희극이다.

– 최인훈, 〈회색인〉

2_ 제시문 가~라의 화자의 태도를 비교하고 혼란기 지식인의 바람직한 모습에 대한 자신의 생각을 서술해 봅시다. (1,000자 내외) ■ 2011 고려대·2006 이화여대 기출 응용

가 서양의 풍기를 쓸어내는 일이 시급합니다. 서양의 사술(邪術)은 비상(砒霜)이나 짐새의 독과 같아서 한번 입에 가까이하면 오장이 파열되고 온몸의 맥이 들끓어 다시는 구제할 길이 없습니다. 서양 오랑캐들이 사람들 사이에 하루를 섞여 있으면 하루의 화가 있고, 이틀을 섞여 있으면 이틀의 화가 있습니다. 그런데 십수 년 이래로 세도(世道)가 날로 어두워지고 정형(政刑)이 날로 해이해져서 괴상한 모양의 선박들이 강해(江海) 주변을 왕래하는데도 관리들이 검문하지 않고, 도깨비 같은 자들이 계곡 사이에 몰려 있는데도 관리들이 잡아들이지 않은 채 날이 가고 달이 바뀌니, 그 무리가 점점 번성하게 되었습니다.

저들이 험난한 길을 거쳐 우리나라에까지 온 이유는 물화를 교역하여 생계로 삼고 이를 통해 장차 우리를 유인하여 교류의 계제로 삼으려는 것입니다. 신이 살펴보건대, 저들이 들여오는 물건이라고 하는 것은 거의 모두 기괴한 기술로 마음을 현혹하고 풍속을 해치는 도구일 뿐, 민생의 일용에 도움이 되는 것이 아닙니다. 온 나라 사람들이 저들의 음식을 먹고 저들의 옷을 입으며 저들의 물건을 사용하면서 저들의 학술과 문화는 끊고자 한다면 그것이 가능하겠습니까? 그러니 서양 물건은 저들이 공납(貢納)한다 해도 받아서는 안 되거늘 하물며 우리 백성들의 의식(衣食)의 자원을 몰래 끌어다가 서양 물건들과 바꿔서야 되겠습니까?

우리 백성은 오랫동안 순박한 풍속을 지키며 전통을 보전하여 왔습니다. 그런데 서양 오랑캐들이 이처럼 제멋대로 왕래하고 물건을 팔며 민간에 섞여 거처하게 된 이래, 온 백성이 곤궁해지고 나라는 나라가 아니게 되었으며 예의의 민족이 재화와 여색에 달려들게 되었습니다. 서양 오랑캐는 사람 꼴을 한 금수(禽獸)입니다. 그들은 부자, 군신, 부부, 장유의 질서와 예악, 문물, 절의, 복식의 융성함을 등에 박힌 가시나 눈에 생긴 못처럼 여깁니다.

우리가 쇠약해진 틈을 타서 방자하게 호령하기를, '어찌 너희의 거추장스러운 복식을 버리고 남녀 상하의 구분을 없애서 우리의 간편함을 따르지 않느냐'고 합니다. 처음에는 주저하던 우리 백성들도 점차 예의와 염치를 버리고 문란하게 휩쓸려 저들의 문화에 부화뇌동하고 있습니다. 결국은 저들이 우리를 돼지로 길러 거세해도 성낼 줄 모르고, 소로 길러 코를 뚫어도 아무렇지도 않게 여기게 될 것이니, 천성이 바뀌어 관습이 되어 버리기 때문입니다. 이러고서 어찌 온 천하가 금수로 변하지 않을 수 있겠습니까?

엎드려 바라옵건대, 하루속히 엄중한 금령을 선포하여, 지금 이후로는 서양 물건을 집에서 쓰거나 저자에서 파는 자는 모두 중벌을 받게 하여서 저들의 문화가 전파되는 길을 끊고 민생의 근본을 넉넉하게 하소서. 애군우국(愛君憂國)의 간절함을 이기지 못하여 성명(聖明)에 힘입어 죽음을 무릅쓰고 아룁니다. 통촉하소서.

— 최익현, 〈병인의소(丙寅擬疏)〉및 〈서양대집서실(書梁大集書室)〉 재구성

나 1919년 3월 2일 일요일. 여느 때처럼 교회에서 예배를 보았다. 거리는 흰옷을 입은 사람들로 북적거렸다. 오후에 찾아온 한 신문 기자에게 내 입장을 분명히 밝히기 위해 최근에 조선 청년들에게 해 왔던 주장을 거듭 강조했다. (1) 조선의 독립 문제는 파리강화회의에 상정될 기회가 없을 것이다. (2) 유럽의 열강이나 미국이 조선 독립을 지지해 일본을 자극할 만큼 그렇게 어리석지는 않다. (3) 설령 독립이 주어진다고 하더라도, 우리는 독립에 의해서 이득을 볼 준비를 갖추지 못했다. (4) 약소민족이 강성한 민족과 함께 살아야 한다면, 자기 보호를 위해 그들의 호감을 사야 한다. (5) 학생들의 이 어리석은 소요는 무단 통치를 연장시킬 뿐이다. 만약에 거리를 누비며 만세를 외쳐서 독립을 얻을 수 있다면, 이 세상에 남에게 종속된 국가나 민족은 하나도 없을 것이다.

　　　　　　　　　　　　　　　　　　　　　　　　　　　　　　　　－《윤치호 일기》

다 내정독립이나 참정권이나 자치를 운동하는 자가 누구이냐?

　너희들이 '동양평화' '한국독립보전' 등을 담보한 맹약이 묵도 마르지 아니하여 삼천리 강토를 집어먹던 역사를 잊었느냐? '조선인민 생명 재산 자유 보호' '조선인민 행복증진' 등을 신명(申明)한 선언이 땅에 떨어지지 아니하여 이천만의 생명이 지옥에 빠지던 실제를 못 보느냐? 삼일운동 이후에 강도 일본이 또 우리의 독립운동을 완화시키려고 송병준, 민원식 등 매국노 한둘을 시키어 이따위 광론을 부름이니, 이에 부화하는 자는 맹인이 아니면 어찌 간적(奸賊)이 아니냐. 설혹 강도 일본이 과연 막대한 도량이 있어 개연(慨然)히 차등의 요구를 허락한다 하자, 소위 내정독립을 찾고 각종 이권을 찾지 못하면 조선민족은 일반의 아귀(餓鬼)가 될 뿐이 아니냐. 참정권은 획득한다 하자, 자국의 무산계급의 혈액까지 착취하는 자본주의 강도국의 식민지 인민이 되어 몇몇 노예대의사(奴隷代議士)의 선출로 어찌 아사의 화를 구하겠느냐. 자치를 얻는다 하자, 그 가종의 자치임을 물문(勿問)하고 일본이 그 강도적 침략주의의 간판인 '제국'이란 명칭이 존재하는 이상 그 부속 하에 있는 조선인민이 어찌 구구한 자치의 허명(虛名)으로써 민족의 생존을 유지하겠느냐.

　설혹 강도 일본이 돌연히 불보살이 되어 일조(一朝)에 총독부를 철폐하고 각종 이권을 다 우리에게 환부(還付)하며, 내정외교를 다 우리의 자유에 맡기고 일본의 군대와 경찰을 일시에 철환(撤還)하며, 일본의 이주민을 일시에 소환하고 다만 허명의 종주권만 가진다 할지라도 우리가 만일 과거의 기억이 전멸하지 아니하였다 하면 일본을 종주국으로 봉대(奉戴)한다 함이 '치욕'이란 명사를 아는 인류로는 못할지니라. 일본 강도 정치 하에서 문화운동을 부르는 자는 누구이냐? 문화는 산업과 문물의 발달한 총적(總積)을 가리키는 명사니, 경제약탈의 제도 하에서 생존권이 박탈된 민족은 '그 종족의 보전'도 의문이거든 하물며 문화발전의 가능성이 있으랴.

　쇠망한 인도족, 유태족도 문화가 있다 하지만 일(一)은 금전의 힘으로 그 선조의 종교적 유업을 계속함이며, 일(一)은 그 토지의 넓음과 인구의 많음으로 상고(上古)의 자유 발달한 그

여택(餘澤)을 지키고 보존함이니, 어디 모기와 등에같이, 승냥이와 이리같이 인혈을 빨다가 골수까지 깨무는 강도 일본의 입에 물린 조선 같은 데서 문화를 발전 혹 보존한 전례가 있더냐? 검열, 압수 모든 압박 중에 몇몇 신문잡지를 가지고 '문화운동'의 목탁으로 자오(自鳴)하며, 강도의 비위에 거스르지 아니할 만한 언론이나 주창하여 이것을 문화발전의 과정으로 본다 하면 그 문화발전이 도리어 조선의 불행인가 하노라. 이상의 이유에 거하여 우리는 우리의 생존의 적인 강도 일본과 타협하려는 자(내정독립, 자치, 참정권논자)나 강도 정치 하에서 기생하려는 주의를 가진 자(문화운동자)나 다 우리의 적임을 선언하노라. (중략)

강도 일본의 구축(驅逐)을 주장하는 가운데 또 아래와 같은 논자들이 있으니 제일은 외교론이다. 이조 오백년 문약(文弱)정치가 '외교'로써 호국의 장책(長策)을 삼아 더욱 그 말기에 더욱 심하여 갑신 이래 유신당, 수구당의 성쇠가 거의 외원(外援)의 유무에서 판결되었다. 위정자의 정책은 오직 갑국(甲國)을 끌어들여 을국(乙國)을 제함 외에 선택의 여지가 없었고 그 의존의 습성이 일반 정치 사회에 전염되었다. 즉 갑오, 갑신 양 전역에 일본이 누 십 만의 생명과 누 억 만의 재산을 희생하여 청, 노 양국을 물리고 조선에 대하여 강도적 침략주의를 관철하려 하는데 우리 조선의 '조국을 사랑한다, 민족을 건지려 한다.' 하는 이들은 일검(一劍) 일탄(一彈)을 우매하고 탐욕스러우며 난폭한 한 관리나 국적(國賊)에게 던지지 못하고 공함(公函)이나 열국(列國) 공관에 던지며 장서(長書)나 일본 정부에 보내어 국세의 고약(孤弱)을 애소하여 국가존망, 민족사활의 대 문제를 외국인, 심지어 적국인이 처분·결정하기만 기다리었도다. 그래서 '을사조약', '경술합병' 곧 '조선'이란 이름이 생긴 뒤 몇 천 년만의 처음 당하던 치욕에 조선민족의 분노적 표시가 겨우 하얼빈[哈爾賓]의 총, 종현(鐘峴)의 칼, 산림유생의 의병이 되고 말았도다.

아! 과거 수십 년 역사야말로 용자(勇者)로 보면 침 뱉고, 욕할 역사가 될 뿐이며, 인자로 보면 상심할 역사가 될 뿐이다. 그리고도 망국 이후 해외로 나아가는 모모지사들의 사상이 무엇보다도 먼저 '외교'가 그 제1장 제1조가 되며, 국내 인민의 독립운동을 선동하는 방법도 미래의 일미(日美)전쟁, 일로(日露)전쟁 등 기회(機會)가 거의 천편일률의 문장이었고, 최근 3·1운동에 일반인사의 '평화회의, 국제연맹'에 대한 과신(過信)의 선전이 도리어 이천만 민중의 분용(奮勇)전진의 의기를 타소(打消)하는 매개가 될 뿐이었도다.

제2는 준비론이니, 을미조약의 당시에 열국공관에 빗발 듣듯하던 종이쪽으로 넘어가는 국권을 붙잡지 못하며, 정미년의 해아밀사도 독립회복의 복음을 안고 오지 못하매 이에 차차 외교에 대하여 의문이 되고 전쟁 아니면 안 되겠다는 판단이 생기었다. 그러나 군인도 없고 무기도 없이 무엇으로써 전쟁하겠느냐? 산림유생들은 춘추대의에 성패를 불계(不計)하고 의병을 모집하여, 아관대의(峨冠大衣)로 지휘의 대장이 되며, 산양포수의 화승대(火繩隊)를 몰아가지고 조·일전쟁의 전선에 나섰지만 신문쪽이나 본 이들 — 곧 시세를 짐작한다는 이들 — 은 그리할 용기가 아니 난다.

이에 '금일 금시로 곧 일본과 전쟁한다는 것은 망발이다. 총도 장만하고 돈도 장만하고 대포도 장만하고 장관이나 사졸감까지라도 다 장만한 뒤에야 일본과 전쟁한다.' 함이니 이것이 이른바 준비론 곧 독립전쟁을 준비하자 함이다. 외세의 침입이 더할수록 우리의 부족한 것이 자꾸 감각(感覺)되어, 그 준비론의 범위가 전쟁 이외까지 확장되어 교육도 진흥해야겠다, 상공업도 발전해야겠다, 기타 무엇무엇 일체가 모두 준비론의 부분이 되었었다.

경술국치 이후 각 지사들이 혹 서북간도의 삼림을 더듬으며, 혹 시베리아의 찬바람에 배부르며, 혹 남북경으로 돌아다니며, 혹 미주나 하와이로 돌아가며, 혹 경향(京鄕)에 출몰하여 십여 년 내외각지에서 목이 터질 만치 '준비! 준비!'를 불렀지만 그 소득이 몇 개 불완전한 학교와 실력 없는 회(會)뿐이었었다. 그러나 그들의 성력(誠力)의 부족이 아니라 실은 그 주장의 착오이다. 강도 일본이 정치 경제 양방면으로 구박을 주어 경제가 날로 곤란하고 생산기관이 전부 박탈되어 의식(衣食)의 방책도 단절되는 때에 무엇으로 어떻게 실업을 발전하며, 교육을 확장하며, 더구나 어디서 얼마나 군인을 양성하며, 양성한들 일본 전투력의 백분지 일의 비교라도 되게 할 수 있느냐? 실로 한바탕 잠꼬대가 될 뿐이로다. 이상의 이유에 의하여 우리는 '외교' '준비' 등의 미몽을 버리고 민중 직접 혁명의 수단을 취함을 선언하노라. (중략)

조선민족의 생존을 유지하자면 강도 일본을 구축(驅逐)할지며, 강도 일본을 구축하자면 오직 혁명으로써 할 뿐이니, 혁명이 아니고는 강도 일본을 구축할 방법이 없는 바이다.

– 신채호, 〈조선혁명선언(의열단 선언문)〉(1923)

라 '이 방 안부터 여부없는 공동묘지다. 공동묘지에 있으니까 공동묘지에 들어가기를 싫어하는 것이다. 구더기가 득시득시글하는 무덤 속이다. 모두가 구더기다. 너도 구더기, 나도 구더기다. 그 속에서도 진화론적 모든 조건은 한 초 동안도 거르지 않고 진행되겠지! 생존경쟁이 있고 자연도태가 있고 네가 잘났느니 내가 잘났느니 하고 으르렁멜 것이다. 그러나 조만간 구더기의 낱낱이 해체가 되어서 원소가 되고 흙이 되어서 내 입으로 들어가고 네 코로 들어갔다가, 네나 내나 거꾸러지면 미구에 또 구더기가 되어서 원소가 되거나 흙이 될 것이다. 에잇! 뒈져라! 움도 싹도 없어져 버려라! 망할 대로 망해 버려라! 사태가 나든지 망해 버리든지 양단간에 끝장이 나고 보면 그중에서 혹은 조금이라도 쓸모 있는 나은 놈이 생길지도 모를 것이다.' (중략)

"내년 봄에 나오면, 어떻게 다시 성례를 해야 하지 않니? 네겐 무슨 심산이 있니?"
하며 난데없는 소리를 하기에,

"겨우 무덤 속에서 빠져나가는데요? 따뜻한 봄이나 만나서 별장이나 하나 장만하고 거드럭거릴 때가 되거든요……!"
하며 나는 웃어 버렸다.

– 염상섭, 《만세전》

작품해설

염상섭의 《만세전》 고찰

– 강송석

I. 서론

횡보 염상섭은 1919년에 시 〈삼광송〉, 평론 〈정사의 작과 이상적 결혼을 보고〉를 〈삼광(三光)〉 제2호에 발표하며 등단했다. 이후 타계할 때까지 소설 150여 편, 평론 100여 편, 수필 50여 편 그 밖에 잡문 등으로 500여 편이나 되는 작품을 남기는 왕성한 창작활동을 펼쳤다. 염상섭이 춘원이나 동인보다는 훨씬 시공간적으로 구체적인 현실관을 마련하고 자연주의와 사실주의의 길을 모색하고 대성하였다는 평은 차치하더라도, 그는 분명히 일제강점기의 한국문학을 확충해온 대표 작가로 볼 수 있다.

그는 〈표본실의 청개구리〉를 발표한 이후 연속적으로 〈암야〉〈제야〉 등 이른바 초기 3부작을 발표하게 된다. 초기 3부작에서는 1920년대 초반의 젊은 지식인이 어떻게 고민하는가를 보여주는 데 주력한다. 미치거나 미치기 직전에 이르도록 고뇌하는 지식인의 모습을 나타내고 있지만, 인물들의 고뇌하는 모습을 보여주는 데 그친다. 우리는 그 모습을 통해 등장인물들이 지닌 드높은 이념이 좌절되었기 때문에 고뇌하고 또한 이념을 좌절시킨 주체가 현실임을 짐작할 수는 있다. 그러나 그 현실의 실체가 구체적으로 드러난 것은 아니었다. 인물들이 미숙한 이상을 토로하듯 작가가 자신의 이념을 토로하는 데 급급하여 형상화의 미숙성을 드러냈다고 말할 수 있다.

초기 3부작에서 나타나는 이념 과다 현상을 극복하고 그 이념이 설득력을 획득할 수 있었던 작품이 《만세전》이다. 《만세전》은 염상섭 자신이 편집에 참여한 잡지 〈신생활〉에 '묘지'란 이름으로 처음 발표하게 된다. 1922년 7월호부터 9월호까지 3회에 걸쳐 연재되었으나 3회분은 전면 삭제되어 햇빛을 보지 못한다. 그러나 1924년 4월 6일부터 6월 7일까지 〈시대일보〉에 《만세전》으로 59회에 걸쳐 다시 연재함으로써 세상에 나오게 된다.

《만세전》이 초기 3부작과 다르게 설득력을 획득할 수 있었던 것은 당대의 구체적인 현실을 작품에 끌어들임으로써 가능한 일이었다. 이 소설은 1920년대 한국 근대 소설의 전개 과정에서 매우 중요한 위치를 차지하고 있다. 당시 우리 문학의 지배적 풍조였던 낭만주의나 계몽주의 어디에도 치우치지 않고 현실의 모습을 비교적 객관적으로 그려낸 수작으로 평가받고 있기 때문이다.

《만세전》은 평범한 일본 유학생이 귀국 후 다양한 사건을 겪으면서 민족의 현실을 자각하는 과정을 통해 식민지 조선의 여러 모습을 냉철하고 꼼꼼하게 그려냈다. 주인공이자 관찰자인 이인화가 동경 → 부산 → 김천 → 영동 → 대전 → 서울의 여로에서 목격하고 관찰하고 분석한 일제강점기 조선의 현실 제시를 주된 골격으로 하고 있다. 이 작품의 가치는 3·1운동 직전의 현실을 얼마나 정확하게 제시하고 있으며 작품 속 현실 인식 태도가 얼마나 정당한가에 의해 결정되어야 한다.

《만세전》에는 일제강점기 무단 통치의 포악상과 경제수탈 현상이 점경적으로 묘사되어 있다. 폭력적 헌병통치, 수탈의 가혹화, 남부여대(男負女戴)하고 북간도로 쫓겨 가는 백의인(白依人)의 무리, 비인간적인 혹사, 비열하고 얼뜬 조선인의 무자각 상태, 일인들의 간교함 등을 읽을 수 있다. 주인공 이인화 앞에 나타나는 현실은 무단 정치의 포악과 경제적 수탈로 말미암은 궁핍화 현상만이 아니다. 민족적 자아의 각성을 이루지 못한 못난 조선인의 행위 역시 구역질이 나는 현실이다. 게다가 구도덕에 사로잡혀 있는 가정이라는 것 역시 타파되어야 할 대상이다.

주인공이 의식하는 현실—일제의 무단 포악과 가혹한 수탈 정책, 무자각 상태로 취생몽사(醉生夢死)하는 조선 민중, 구태의연한 가족제도, 을라로 표상되는 부박한 신여성, 김의관으로 대표되는 친일 군상 등—이 주인공으로 하여금 3·1운동 직전인 1918년의 상황을 묘지로 인식하게 한다. 《만세전》은 당대 현실의 의미 있는 사항을 하나도 빼놓지 않고 정공법으로 표출하고 있으면서도 소설적 형상화에 성공한 작품이라고 할 수 있을 것이다. 또한, 기미년의 거족적 독립운동에 실패하고 한민족의 쓰라린 과거를 안은 채 암울한 앞날을 바라보면서 울부짖는 한 청년의 사회 관찰 기록이라고 볼 수 있다.

《만세전》은 염상섭의 초기 문학 활동을 대표할 뿐만 아니라, 한국 최초의 중편소설로서 이 시기 우리나라 소설을 대표하는 작품이라고 평가할 수 있다. 그런 이유로 염상섭과 그의 동시대 소설을 이해하는 데 빠뜨릴 수 없는 작품이다.

II. 시대적 배경

"조선에 만세가 일어나기 전해의 겨울이었다."로 시작되는 《만세전》은 총 8장으로 되어 있다. 아내가 위독하다는 전보를 받은 이인화가 일본 동경에서 출발하여 신호, 배 안, 부산, 김천, 영동, 대전, 서울을 거쳐 아내의 장례를 치르고 다시 동경으로 돌아오는 과정을 다룬다. 서울로 가는 동안 보고, 듣고, 관찰하며 자신의 생각을 따라가는 여로형 구조이지만, 동경에서 출발하여 서울로, 서울에서 다시 동경으로 되돌아가는 원점회귀형 여로라고 볼 수도 있다.

작품의 줄거리를 바탕으로 정리해 보면, 제1장은 동경에서 아내가 위독하다는 소식을 듣고 기차를 타기까지이고, 제2장은 동경에서 신호, 그리고 하관에서 관부 연락선을 타기까지이다. 제3장은 부산으로 가는 연락선 안이며, 제4장은 연락선이 부산에 도착해서 부산 거리에 잠시 머물 때이며, 제5장은 부산에서 기차를 타고 김천, 대전, 서울역까지 가는 여로이고, 제6장은 서울역에서 집까지, 제7, 8장은 서울에서 머무는 동안과 아내의 장례를 치르고 서울을 떠나서 동경으로 향하게 되는 부분이다. 여기에서는 여로에 따르는 공간이 아주 중요하게 나타난다.

여로를 통한 시간은 구체적으로 드러나 있지 않다. 동경에서 신호까지 일박, 부산으로 가는 연락선에서 일박, 김천서 서울까지 하루가 걸리며, 서울에 도착해서 삼사일은 집구석에서 그럭저럭 세월을 보냈다는 표현에서 보듯 확실한 표현을 쓰지 않는다. 이는 작품 구성이 시간보다는 공간의 이동을 통해서 조선의 현실과 이인화의 내면 의식을 보여주기 때문이라고 할 수 있다. 이러한 구조를 통해 이인화는 다양한 인물들과 만나게 된다. 등장인물을 살펴보면 이인화, 부친, 김의관, 차지영감, 김천형, 모친, 종형, 병화, 을라, 아내, 누나, P자, 갓장수, 역부, 두 청년, 젊은 여인, 혼혈아 등 20명이 넘는다.

여러 등장인물 중에서 유의미한 인물은 적다. 주인공 이인화와 김천에 있는 친형, M헌에 있는 여급 정자, 이렇게 네 사람만이 나름대로 성격을 뚜렷이 부여받고 실제로 행동하는 구체적인 인물로 보고 있으며 그 외 아내, 종형, 병화, 을라, P자, 모친, 누이동생, 두 명의 형수 등은 보조적인 인물이라고 볼 수 있다. 김의관 및 여러 형사, H교수, X, 여급 혹은 기생들, 갓장수 등은 각기 인물의 성격을 제시하기보다는 소설적 장치를 위해 등장시킨 인물에 가깝다고 할 수 있다.

하지만 염상섭은 주인공 이인화의 성격 탐구보다는 일제강점기라는 당시의 암울한 사회상과 인물의 삶을 제시하는 데 중점을 두었기 때문에 한 번밖에 등장하지 않는 인물이라 하더라도 당시 사회를 이해하고 서민들의 삶의 모습을 이해하는 데 중요한 역할을 하고 있다.

1. 당대의 현실

이인화는 동경에서 아내가 위독하다는 급전을 받고 동경에서 여정을 보내는 동안은 일제강점기 조선의 현실을 제대로 보지 못한다. 귀국하기 위해 하관에서 배를 타고 조선으로 건너가려는 순간부터 조선의 실재를 보고 들으면서 일제강점기 조선의 실상을 파악한다.

공장, 도로, 전차, 자동차, 우체국, 병원 등과 같은 근대적 제도들은 오히려 일본의 경제적 수탈과 착취를 보다 효과적으로 수행할 수 있도록 도와주는 것이며, 일본의 이득을 위해 일방적으로 강요된 근대성은 결국 제국주의의 도구로 식민지 삶을 파괴하는 역할을 한다. 이런 차원에서 보면 이인화가 동경에서 서울까지 가는 여로상의 이동 수단인 배와 기차는 중요한 의미를 지닌다고 볼 수 있다. 배와 기차는 물자를 실어 나르는 수단이며 또한 근대적인 약탈의 수단이라고 볼 수 있다.

실제 이인화는 배를 타고 부산으로 가는 도중에 일본인들의 대화를 엿듣게 되면서 조선의 현실을 인식하게 되고, 기차를 타고 서울로 가면서 핍박받는 조선인들을 만나게 된다. 연락선 안의 목욕탕에서 일본인들의 대화를 들으며 그는 차츰 조선의 현실을 알게 된다.

"실상은 쉬운 일이에요. 나도 이번에 가서 해오면 세 번째나 되오마는, 내지의 각 회사와 연락해 가지고, 요보들을 붙들어 오는 것인데……. 즉 조선 쿠리[苦力] 말씀요. 노동자요. 그런데 그것은 대개 경상남북도나, 그렇지 않으면 함경, 강원, 그다음에는 평안도에서 모집을 해야 하지만, 그 중에도 경상남도가 제일 쉽습니다. 하하하."
그자는 여기 와서 말을 끊고 교활한 듯이 웃어 버렸다. (중략)
"왜 남선 지방에 응모자가 많고 북으로 갈수록 적은고 하니, 이 남쪽은 내지인이 제일 많이 들어가서 모든 세력을 잡기 때문에, 북으로 쫓겨서 남만주로 기어들어 가거나, 남으로 현해탄을 건너서거나 두 가지 중에 한 가지 길밖에 없는데, 누구나 그늘보다는 양지가 좋으니까, '제미 붙을, 일 년 열두 달 죽도록 농사를 지어야 주린 배를 불리긴 고사하고 반년짝은 강냉이나 시래기로 부증이 나서 뒈질 지경이면, 번화한 대판, 동경에 가서 흥청망청 살아 보겠다.' 수작으로, 나두 나두 하고 청을 하다시피 해오는 터인데, 그러나 북선 지방은 인구도 적거니와 아직 우리 내지인의 세력이 여기같이는 미치지를 못했으니까, 비교적 그놈들은 편안히 살지만, 그것도 미구에는 동냥 쪽박을 차고 나서게 되리다. 하하하." (중략)
"그래 조선 농군들이 가서, 그런 공사일을 잘들 하나요?"
"잘하구 못하는 것은 내가 상관할 것 무엇 있소마는, 하여간 요보는 말을 잘 듣고 힘드는 일을 잘 하는 데다가, 임은(賃銀)이 헐하니까 안성맞춤이지. ……그야 처음 데려갈 때에는 품삯도 많고, 일은 드러누워서 떡 먹기라고 푹 삶아야 하긴 하지만, 그래도 갈 노자며, 처자까지 데리고 가게 하고, 게다가 빚까지 갚아 주는 데야 제아무런 놈이기로 안 따라나설 놈이 있겠소. 한번 따라나서기만 하면야, 전차(前借)가 있는데 그야말로 독 안에 든 쥐지. 일이 고되거나 품이 헐하긴 고사하고 굶어 뒈진다기루 하는 수 있나, 하하하."

위의 내용은 이인화가 직접 체험한 현실이 아니라 배 안, 목욕탕 안에서 일본인들의 대화를 듣게 되는 부분이다. 이 부분은 일회적인 현장성을 넘어서 일본제국주의의 식민지 수탈의 전형적인 국면을 폭로하는 뛰어난 구절 중의 하나이다. 일본인들의 이야기를 통해 본 조선 민중의 현실은 참혹하다고 할 수 있다. 일본인 협잡배들의 술수에 의해 조선의 힘없는 농민들은 일본의 각 지역으로 노동자로 팔려나간다. 내지인(일본인)들은 조선인을 대만의 생번보다도 못하다며 요보라고 낮추어 보고 있다. 이는 일본 자본이 일제강점기 조선에 침투하는 과정, 또 내부적으로 자본주의화

되면서 발생하는 농민이 도시의 노동자로 변화하는 이농현상 및 그에 따라 결국 매매의 대상까지 되어 버린 민중상 등의 당대 현실이 구체적으로 포착되고 있다.

또한 연락선이 부산에 도착하고 나서는, 부산 시가지의 모습이 이인화의 시각을 통해 나타난다. 그의 시각으로 본 부산 시가지의 모습은 당시 조선을 축사(縮寫)한 것이라고 할 수 있다. 부산의 팔자가 조선의 팔자고 조선의 팔자가 부산의 팔자라고 여기는 그의 눈으로 당시 조선의 상황이 부산을 통해 아주 자세하게 그려진다.

이 부산 거리에는 조선의 모습이 보이지 않는다. 전찻길이 나고 이층집이 들어섰지만 한참을 돌아다녀 보아도 조선의 가옥을 찾을 수가 없다. 거리를 나다니는 사람들을 보면 조선 사람이 반수 이상을 차지하는데도 거리에는 일본인들의 신축건물이 날로 늘어만 간다. 이인화가 결국 조선 사람에게 조선가옥의 위치를 물어본 후에야 찾을 수 있을 만큼 조선 사람들은 거리에서 밀려나고 있는 것이다.

큰 의문이 생기는 동시에 그 불쌍한 흰옷 입은 백성의 운명을 생각해 보지 않을 수 없다.

몇천 몇백 년 동안 그들의 조상이 근기 있는 노력으로 조금씩조금씩 다져 놓은 이 토지를, 다른 사람의 손에 내던지고 시외로 쫓겨 나가거나 촌으로 기어들어 갈 제, 자기 혼자만 떠나가는 것 같고, 자기 혼자만 촌으로 기어가는 것 같았을 것이다. 땅마지기나 있던 것을 까불려 버리고, 집 한 채 지녔던 것이나마 문서가 이 사람 저 사람의 손으로 넘어 다니다가, 변리에 변리가 늘어서 내놓고 나가게 될 때라도, 사람이 살려면 이런 꼴도 보고 저런 꼴도 보는 것이지 하며, 이것도 내 팔자 소관이라는 안가한 낙천이나 단념으로 대대로 지켜 내려오던 제 고향을 등지고 문밖으로 나가고 산으로 기어들 뿐이요, 이것이 어떠한 세력에 밀리기 때문이거나 혹은 자기가 견실치 못하거나 자제력과 인내력이 없어서 깝살리고 만 것이라는 생각은 꿈에도 없다. 그리하여 천 가구면 천 가구에서 한 집쯤 줄었어야, 다만 '아무개네는 이번에 아무 데로 이사를 간다네' 하고 그야말로 동릿집 이야기 삼아, 저녁밥 후의 인사 대신으로 주고받을 뿐이요, 어떠한 사정이 어떻게 되어서 한 가구가 주는지 그 내막이야 아무도 모를 것이다. 그뿐 아니라 천 가구에서 한 가구쯤 준대야, 남은 구백구십구 가구에 대해서는 별로 영향이 없을 것이요, 또 한 가구가 줄었는지 늘었는지조차 전연 부지(不知)로 있는 사람이 대부분일 것이다. 이같이 해 한 집 줄고 두 집 줄며 열 집 줄고 백 집 주는 동안에 쓰러져 가는 집은 헐려 어느 틈에 새 집이 서고, 단층집은 이층으로 변하며, 온돌이 다다미[疊]가 되고 석유불이 전등불이 된다.

조선 본래의 모습은 어디에도 보이지 않는다. 삶의 터전을 일본인에게 내어주고 구석으로만 들어가고 있기 때문이다. 위 내용은 《만세전》을 지배하는 사회적 의식의 면, 일제강점기화 과정의 집약적 표현이 될 수 있다. 즉, 이 작품은 전통적인 것과 근대적인 것, 조선적인 것과 일본적인 것, 밀려나는 것과 밀려드는 것이 대칭구조를 이루면서 희극적 상황과 비극적 상황이 교차하고 있는 것이다.

하지만 조선의 빈민화를 가속시키는 일본인들의 도래를 조선인들은 수탈의 일환으로 전혀 이해하지 못한다. 조선인들은 일본인들 덕분에 신문명을 향유할 수 있다고 생각하고 있다. 전등이 들어오고 전차가 다니게 되어 편리하다고 생각하고, 이층집이 늘고 양옥도 생기고 다다미가 편리하고 위생에도 좋다고 말하고 있다.

부산에 밀려든 신문물들이 누구의 소유이고 누구를 위한 것인지를 망각한 채 그것의 외관에 현혹되어 가옥과 전답을 날리고 빈민화를 재촉하는 악순환이 되풀이되는 동안에 조선인의 자기 상실은 심각한 국면에 접어든다. 결국 조선인의 경제적 수탈로 말미암은 빈자리를 비집고 들어오는 것은 일본인들이다. 누구의 이층집이요, 누구를 위한 위생이냐는 주인공의 반문을 통해, 조선인이 배제된 일제강점기 치하의 근대적 허구성에 대한 통렬한 비판을 보여준 것이라 볼 수 있다.

2. 권력계층의 삶

권력계층은 이인화의 가족으로 볼 수 있다. 그들은 조선시대의 가부장적 의식을 고수하고 소외계층과 반대로 친일적인 모습을 보이며 개인의 이익을 위해서만 살아가고 있다. 부친과 김의관은 봉건적 의식을 지닌 친일적 인물로 그려지고 있다. 김천 형님과 병화, 종형은 새로운 문물을 받아들인 개화인이라고 할 수 있지만, 역시 시류에 영합하고자 하는 인물이다.

먼저 부친의 인물됨을 살펴보면 다음과 같다.

삼사 일은 집구석에서 그럭저럭 세월을 보냈다. 아버지는 무슨 일이 그리 분주하신지 매일 아침만 자시면 김의관하고 나가셨다가 어슬어슬해서야 약주가 취해 들어오시기도 하고 친구를 한 떼씩 몰아 가지고 들어오시기도 하였다. 큰집 형님한테 들으니까, 요사이 동우회의 연종 총회가 있어서 그렇다 한다. (중략)

동우회라는 것은 일선인(日鮮人)의 무엇인가를 표방하고 귀족들을 중심으로 하고 전후 협잡꾼들이 모여서 바둑, 장기로 세월을 보내고 저녁때면 술추렴이나 다니는 회이다. 회의 유일한 사업은 기생 연주회의 후원이나 소위 지명지사(知名之士)가 죽으면 호상차지나 하는 것이다.

"요새 양의가 무어 안다던? 형두 그따위 소리를 하기에 죽여도 내 손으로 죽인다고 하였다 만……."
하며 역정을 내셨다. (중략)
"그 망한 놈의 횐지 무언지 좀 그만두고 어떻게 다잡아서 약이나 잘 쓸 도리를 하셨으면 아니 좋을까."
하며 어머니께서 원망을 하시는 소리도 들었다.

부친은 동우회에 속하여 기생연주회나 후원하고 소위 지명지사가 죽으면 호상차지나 하며 술타령하는 인물로 그려지고 있다. 또한 며느리가 산후 후유증으로 유종을 앓고 있는데도 총독부 병원을 거론하는 아들에게 한약이 제일이라고 고집하며 죽어도 제 손으로 죽인다고 하는 보수적이고 고집스러운 인물이다.

또, 김의관은 한일 합방 당시 일제의 정책에 동조하는 친일파적 협잡배로 볼 수 있다. 그는 부친의 집에 눌러 붙어서 매일 부친을 꾀어 함께 술타령이나 벌이면서 알량한 한의술로 죽어가는 이인화의 아내를 돌본다는 구실로 소일하는 의식없는 인물이다.

김의관은 서자작(徐子爵)이라는, 합방할 때까지 대각(臺閣)에 열(列)하여 합방에 매우 유공한 사람의 일긴(一緊)으로 그 서씨의 집을 얻어 들었는데, 서씨가 올 여름에 죽은 뒤에는 집까지 빼앗긴 모양이다. 그러나 그 대신으로 서자작이 하던 사업—이라야 별다른 게 아니라 장사집 호상차지하는 것이지만, 이것만은 대를 물려받았다 한다.

부친과 김의관은 앞뒤가 꽉 막힌 보수적 인물이며 일제강점기 현실에 적응하여 친일로써 삶을 살아가고 있다. 이들은 한결같이 봉건적이고 전근대적인 구습과 정신을 그대로 유지하면서도 어떤 점이 옳고 그른지 분별하지 못하는 친일적이고 자각이 없는 인물들이다. 이들은 관직의 획득이나 돈에 급급하면서도 무위도식하는 속물로, 일제강점기라는 한계상황에 대한 인식이 없이 허영에 들떠 자신들만 생각한다. 즉 당대에 대한 자각 없이 망국적 기풍만 조성하는, 주체성을 상실한 채 일제강점기 현실에 아무런 비판 없이 적응하는 인물이라 할 수 있겠다.

김천 형님은 소학교 선생으로, 매우 현실적인 인물로 그려지고 있다. 이인화가 형님에 대해 이야기를 하는 대목을 살펴보면 아래와 같다.

이 형님이라는 사람은 한학으로 다져 만든 촌생원님이나 신학문에도 그리 어둡지는 않을 뿐 아니라, 우리 집에는 없으면 안 될 사람이다. 부친이 합방 전후에, 거의 정치광, 명예광에 달떠서 경향으로 동분서주하며 넉넉지 않은 가산을 흐지부지 축을 내놓은 분수로 보아서는 지금쯤 내가 유학을 하기는 고사하고 밥을 굶은 지가 벌써 오랜 일이었겠지만, 얼마 안 남은 것을 이 형님이 붙들고 앉아서 바자위게 꾸려 나가기 때문에 이만큼이라도 부지를 하게 된 것이다. 다른 것은 그만두고라도 보통학교 훈도쯤으로 이천여 원 돈이나 모은 것을 보면 규모가 얼마나 짜인 사람인가를 상상하기에 어렵지 않을 것이다. 그러나 나로서는 존경하면서도 성미에 맞을 수는 없었다. 생각하면 우리 삼부자같이 극단으로 다른 길을 제각기 걸어 나가는 사람들은 없다. 세상에는 정치밖에 없다는 부친의 피를 받았으면서 보수적, 전형적 형님과 무이상(無理想)한 감상적, 유탕적 기분이 농후한 내가 태어났다는 것이 세상도 고르지 못한 아이러니다.

이를 살펴보면 형은 집안의 경제를 책임지고, 자신의 재산도 착실히 불릴 줄 알며, 집안의 후손을 이어주기 위해 둘째 아내를 들일 정도의 능력과 생활 감각을 갖춘 인물이다.

형님은 칠팔 년 전에 살 때와 비교하여서 거의 두세 곱이나 시세가 올랐다고 매우 좋아하는 모양이다. 나는 오늘 아침에 부산에서 본 광경을 생각하며,
"그야 다른 물가는 따라서 오르지 않았나요. 전쟁 이후에 어떤 것은 삼 배 사 배나 올랐는데요."
하고 대꾸를 하며 안으로 쫓아 들어갔다.

형에게 일본인 거리의 팽창은 재산 증식의 기회를 제공한다는 점에서 환영할 만한 것이다. 일본인의 침투를 기정사실로 인정하고 그것을 이용하여 이익을 얻겠다는 현실 인식 태도가 당연하다고 볼 수 있다. 강점기 현실에 대한 체념과 긍정이 단정적이면서도 자조적으로 나타나 있다. 자기가 사는 곳이 일본인 거리 중에서도 '중심지'

가 될 곳이라고 자위하는 데서 형의 현실수용 태도의 비극성은 가중된다.

형은 거리가 온통 일본인들의 무대로 변해가는 것은 어쩔 수 없는 현실이니 집값이나 높이 올라갔으면 좋겠다는 식으로 체념하며 현실에 빠르게 적응한다. 즉 비극적인 모든 것이 개인적이고 지상적인 삶이라는 본능의 차원으로 묻혀버리고 자신을 둘러싼 삶의 테두리가 더 큰 테두리 안에 속해 있음을 의식하지 못하는 것이다.

병화는 일본에서 대학을 나온 지식인으로 사회적으로는 출세하여 거드럭거리고 만족해하면서 소일하는 속물형 인간이다. 무지각적이며 무비판적인 나약한 지식인으로 명예와 현실적인 잇속만을 추구하며 자신의 처지를 과시하고 싶어 하는 허장성세형의 현실 타협적인 인물로 볼 수 있다.

병화는 매우 유쾌한 듯이 따라 웃다가,
"어쨌든 앉아요. 누가 양주를 한 병 선사를 했는데……."
하며 묻지도 않은 말을 끌어냈다. 아닌 게 아니라 한 동 올라간 덕에 집안 세간도 그전보다는는 모양이다.

종형은 가산을 탕진하고 하는 일도 없이 소일하는 현실 타협적 성격의 무자각적 속물이다.

정거장에 나왔던 사촌형이 들어와서,
"사랑에서 부르시네."
하며 이르고 자기 방으로 들어갔다. 이 형님은 종가(宗家)의 장남으로 태어난 덕에 일평생 손 하나 까딱하지 않고 우리 집에서 40년을 지내 왔다. 그러나 이 형님에게 자식이 없는 것이 집안의 큰 걱정거리란다.

종형은 집안의 종손이라는 유교제도하에서의 특권으로 말미암아 40년 동안이나 사촌 동생의 집에서 빈둥빈둥 놀면서 소일하는 삶에 대한 애착도 뚜렷한 목적의식도 없이 그럭저럭 살아간다. 이복동생인 병화가 주임대우를 받으면서도 용돈 한 푼 주지 않는다고 불평을 하는가 하면 그 동생이 학비를 대어준다고 소문이 나 있는 을라에게 욕설을 퍼붓기도 한다.

3. 소외계층의 삶

소외계층은 대부분 이인화가 서울로 가는 여로상에서 만나는 인물들로 소설적인 장치로서의 인물이 대부분이다. 일제강점기 현실에서 핍박을 받으며, 인간 이하의 삶을 살아가는 모습이거나 현실에 순응해서 친일적인 삶이나 일제의 체제에 따르려는 모습으로 드러난다.

친일적인 삶이나 체제에 순응하려는 삶의 모습은 분노를 느끼게 한다기보다는 오히려 연민의 모습으로 다가오기도 한다. 《만세전》에 나타난 이들은 일제에 의해 억압받고 착취당하면서 살아가는 일반적인 조선 사람이다. 갖은 모욕과 멸시를 받으면서도 삶을 영위하기 위해서 주체성이나 민족적 자존심 같은 것은 팽개쳐버리거나 핍박받는 인간형이다. 또한 이들을 통해 조선의 현실과 조선 민중의 현실을 적나라하게 드러나고 있다. 김천에서 만나게 되는 갓장수와 아기를 업은 여인이 바로 여기에 해당한다고 하겠다. 갓장수는 이인화가 서울로 오는 기차 안에서 만난 청년이다. 바보 노릇을 해서라도 학대를 덜 받으며 살 수 있다면 그렇게 해야 한다고 주장하는 인물이다.

> "웬걸요, 촌에서 머리를 깎으려면 더 폐롭고 실상 돈도 더 들죠. 게다가 머리를 깎으면 형장네들 모양으로 '내지어(內地語)'도 할 줄 알고 시체학문(時體學問)도 있어야지요. 머리만 깎고 내지 사람을 만나도 말대답 하나 똑똑히 못하면 관청에 가서든지 순사를 만나서든지 더 귀찮은 때가 많지요. 이렇게 망건을 쓰고 있으면 요보라고 해서 좀 잘못하는 게 있어도 웬만한 것은 용서를 해주니까, 그것만 해도 깎을 필요가 없지 않아요."

갓장수는 '공포, 경계, 미봉, 가식, 굴복, 도회' 등에 숨어 사는 것이 강점기하에서 가장 안전하고 유리한 생활방도이며 현명한 처세술이라고 여기며 살아가는 인물이다.

> "홀뿌리거나 요보라고 하거나 천대는 받을 때뿐이지요만, 머리나 깎고 모자를 쓰고 개화장이나 짚고 다녀 보슈. 가는 데마다 시달리고 조금만 하면 뺨따귀나 얻어맞고, 유치장 구경을 한 달에 한 번쯤은 할 테니! 당신네들은 내지어나 능통하시지요? 하지만 우리 같은 놈이야 맞으면 맞았지 별수 있나요! 허허허."

갓장수는 '요보'라고 천대를 받는 것이 개화되는 것보다 낫다고 생각하고 있다. 아무런 잘못 없이 괜히 일본인들에게 주눅이 든다. 정신적으로는 천대를 받을지라도 당장 얻어맞는 것보다는 낫고, 미친 체하고 어리숙한 행동을 해서라도 상대방의 호감을 사야 한다고 생각한다. 이는 속으로는 욕을 하면서도 얼굴에만 웃는 빛을 띠면 당장 육체적 강박은 면할 수 있다는 얄팍한 처세술로, 일제강점기하 조선인들의 가장 유리한 생활방도이며 억압당하는 조선인의 생활상을 극명하게 드러내주는 모습이기도 하다. 그리고 대전역에서 포승에 묶여, 우는 어린이에게 젖조차 주지 못하는 젊은 여인을 통해서도 일제의 잔학한 정책을 엿볼 수 있다.

난로 옆을 흘끗 보려니까 결박을 지은 범인이 너댓 사람이나 오르르 떨며 나무 의자에 걸어앉고, 그 옆에는 순사가 세 명이나 앉아서 지키고 있는 것이 눈에 띄었다. 나는 깜짝 놀랐다. 그중에는 머리를 파발을 하고 뗏덩이가 된 치마저고리의 매무시까지 흘러내린 젊은 여편네도 역시 결박을 해 앉혔다. 부끄럽지도 않은지 나를 부러워하는 듯한 눈으로 물끄러미 쳐다보다가 고개를 숙였다. 뒤에는 쌕쌕 자는 아이가 매달렸다. 나는 가슴이 선뜩하고 다리가 떨렸다. 모든 광경이 어떠한 책 속에서 본 것을 실연해 보여 주는 것 같은 생각이 별안간 머리에 떠올라 왔다.

조선인이 받는 멸시와 탄압은 이성을 지닌 인간으로서는 견디기 어려운 극단적인 박해였으며, 그로 말미암아 조선인들이 받아야 했던 고통은 말로는 표현하기 어려울 정도였음을 엿볼 수 있다. 지금까지 살펴본 바와 같이 이러한 억압받고 착취당하는 조선 민중은 당시의 일제강점기하 조선의 현실을 드러내주는 것이며, 염상섭의 일제 강점기하 현실 인식의 측면을 드러내주는 것이라 하겠다.

관부연락선 목욕탕에서 자신을 불러 파출소까지 검문을 위해 데려가는 궐자도 조선 사람이다.

궐자는 한참 찾아다니다가 겨우 만난 것이 반갑다는 듯이 빙글빙글 웃으며, 문을 활짝 열어젖히고 서서 이리 좀 나오라고 명령하듯이 소리를 친다. 학생복에 망토를 두른 체격이며, 제딴은 유창하게 한답시는 일어의 어조가, 묻지 않아도 조선 사람이 분명하다. 그래도 짓궂게 일어를 사용하고 도리어 자기의 본색이 탄로될까 봐 염려하는 듯한 침착지 못한 행색이, 나의 눈에는 더욱 수상쩍기도 하고, 근질근질해 보이기도 하였다.

궐자는 조선 사람에게도 일인 행세를 하고 있지만, 자기가 일인 행세를 하는 것이 내심 부끄럽고 탄로 날까 봐 언사와 태도는 점점 풀이 죽고 공손해지고 있다. 이인화는 그런 그를 보면서 도리어 불쌍하고 가엾다고 생각한다.

배에서 내릴 때 이인화는 뒤에서 외투자락을 누군가가 잡아당기는 것 같은 느낌을 받는다. 열 발자국을 못 가 층계 위에서 바라본 것은 조선인 순사보와 헌병보조원이다. 이들은 육혈포도 받지 못한 순사보조와 헌병보조로 정식 일인 순사와 헌병들과 차이를 보인다. 목욕탕에서의 궐자와 부산에서 내릴 때의 순사보조와 헌병보조원은 조선인임이 부끄러워 숨기면서 일본인의 하수인 역할을 하는, 일반 서민 중의 친일행위자라고 볼 수 있다. 부산에서 찾아간 일본 국숫집에서는 일본인 아버지와 조선 어머니에게서 태어난 혼혈아를 만나게 된다. 혼혈아는 억압받고 굶주림에 허덕이는 조선인 어머니보다 일본으로 떠난 일인 아버지를 찾아가겠다고 한다. 이것은 그녀도 현실에 민감한 인물이기 때문이다.

"아무리 조선 사람이라두 길러 낸 어머니가 정다울 테지? 너의 아버지란 사람이 어떤 사람인지는 모르겠다마는, 지금 찾아간대야 그리 반가워는 안 할걸?"

조선 사람 어머니에게 길리어 자라면서도 조선말보다는 일본말을 하고, 조선 옷보다는 일본 옷을 입고, 딸자식으로 태어났으면서도 조선 사람인 어머니보다는 일본 사람인 아버지를 찾아가겠다는 것은, 부모에 대한 자식의 정리를 초월한 어떠한 이해관계나 일종의 추세라는 타산이 앞을 서기 때문에 이별한 지가 벌써 칠팔 년이나 된다는 아비를 정처도 없이 찾아 나서려는 것이라고 생각할 제, 이 계집애의 팔자가 가엾은 것보다도 그 어미가 한층 더 가엾다고 생각지 않을 수 없었다.

그녀는 어머니의 보살핌으로 길러졌으면서도 조선말보다는 일본말을 하고 조선 옷보다는 일본 옷을 입고 있다. 기른 어머니보다 자신을 버리고 떠난 일본인 아버지를 찾아가겠다고 말한다. 그녀에게 조선인은 혐오의 대상이며, 어머니가 조선인이라는 사실이 부끄럽고 그녀의 계산에 방해가 되는 것이다. 그녀의 생각으로도 '조선 사람인 어머니에게 길러져 자랐으면서도 조선말보다는 일본말을, 조선 옷보다는 일본 옷을 입고, 딸자식으로 태어났으면서도 조선 사람인 어머니보다도 일본 사람인 아버지를 찾아가야겠다는 것은 부모에 대한 자식의 정리를 떠나서 어떠한 이해관계나 일종의 추세라는 타산이 앞서기 때문'인 것이다.

일제강점기하의 모든 출세주의자가 추구했던 것처럼 혼혈아도 조선인임을 잊어버리고 일본사람이 되는 것이 당대를 편리하고 무난하게 살 수 있다는 것을 알고 있다 하겠다. 그녀는 "조선 사람은 싫어요, 돈이 아니라 금을 주어도 싫어요."라고 말한다. 하층민에게도 조선인이라는 사실은 일제강점기 피지배인으로 살아가야 한다는 것이 얼마나 힘들었는지 증언해 주고 있다. 기차 안에서 만난 역부는 조선인이면서도 우리말을 모르는 척 위장하면서 일인 행세를 하는, 민족적 자존심이라고는 전혀 찾아볼 수 없는 속물이다.

찻간 속은 쥐죽은 듯한 침묵에서 겨우 벗어났다. 여기저기서 수군수군하는 소리가 난다. 내 말동무는 헌병 보조원의 앞을 서서 허둥지둥 차에서 내렸다.

그러나 문밖으로 나간 뒤에 정신을 차리고 보니까 내 앞에는 수건으로 질끈 동인 헌 우산 한 개가 의자의 구석에 기대섰다. 나는 유리창을 올리고 캄캄한 밖을 내다보며 소리를 쳤으나 벌써 간 곳이 없었다. 난로에 석탄을 넣으러 들어온 역부에게 그 우산을 내주었다. 그러나 누구의 것이냐고 서툰 일본말로 묻기에, 나는 벌써 조선 사람인 줄 알아채고 일부러 조선말로 대답을 했더니,

"나니(무엇이야)? 나니?"

하며 여전히 못 알아들은 체하고 일본말로 묻는 데에는 어이가 없었다.

역부의 이 같은 가식적인 행동은 주위 상황에 대처하고 적응하기 위해, 일인 행세를 함으로써 귀찮은 시비를 모면하려고 선수를 치는 위선적인 생활태도에서 비롯된 것이다. 이들은 모두 노골적으로 친일한 인물이라고 볼 수는 없다. 힘이 없는 서민들의 살아남기 위한 한 방편이라고 볼 수 있다. 하지만 개인의 영달을 위해서 핍박받는 일반 서민들과 거리를 두려 하고 경계선을 긋는 행위를 올바른 행위라고 할 수 없다. 서울로의 귀로에서 이인화의 눈을 통하여 만나게 되는 소외되고 억압받는 백성의 모습은 일제 통치의 죄상과 조선 민족의 피해를 때로는 음울하게 때로는 신랄하게 드러내며, 그런 폭로는 바로 일제로부터 해방되려는 염상섭의 저항적 의지를 암시하고 있다고 볼 수 있다.

Ⅲ. 주인공의 현실 인식

이인화가 일본으로 유학을 간 이유는 봉건적 조혼으로부터의 탈출인 동시에 무덤으로 인식되는 일제강점기 조선의 현실로부터 도피하기 위해서이다. 그래서 동경에서는 줄곧 우울한 일상생활에 빠져 지낼 수밖에 없는 이기적인 인물로 드러나게 된다. 아내가 위독하다는 소식으로 촉발된 여정은 두 가지 방식으로 지체하게 된다.

작품 내 세계의 실제에는 '여로의 우회와 지체'로, 서술의 맥락에는 '비여로적인 상념 및 대화의 확대'로 나타난다. 이인화는 아내가 위독하다는 전보를 받고 바로 조선으로 귀국하지 않는다. M헌에서 정자, P자와 어울려 희롱을 하고, 하관으로 가는 도중 신호에서 을라를 찾아가게 되는 것과, 부산에서 일본 국숫집에서 계집애들과 수작을 하는 것, 김천 형님 집에서 한나절을 머무르는 것 등이 그러하다.

이인화는 동경에서 서울로 돌아오는 여로의 지체를 통해 주체적인 자기 인식을 가지게 되는데, 이는 여행을 통한 일제강점기 조선의 현실을 직접 체험하게 되는 데서 비롯되었다고 할 수 있다.

여행이 끝날 때에는 이전과는 다른 내면의 변화를 맞이하게 된다. 이인화의 식민지화 현실의 발견과 자아의 각성이라는 변화가 여행이라는 방식을 통해 이루어지는 것이다.

이인화의 의식은 여행을 통한 경험들에 의해 귀국 이전과 이후에 현저한 변화를 보이고 있다. 귀국 이전의 이인화가 아직 정신적으로 미성숙한 상태에 머물러 있다면 여행을 끝내고 다시 동경으로 돌아가기 직전의 이인화는 자아의 각성을 이룬 성숙한 상태를 보여준다.

《만세전》은 이인화가 동경에서 서울로 귀국하는 여로형 구성에 따라 세 부분으로 분류해 볼 수 있다. 첫 번째 부분은 1장과 2장으로 동경에서 하관까지의 여정이다. 그의 아내가 위독하다는 전보를 받고, 교수에게 연말시험의 연기를 허락받고, 바로 조선으로 향하지 않고 정자를 만나러 가고, 하관으로 오는 도중에 다시 을라에게 들렀다 연락선 부둣가로 오기까지이다.

두 번째 부분은 3장에서 6장으로 하관에서 서울까지의 여정이다. 하관에서 부산까지 연락선을 타고 부산 거리에 잠시 들렀다가 기차를 타고 김천에 들러 형님 집에 하루 머물고서 대전을 거쳐 서울에 도착하는 부분이다.

세 번째는 7장과 8장으로 동경으로 다시 돌아가기 직전까지 서울에서 머무는 여정이다. 서울에서 머무는 동안 병화 집을 방문하고 아내의 병환을 지켜보며 아내가 죽은 후 장례를 치르고 다시 동경으로 돌아가는 부분이다.

1. 미자각적 현실 인식

1장과 2장은 아직 정신적으로 성숙한 단계에 오르지 않은 이인화의 심리상태를 보여주고 있다. 이인화는 봉건적 조혼으로부터의 탈출인 동시에 무덤으로 인식되는 식민지 조선에서 도피해온 유학생이다. 그래서 동경에서 줄곧 우울한 일상생활에 빠져 지낼 수밖에 없는 문제의 인물로 드러난다.

아내가 위독하다는 전보를 받고도 바로 조선으로 귀국하지 않는다. 오히려, 조선으로 가지 말까라는 생각을 하게 된다. 아내가 위독하다는 사실보다는 집에서 부쳐오는 돈이 그에게는 더 중요하다. 시험을 본다는 핑계로 귀국하지 않을까라는 생각도 하지만 부친의 꾸지람과 나중에 돈을 받아쓰려는 생각에 어쩔 수 없이 귀국을 결심하게 된다. 그렇지만, 바로 조선으로 귀국하지 않는다. 교수에게 연말시험을 연기하기로 허락을 받고, 이발소에 들러 면도를 하면서 생각을 하게 된 것이 정자이다.

'싫든 좋든 하여간, 근 육칠 년간이나, 소위 부부란 이름을 띠고 지내 왔는데……. 당장 숨을 몬다는 급전을 받고 나서도, 아무 생각도 머리에 돌지 않는 것은, 마음이 악독해 그러단 말인가. 속담의 상말로, 기가 너무 막혀서 막힌 둥 만 둥해서 그런가……? 아니, 그러면 누구에게 반해서나 그런다 할까? 그럼 누구에게……?'

아내의 죽음을 앞두고도 이인화는 자기 자신이 빨리 귀국을 하지 않는 것이 자기가 악독한지, 누구에게 반해서 그런 건지 자문해 본다. 뱃속에서 대답하는 소리가 '정자! 정자! 하는 것 같았다.'라고 말하고 있다. 그에게는 아내보다 정자가 더 애정의 대상인 것이다.

이인화는 계속해서 머릿속으로 왜 조선으로 돌아가야 하는가에 대해 자신에게 이유를 물어보고 있다. 죽음을 목전에 둔 아내에 대해 애정이 없다고 계속해서 생각하고 있다. 바로 하관으로 갈까 생각하지만, 그는 어느덧 M헌 문전에 와버리고 만다.

"누가 믿고 살라는 것을 사나. 부부간에 서로 믿는다는 것은, 결국 사랑한다는 말이지만, 사랑한다는 것도 극단에 가서는, 남이 나를 사랑하거나 말거나 저 혼자의 일이다. 저 사람이 받지 않더라도 자기가 사랑하고 싶으면, 자기가 만족할 데까지 사랑할 것이다. 외기러기 짝사랑이라고 흉을 보지만, 결단코 흉을 볼 게 아니야. 그와 반대로 사랑치 않는 것도 자유다. 절대 자유다. 사람에게는 사랑할 자유도 있거니와 사랑을 하지 않을 권리도 있다. 부부간이라고 반드시 사랑해야 한다는 법이 어디 있을까."

M헌에서 자신이 조선에 들어가는 이유가 아내의 병환 때문이라고 하자 정자는 그가 이렇게 지체하는 사이 죽기라도 하면 어떡하느냐고 걱정을 하고, 그런 남편을 믿고 어떻게 사느냐고 하자 그는 누굴 믿고 살든, 누구를 사랑하든 사랑하지 않든 그것은 자기 자신의 절대 자유라고 말하고 있다. 또한, 부부지간이라고 반드시 사랑해야 할 법이 있느냐고 반문하고 있다. 정자와 헤어지고 나서 정거장에서 하관으로 가는 기차를 기다린다. 정거장으로 놀랍게도 정자가 배웅을 나온다. 이인화는 기차 안에서 정자의 편지를 발견하게 되면서 정자에 대해 생각을 한다. 그는 정자가 카페에서 일하기는 아까운 계집이라 생각하고 있다.

그는 또, 을라를 찾아보려는 호기심이 일어나 하관으로 바로 가지 않고 신호에서 내려 C음악학교로 찾아가게 된다. 을라는 한때 그가 좋아했지만 사촌형 병화와의 관계를 알고부터는 마음을 돌렸던 여성이다. 병화의 안부를 물어보자 그녀가 오해하고 있다고 대답한다.

"글쎄, 병화씨하고 무슨 깊은 관계가 있는 듯이, 늘 오해를 하시지만……."
"누가 오해는 무슨 오해를 해요. 사람에게 러브를 할 자유조차 없다면, 죽어야 마땅하지……. 오해를 하거나 육해를 하거나 아주 육회(肉膾)를 하거나, 그까짓 게 다 무어예요. 하하하. 참 너무 늦어서 미안하외다. 인젠 차차 가봐야지……."

그는 작년 가을 올라가 여염집 하숙 주인인가 어떤 절간의 중인가 하는 일본 놈하고 관계가 있다는 소문을 생각하고 이렇게 올라를 희롱하고 다시 하관으로 떠난다. 이인화가 바로 조선으로 귀국하지 않고 일부러 여로를 지체하는 행위들은 심리적 불안과 초조함을 드러낸 것이라 볼 수 있지만, 동시에 정자와 동경거리를 떠나고 싶지 않음을 드러내는 것으로 보이기도 한다. 이는 그가 조혼의 폐습에 강요당해 결혼한 아내에게 애정이 없고, 그러한 상황으로 내몰리도록 한 봉건적 관습을 혐오하기 때문이라고 볼 수 있다. 그러므로 그는 현실에 대한 사회적 인식과 성숙되지 못한 면모를 보이고 있다.

2. 부정적 현실 인식

올라를 만나고 하관에서 조선으로 돌아오는 관부연락선을 타려고 하는 시점부터 이인화의 의식은 '현실에 대한 자각적·비판적 안목으로 바뀌며, 자아 중심적인 안목은 사회 속의 나를 자각하고 그것이 사회에 의해서 규제되어 있음을 의식' 하는 쪽으로 바뀌어 간다. 일제강점기의 암담하고 비참한 현실과, 수색과 검거와 투옥으로 이어지는 억압정치의 실상이 하관에서부터 시작되어 드러나는 것이다.

이인화는 민족문제와 같은 정치적인 것에 그다지 관심을 두고 있지 않으며 어떤 일도 적극적으로 실행할 수 없는 약점을 지닌 인물이다. 그러던 이인화의 시야는 자신의 개인적인 문제에서 사회의 문제, 민족의 문제 등으로 확대되어 점차로 자신의 눈을 통해 객체를 관찰하고 성찰하려는 자세를 보이기 시작한다.

연락선상의 목욕탕 안에서 들은 식민지 지배민족의 대화를 통해서 이인화는 일제강점기 백성의 위치로 돌아와 현실에 대해 비판적이고 자각적인 안목이 생겨나기 시작한다. 조선의 농민이 속아서 지상의 지옥 같은 일본 각지의 공장으로 몸이 팔려가는 것을 알고 다음과 같은 자기반성을 보여준다.

스물두셋쯤 된 책상도련님인 그때의 나로서는, 이러한 이야기를 듣고 놀라지 않을 수 없었다. 인생이 어떠하니 인간성이 어떠하니 사회가 어떠하니 해야, 다만 심심파적으로 하는 탁상 공론에 불과한 것은 물론이다. 아버지나, 그렇지 않으면, 코빼기도 보지 못한 조상의 덕택으로, 글자나 얻어 배웠거나 소설 권이나 들춰 보았다고, 인생이니 자연이니 시니 소설이니 한대야 결국은 배가 불러서, 포만의 비애를 호소함일 따름이요, 실인생, 실사회의 이면의 이면, 진상의 진상과는 아무 계관도 연락도 없을 것이다. 그러고 보면 내가 지금 하는 것, 이로부터 하려는 일이 결국 무엇인가 하는 의문과 불안을 느끼지 않을 수가 없었다.

일본인들의 대화를 엿듣고서 조선의 참담한 현실을 깨달을 만큼 그는 현실에 무지하다. 그래서 이때까지의 자신을 책상 도령으로 인식하고 윗글과 같이 자기 자신의 지향에 대해 회의를 하고 지금까지의 자신을 되돌아보는 것이다. 전원생활을 예찬하는 산문시를 쓰던 지난 봄의 공상과 허상을 부끄러워하며 특히 조선의 현실에 대해 잘 알지 못했음을 고백한다.

이러한 의미로 올 봄에 산문시를 쓰던, 자기의 공상과 천려(淺慮)가 도리어 부끄러웠다. 흙의 냄새가 방순치 않다는 것도 아니다. 그 향기에 취할 수 있는 자가 행복스럽지 않다는 것도 아니다. '조반 후의 낮잠은 위약(胃弱)'이라는 고등 유민의 유행병에나 걸릴까 보아서 대팻밥 모자에 연경이나 쓰고, 아침저녁으로 호미 자루를 잡는 것이 행복스럽지 않고 시적(詩的)이 아니라는 것이 아니다. 그러나저러나, 일 년 열두 달, 우마(牛馬) 이상의 죽을 고역을 다 하고도, 시래기죽에 얼굴이 붓는 것도 시일까? 그들이 삼복의 끓는 햇빛에, 손등을 데면서 호미 자루를 놀릴 때, 그들은 행복을 느끼는가? 그들은 흙의 노예다. 자기 자신의 생명의 노예다. 그리고 그들에게 있는 것은 다만 땀과 피뿐이다. 그리고 주림뿐이다. 그들이 어머니의 뱃속에서 뛰어나오기 전에, 벌써 확정된 유일한 사실은, 그들의 모공이 막히고 혈청이 마르기까지, 흙에 그 땀과 피를 쏟으라는 것이다. 그리하여 열 방울의 땀과 백 방울의 피는 한 톨의 나락을 기른다. 그러나 그 한 톨의 나락은 누구의 입으로 들어가는가? 그에게 지불되는 보수는 무엇인가—주림만이 무엇보다도 확실한 그의 받을 품삯이다.

이인화는 말 그대로 세상물정 모르는 책상 도령이다. 배 안에서 일본인들의 이야기를 듣고서야 조선의 현실과 우리 민족의 참혹한 삶을 겨우 깨닫게 된다. 조선 하층민들의 참혹한 생활을 알게 되는 이인화가 발견할 수 있었던 것은 조선 민족이란 결국 착취당하는 조선인들과 자기 자신인 것이다.

일본을 벗어나는 끝(선상)에서 식민지 조선 민족의 실체를 보게 된 이인화는 그렇게 모순된 현실을 보고 어찌할 수 없어서 자기 연민이요 불만인 '눈물'로 무기력하게 대처할 수밖에 없다.

그러나 이인화가 느끼는 울분이나 설움은 민족적이기보다 개인적인 모습으로 나타난다. 이인화는 배 위에서 눈물을 흘린다. 하지만, 그의 눈물은 조선의 현실을 알고 나서 흘리는 비분강개의 눈물이 아니라 자신이 조선인이라는 이유로 감시와 억압의 대상이 된 것에 대한 눈물이다. 그의 눈물은 자신의 이기적 내면으로 향해 있다. 즉 자기 자신이 식민지인이라는 자신의 실제 처지를 깨닫게 한 제국주의에 반항심을 느낌으로써 자신의 개인적 울분을 저항적 민족주의를 불러일으키는 계기로 삼는다. 동경에서 하관까지 오는 데 이인화는 조선인이라고 해서 아무런 제재를 받지 않는다. 그러나 하관에서 조선으로 들어가는 배를 타려는 순간부터 일본형사들에게 심한 검문과 수모를 당하며, 조선인이라는 신분이 드러나고 감시를 당하게 된다. 이인화는 부산에 하선할 때에도 계속해서 검문검색, 파출소 연행 및 미행을 당하며 일제강점기 백성의 비애를 느끼게 된다. 그를 억압하는 것의 정체가 무엇이고 그것을 극복하는 길이 무엇인가에 대해 생각을 해보지만 결론은 회의적이다.

부산에 도착해서 본 거리엔 일본 가옥에 밀려 조선 가옥을 찾을 수가 없다. 조선 사람들도 보이지 않는다. 그는 이에 불쌍한 흰옷 입은 조선 백성을 생각해 본다. 하지만 조선 민족을 불쌍하다고 하는 그의 동정에는 더 이상 자기 동일의 시선은 찾아볼 수 없다. 부산에 도착하기 전까지 조선의 실정을 전혀 몰랐던 순진한 책상 도령은 사라지고, 갑자기 나타난 근대적 지식인이 조선인의 모든 것을 안다는 듯이 조선인의 나태함과 어리석음을 꾸짖고 있다.

계속해서 이인화는 김천 형님 집에서 나와 기차를 타고 가다가 옆자리에 앉은 갓장수와 대화를 나누게 되고 갓장수가 자신을 비하하면서 일신의 편안함을 구하는 것을 알게 된다. 이인화는 갓장수를 보면서 한 생각을 조선인 일반론으로 발전시키고 있다.

대전역에서는 일본 헌병과 담소하면서 그들의 비위를 맞추려고 어설픈 미소를 지어가며 마음에도 없는 행동을 하는 청년들을 보게 된다. 이인화는 감정이 폭발하고 만다. 까닭 없이 처량한 생각이 가슴에 복받쳐 오름을 느낀다. 그는 조선의 모든 현실을 구더기가 우글우글한 무덤으로 인식하게 된다. 그의 분노는 민족적 분노이다.

묶인 여인을 볼 때 그의 분노는 극에 달한다. 대전역에서 그의 체험은 일제강점기 조선의 현실을 피부로 느꼈기 때문이다. 그의 부정적 현실인식은 일제강점기 조선사회를 무덤으로 인식하기에 이른다. 당시 사회는 무덤 구더기가 우글우글한 공동묘지라는 것이다. 일본인들에게 모든 것을 빼앗긴 백성은 공포에 질려 주눅이 들어 있고 그의 눈에 비친 현실은 모두가 부정적이다. 연락선 안에서 고조되었던 민족주의적 흥분은 부산에서 서울로 진행되는 여로에서 전근대적이고 어리석으며 미개한 조선인들을 접하면서 점차 식어간다.

이인화의 눈에 비친 일제하의 시대적 현황은 현실의 묘지화로 나타난다. 무기력하게 왜곡된 식민지의 현황을 생명이 소멸하여 구더기가 들끓는 공동묘지와 연결해 묘사하고 있다.

3. 전환기의 불안 의식

서울에서 그는 삼사일을 그냥 소일거리로 보내게 된다. 죽어가는 아내를 보기도 하고, 병화를 방문하기도 하고, 종형과 함께 술을 먹기도 한다. 그는 모든 것을 빼앗긴 백성이 술타령밖에 더 할 것이 뭐가 있겠느냐고 비장한 각오로 현실을 제시하고 있을 뿐, 그들에게 창조적이고 주체적인 어떤 행동을 보여주지 못하고 있다. 일본에게 모든 것을 빼앗기고 착취당하는 조선민족은 술타령밖에 할 수 없다는 민족적 비극을 제시하는 것이라고 볼 수 있다.

아내의 죽음이 임박해오자, 이인화는 어머니의 분부대로 아내에게로 가 마지막으로 미음을 먹여준다. 그는 아내가 죽기 직전에 미음을 한 번 먹여준 것이 유쾌하다고 생각할 만큼 아내에 대한 애정이 없다. 아내의 장례도 주위의 반대를 물리치고 오일장에서 삼일장으로 바꾸고, 선산에 묻지 않고 공동묘지에 묻어버리고 만다. 처가 식구들에게 '죽은 것을 시원히 여기는 줄 알고 야속해하는 눈치'라고 오해를 받으면서도 자기 고집대로 장례를 치르고 만다. 아내의 죽음을 계기로 자신을 연결하는 가족의 연쇄에서 벗어나게 된다. 아내의 죽음과 더불어 이인화는 정신적 삶을 시작하게 되는 것이다. 새로운 시작이란 과거와의 단절에서 비롯된다. 과거는 그에게 아버지로 결집하는 가부장적 권위와 명령으로 나타난다. 이 견고한 규율에서 벗어나는 것.

이인화에게 새로운 정신적 삶은 이 일탈의 접점에서 비롯된다.

아내의 장례를 치르고 나서 이인화는 아들을 자신의 자유를 가로막는 귀찮은 존재로 생각하고 있다.

장사 지낸 지 이틀 만에 사랑에서 아침을 같이 먹다가, 조용한 틈을 타서 형님은 불쑥 이런 소리를 꺼냈다.

"글쎄, 되어 가는 대로 하죠. 하지만 무어든지 내 일은 내게 맡겨 두시는 게 좋겠죠."

나는 이렇게 우선 한마디 해놓고 나의 계획을 대강 말했다. 그리하여 자식은 요행히 잘 자라면 김천 형님이 데려가거나, 만일 김천 형님이 아들을 낳게 되면 큰집 형님이 데려가는 대신에, 내 앞으로 오는 것이 다소간 있으면 그 반분은 양육비와 교육비로 제공하되, 장성할 때까지 김천 형님이 보관하기로 김천 형님과만 내약을 해두었다. 간단한 일이지만 이렇게 온순하게 끝이 나니까, 한시름 잊은 것 같고 새삼스럽게 자유로운 천지에 뛰어나온 것 같았다.

이인화는 자신의 아들을 자식이 없는 큰집 형님의 양자로 들이기로 한다. 태어난 지 세 달밖에 안 된 어린아이를 김천 형님이 키우기로 약조를 한다. 그는 이러한 일이 간단하다고 생각하고, 아내의 죽음과 더불어 아들 문제를 해결한 일이 자유로운 천지에 뛰어나온 것 같다고 말한다.

이인화가 보이는 변화 발전의 계기는 '살아 남은 자로서 자신의 삶에 충실을 기해야 한다는 다짐'이다. 정자에게 보내는 편지에서 이러한 생각은 더욱 굳어지게 된다.

정자양!

아까도 내가 왜 귀국을 하였던가 하는 생각을 해보고 자기의 어리석은 것을 스스로 비웃어 보았습니다. 그리하여 오늘 밤으로라도 곧 떠나려고 결심까지 한 터이외다. 그러나 이러한 모든 생각을 해보면 여기에 온 것이 결코 무의미하였다고는 생각할 수 없습니다. 사실 이번에 와서 처를 잃고 갑니다. 그러나, 나는 잃고 가는 것이 아니라 얻고 간다고 생각 않을 수 없습니다. 어떻든 우리는 우리의 길을 찾아서 나가십시다. 사(死)라는 것이 멸망을 의미하든 영생을 의미하든 어떠한 지수를 가리키든 그것은 우리로서 조금도 간섭할 권리가 없겠지요. 우리는 다만 호흡을 하고 의식이 남아 있다는 명료하고 엄숙한 사실을 대할 때에 현실을 정확히 통찰하여 스스로의 길을 힘있게 밟고 굳세게 살아 나가야 할 자각만을 스스로 자기에게 강요함을 깨달아야 할 것이외다.

윗글을 보면 귀국한 것에 대한 회의와 귀국에서 얻은 것이 전혀 없지는 않다는 생각이 교차하고 있다. 이러한 생각의 겹침은 아내를 잃고 떠나는 마음으로 연장되는데 처의 죽음이 곧 절망이나 좌절을 의미하는 것이 아니라 새로운 출발이 될 수 있다는 가능성으로 이어진다.

정자에게 보내는 편지에서 이인화는 질식할 것 같은 무덤의 현실에서 신생의 개인주의로 나아가야겠다고 쓰고 있다. 이 편지의 내용에 따르면 이인화는 여행을 통해 새로운 인식에 도달하고 있다고 할 것이다. 여행을 통해 여러 인물과 사건들을 체험하면서 정신적으로 성숙하고 현실을 극복하여 마침내 자아실현을 이루게 된 것이다.

묘지와 같던 서울에서 출구인 동경을 향해 떠나면서 이 소설은 종결된다. 정자에게 보내는 편지 구절은 반민족적인 개인화로 비친다. 그는 가족뿐만 아니라 민족을 내버리고 주체적인 '나'를 찾아 떠난다. 그가 비판하던 조선의 모습은 버려둔 채 개인의 신생만을 찾아 다시 동경으로 돌아가려 하는 것이다. 이인화의 이러한 행적을 김윤식은 그가 조선 민족의 처지에 대해 가졌던 의로운 생각들은 일시적인 감상이거나 허위의식에 지나지 않았던 것으로 매도될 수 있다고 보고, 실제 그를 철저한 위선자이자 위약자라고 평가하고 있다.

일본으로 떠나는 기차역에서 김천 형이 내년 봄에 나와 재혼을 하라고 권한다.

차가 떠나려 할 때 큰집 형님은 승강대에 선 나에게로 가까이 다가서며,
"내년 봄에 나오면 어떻게 다시 성례를 해야 하지 않니? 네겐 무슨 심산이 있니?"
하며 난데없는 소리를 하기에,
"겨우 무덤 속에서 빠져나가는데요? 따뜻한 봄이나 만나서 별장이나 하나 장만하고 거드럭거릴 때가 되거든요……!"
하며 나는 웃어 버렸다.

이인화는 겨우 무덤 속을 빠져나왔다고 하고 있다. 그는 현실의 모든 상황을 '무덤'으로 인식하고 있다. 그의 무덤 탈출 의식은 서울의 체류가 주는 고뇌와 번민에서 온 것이다. 그의 고뇌란 숨이 막힐 것처럼 내리누르는 조선 현실의 미개화 상태에서 기인하는 것이다. 아내의 죽음 이후 그를 속박하고 있던 끈(아내와 자식 문제 및 재

산 분배 문제)을 다 끊어버림으로써 그는 이제 자유의 몸이 되었고, 그래서 무덤에서 겨우 벗어났다고 말할 수 있는 것이다. 일제강점기 굴레를 상징하는 엄동설한과 대조되는 따뜻한 봄은 조국의 광복을 암시하는 것이 아니라 사태의 호전을 막연히 암시할 뿐으로 비춰질 수도 있는 대목이다.

Ⅳ. 결론

지금까지 살펴본 바와 같이 《만세전》은 아내가 위독하다는 급전을 받고, 주인공 이인화가 동경에서 서울로 왔다가 다시 동경으로 되돌아가는 여로를 중심으로 한 원점 회귀형 구조로 되어 있다.

이인화는 하관에서 부산으로 가는 배 안에서 듣게 되는 일본인들의 대화에서 조선의 현실을 인식하게 된다. 이는 일제 식민지 자본이 조선에 침투하는 과정, 내부적으로 사회가 자본주의화되면서 농민이 도시의 노동자로 변화하는 이농현상 및 침투 현황과 그에 따라 결국 매매의 대상까지 되어 버린 민중상 등, 당대 현실을 구체적으로 포착하고 있음을 알 수 있다. 또한, 부산에서 본 거리의 모습은 조선 본래의 모습을 잃어버리고, 삶의 터전을 일본인들에게 내어주고 구석으로 밀려나는 현실, 즉 당시 조선의 모습을 축소하여 보여주는 것이라 하겠다.

권력계층과 소외계층의 인물들을 통해, 당시를 살아가는 사람들의 삶의 모습이 어떠했는지도 살펴보았다. 부친이나 김의관처럼, 일제와 협력하여 살아가는 친일적인 모습을 볼 수 있었고, 김천 형님처럼 현실적인 모습을 보여주는 경우도 볼 수 있었다. 서민들의 삶의 모습은 갓장수나 아기를 업은 아낙처럼 일제에 의해 핍박받는 경우가 있는가 하면, 궐자나 인버네스처럼 일제에 협력하는 무리, 일본 국숫집 혼혈아처럼 조선의 것을 부정하고 일본의 것을 따라가려는 경우도 볼 수 있었다.

Ⅲ에서는 주인공 이인화의 의식 변화 양상을 여정에 따라 세 부분으로 나누어 살펴보았다.

첫 번째 여정은 동경에서 하관까지로 이인화 개인의 심리 변화가 나타난다. 두 번째 여정은 하관에서 서울까지로 이동수단인 배와 기차를 통해 보이는 조선 현실에 대해 느끼는 민족적 감정이 나타난다. 세 번째 여정은 서울에서 다시 동경으로 돌아가기까지로 아내의 장례를 치르고 난 뒤 정자에게 보내는 편지로 개인의 신생을 찾아 무덤으로 인식되는 조선의 현실과 자신을 얽매는 가부장적인 가족 관계를 청산하고 다시 동경으로 출발하려고 하고 있다.

동경에서 서울까지 가는 여로는 이인화의 현실의식의 성장과 관련되어 있음을 알 수 있다. 이인화는 일본에 있으면서도 평소에는 민족의식 같은 것을 느끼지 않는 감상적인 문학 지망생이었지만, 귀국하는 동안에 많은 사건을 직접 체험하고 목격하면서 일제강점기 지식인으로서 비참한 조국의 현실을 바라보는 안목을 점차 갖추어 나가기 시작한다. 물론 이러한 의식의 성장은 행동적인 저항의지를 드러내는 데까지 나아가지 않았으며, 중간자적인 입장에서 자신이 확인한 사실을 전달하는 데 머무르고 있다. 이인화의 의식은 한마디로 냉소적 지성으로, 비판과 방관, 도피만 있을 뿐 책임과 의지와 대안이 없는 식민지 지식인의 전형임을 알 수 있다.

이인화는 현실을 '무덤'이라고 규정하고 있다. 구더기가 끓는 무덤, 조선의 총체적 절망을 뼈저리게 느끼는 것이다. 그가 무덤이라고 말하는 순간, 그의 의식에서 새 빛을 기대하기는 어렵다. 그리고 그 무덤이 '공동묘지'로 인식된다면 민족 전체가 죽은 것이나 다름없는 상태로, 심각한 문제가 되고 만다.

주인공은 어찌할 수 없는 절망감에 그 묘지로부터 탈피하려고 한다. 하지만 그 인식은 지극히 감성적인 면에 머무르고 있고 현실 대응 의식이 소극적인 것이 한계라고 할 수 있을 것이다. 이는 이인화의 한계이며, 나아가 염상섭의 현실 인식에 대한 한계로 볼 수 있을 것이다.

〈참고문헌〉

김선학, 《문학에 이르는 길》, 목민사, 2000.

김우창, 《비범한 삶과 나날의 삶》, 민음사, 1987.

김윤식, 《염상섭 연구》, 서울대 출판부, 1987.

김한식, 〈현실의 구체성과 근대적 주체의 성립〉, 《염상섭 소설 연구》, 국학자료원, 1999.

류병석, 《염상섭 전집》, 민음사, 1987.

박상준, 《1920년대 문학과 염상섭》, 역락, 2000.

신동욱, 〈염상섭론〉, 《염상섭 문학 연구》, 민음사, 1987.

유종호, 《동시대의 시와 진실》, 민음사, 1982.

유종호, 〈염상섭론〉, 《현대한국작가연구》, 민음사, 1976.

윤홍노, 《한국근대소설연구》, 일조각, 1980.

이보영, 《난세의 문학, 염상섭론》, 예림기획, 2001.

이재선, 《한국현대소설사》, 민음사, 1994.

정한숙, 〈상섭문학의 사회성과 세태풍정〉, 《현대한국작가론》, 고대출판부, 1976.

채 훈, 《1920년대 한국작가연구》, 일지사, 1976.

하정일, 〈보편주의의 극복과 복수의 근대〉, 《염상섭 문학의 재인식》, 깊은샘, 1998.

김승환, 〈근대성의 표상으로서의 돈 – 《만세전》과 《삼대》〉, 《현대소설연구》, 제 14호, 2001.

김종균, 〈염상섭의 《만세전》 고〉, 《어문연구》, 제 31, 32합집, 1981.

김종균, 〈염상섭 소설의 연대적 고찰〉, 《국어국문학》 제 55호, 1972.

김휘정, 〈만세전과 근대성〉, 《여성문학연구》 제 7호, 2002.

박상준, 〈지속과 변화의 변증법〉, 《관악어문연구》 제 22집, 1997.

서종택, 〈《만세전》, 〈고향〉의 서사고조 : 식민화 현실과 자기 발견〉, 《홍대논총》, 홍익대학교. 1982.

송기섭, 〈만세전의 이인화 탐구〉, 《현대소설 연구》 제 17호, 2002.

신철하, 〈만세전 연구〉, 한양대 대학원 석사학위 논문, 1989.

이봉신, 〈소설 만세전에 나타난 지식인의 위상〉, 《건국대학교 대학원 논문집》제20집, 1985.

이영미, 〈염상섭의 만세전 연구〉, 한양대학교 석사학위 논문, 1990.

이정순, 〈염상섭의 만세전 연구〉, 동국대 문화예술대학원 석사학위 논문, 2005.

이재선, 〈일제의 검열과 만세전의 개작〉, 《문학사상》 84호, 1979.

추병국, 〈횡보의 《만세전》에 나타난 성격 고찰〉, 《교육논총》, 1987.

최순열, 〈염상섭의 《만세전》과 리얼리즘〉, 《한국문학연구》, 1985.